DOPPELBOCK

Thomas Salzmann wurde 1960 in Pirmasens, Rheinland-Pfalz, geboren und studierte in Köln Betriebswirtschaftslehre. Nach mehreren Stationen in der Industrie widmet er sich seit fünf Jahren dem Schreiben. Er ist verheiratet und lebt mit seiner Frau in Mettmann.

Gewidmet dem UNESCO-Welterbe Zollverein,
der »schönsten Zeche der Welt«

1

»Hier lag die Leiche von Freistein.« Frederike Stier zeigte auf die Stelle neben der orangefarbenen Rolltreppe auf Zeche Zollverein. »Direkt vor der Plakatwand.« Ein Film lief in ihrem Kopf ab.

Hartmut legte seinen Arm um sie und drückte sie liebevoll an sich. »Vermisst du es?«

Sie wusste, dass Hartmut auf ihre vergangene Polizeiarbeit anspielte. Deshalb antwortete sie mit einem vielsagenden »Hmm«, womit sie meinte: »Sehr sogar«, es für Hartmut aber wie »Ein bisschen« klingen ließ.

Um sie herum hämmerten und bohrten, sägten und schraubten Arbeiter, die das Zechenfest »ExtraSchicht« am Wochenende vorbereiteten. Sie bauten Buden auf, Bühnen, Stände und installierten jede Menge Technik. Es herrschte ein Chaos, das Frederike förmlich inhalierte.

»Lass uns gehen. Mir wird das zu viel.« Hartmut ließ die Rolltreppe rechts liegen, und sie verließen das Forum vor der ehemaligen Kohlenwäsche. Sie überquerten die Gleise in Richtung des Skulpturenparks. Der Lärm der Arbeiter nahm ab.

Frederike atmete schneller, als sie den kurzen Anstieg zum Park geschafft hatten. Auch kleine Belastungen strengten sie noch an.

Den ersten Tropfen spürte sie auf dem Kopf, dann sah sie weitere dicke Tropfen auf dem Weg aufschlagen.

Sofort zog Hartmut seine Jacke aus und hielt sie schützend über Frederikes Kopf. Eine Böe zerrte am Stoff. Der Regen begann erbarmungslos zu prasseln.

»So einen Abschluss hat dieser Tag nicht verdient.« Frederike lugte unter der Jacke hervor und sah nach oben. »Vielleicht ist es auch die Einstimmung auf heute Abend.«

Hartmut ging nicht auf ihre Anspielung auf das Treffen von

Alexanders Umweltgruppe ein. Hartmut war die Diskussion um die Klimaveränderung suspekt. Er sah in umweltbewusstem Verhalten ein sinnloses Unterfangen, wenn der Rest der Welt nur an seinen ökonomischen Vorteil dachte und einfach weitermachte wie bisher.

Und Frederike ließ sein Schweigen unkommentiert.

Noch enger aneinandergedrückt marschierten sie weiter, während die Füße nass und die Hosen schmutzig wurden.

Sie passierten die Birkengruppe, die links von ihnen den Blick auf das erste Objekt des Skulpturenparks verdeckte. Dann tauchten die Steinblöcke auf, die als Kunstobjekt dort aufgestellt worden waren. Das Gebilde, das der Künstler »Castell« getauft hatte, befand sich etwa fünfzig Meter von ihnen entfernt auf einer freien Fläche. Die Steinquader mochten zwar als »Festung« bezeichnet werden, Schutz vor dem Regen boten sie den vier Besuchern im Innenraum dennoch nicht.

»Komm, wir beeilen uns lieber«, forderte Frederike Hartmut auf, der noch immer mit seiner Jacke kämpfte.

Er sah sie skeptisch an. »Denke bitte an mein Herz.«

Woran sollte sie auch sonst denken, wenn ihr das Wasser in die Schuhe lief und der Regen sie immer mehr wie eine Vogelscheuche aussehen ließ? Sie ging langsamer, hakte sich sogar unter und tröstete sich damit, dass nach jedem Wolkenbruch auch die Sonne wieder strahlen würde.

»Es ist doch nicht mehr weit.« Er klang ärgerlich und zog sie am Arm zurück.

Genau, was sind schon zehn Minuten in einem Platzregen?, dachte sie. Sie drehte sich zu ihm und drückte ihm einen Kuss auf den Mund. »Danke für deinen Jackenschirm.« Ab hier verzichtete sie auf den Schutz, denn gerade ließ der Regen etwas nach, außerdem wurde es ihr unter der Jacke zu eng.

Kurz bevor sie Kallis Eckkneipe erreichten, zuckte ein Blitz am Himmel, und fast zeitgleich erschütterte ein Donner die Luft. Zum Glück lag ihre Hand bereits auf dem Türgriff. Eilig schlüpften sie hinein, bevor es erneut richtig losging.

Drinnen waberte die Luft. Frederike trat augenblicklich Schweiß auf die Stirn. Hartmut sagte etwas, doch seine Stimme ging im Palaver der Leute unter, die dicht an dicht den Raum füllten.

»Jetzt brauch ich ein Pils«, sagte sie und bestellte zwei, indem sie den Arm hob und zwei Finger in die Luft streckte. Kalli nickte, und Hartmut wusste nicht, wie er noch ein Veto einlegen konnte. Frederike und Hartmut schoben nach Schweiß stinkende Menschen zur Seite, um zur Theke zu kommen. Als sie endlich ankamen, beugte sich Kalli vor, um Frederike mit einem Wangenkuss zu begrüßen. Hartmut reichte er die Hand.

»Ganz schön viel los bei dir«, sagte sie.

Kalli winkte genervt ab. »Die Leute kennen kein Mittelmaß mehr. Entweder bleiben sie zu Hause, oder sie strömen in Scharen, dass ich nicht mehr hinterherkomme.«

»Wenn es Brei regnet, musst du den Löffel nehmen.«

Er lachte und zapfte ihr Bier weiter.

Frederike sah sich um. Sie fühlte sich wohl in Kallis Kneipe. Sie war so typisch, dass sie als Blaupause durchgehen konnte. Harte, alte Holzstühle, ein dicker Aschenbecher mit der Aufschrift »Für Angler, Jäger und andere Lügner« markierte den Stammtisch, signierte Fotos echter und vermeintlicher Promis gerahmt an der Wand neben den Fahnen von Rot-Weiss Essen und FC Schalke 04. Dazu jede Menge Schnapsflaschen hinter der Theke, Gläser in einem Regal darüber, und im Hintergrund wollte Grönemeyer während einer Schussfahrt wenden.

Sie erkannte viele aus Alexanders Umweltgruppe.

Alexander hatten sie in der Rehaklinik kennengelernt, seither verband sie ein schwaches Herz und vier unvergessliche Wochen. Heute kamen das Engagement für die Umwelt und das Ruhrgebiet mit seinen Problemen dazu.

Die Leute aus der Gruppe standen in Grüppchen zwischen den anderen Kneipengästen. Einige nickten ihr zu oder hoben grüßend die Hand, diskutierten aber gleich weiter. Das Wetter bot auch ausreichend Stoff für lebhafte Gespräche. Alexander würde sicherlich gleich ausführlich darauf eingehen, auf »die Wetterextreme und die daraus resultierende Bedrohung für das Ruhrgebiet«.

Das Umweltengagement bestimmte sein Leben, und der Klimawandel trieb ihn ständig an, mehr zu tun, mehr Menschen wachzurütteln und zum Handeln zu motivieren.

Die Bilder in den Nachrichten der letzten Tage waren da Wasser auf seine Mühlen. Autos, die bis zum Dach unter Wasser standen, umgeknickte Bäume, zersplitterte Dachpfannen.

»Eure Biere.« Kalli stellte zwei Gläser auf den Tresen und malte mit einem Bleistift Striche auf den Deckel.

»Dieses Jahr sind wir wirklich gestraft«, bemerkte Hartmut und wuschelte sich durch die Haare, dass die Tropfen davonflogen. »Das ist nur der Anfang, sagt der Wettervogel.«

Frederike war noch nicht auf das Thema des Abends eingestellt. Alexanders Lieblingsthema, das Absaufen des Ruhrgebiets nach der Sintflut, war gleich dran. Deshalb prostete sie Hartmut zu und nahm einen großen Schluck. »Damit wir auch von innen nass werden«, lenkte sie ab und ließ ihren Blick wieder schweifen.

Neben ihnen standen Männer, die sich über das Abschneiden von Schalke in der letzten Bundesligasaison stritten, links am Stammtisch wurde Skat geklopft, und am Tisch rechts saßen drei Männer, die Frederike noch nie hier gesehen hatte. Mit ihren Latzhosen und den karierten Hemden wirkten sie wie die Karikatur von Bauern.

Schon krachte eine Faust auf den Tisch. »Ich will ihn sehen!«

Frederike zuckte zusammen. Sie sah, wie sich eine Hand auf die Faust legte. Die Männer tuschelten. »Der sieht doch nur seine Bienen und seinen Scheißumweltschutz! Dass wir auch ihn ernähren –«

Der Nebenmann bremste erneut den Krakeeler, indem er ihm die Hand auf die Schulter legte und »Pst« sagte.

Doch der schüttelte die Hand ab. »Guck dir doch die Typen an. Mit ihren Regenbogenhalstüchern und dem Strickzeug in der Tasche. Wenn ihr glaubt, mit denen diskutieren zu können, bitte. Ich kann das nicht. Dafür hab ich nicht die Geduld.« Er sprang auf.

»Vielleicht nutzt es ja doch etwas.«

»Träum weiter!« Der Kerl wollte noch etwas sagen, winkte ab und stürmte aus der Kneipe.

Der Mann, der zu schlichten versucht hatte, bemerkte Frederikes Blick und sah sie an. Sie erkannte in seinen Augen, dass auch er auf Krawall gebürstet war. Sie fragte sich, ob sich Alexander nun auch mit den Bauern angelegt hatte. Er suchte ständig neue Themen und prangerte an, was aus seiner Sicht falsch lief.

»Lass uns reingehen«, sagte Hartmut.

Frederike blieb am Tisch der Männer kurz stehen. »Es ist trotzdem ein Unterschied, ob mich jemand ernähren oder vergiften will.«

Sie spürte Hartmuts Hand an ihrem Arm, die sie weiterzog. Der Mann rief ihr etwas wie »Grüne Schlampe!« hinterher, was sie Hartmut zuliebe ignorierte.

Sie betraten den Nebenraum und liefen gegen eine Wand aus gebrüllten Worten und verbrauchter Luft. Was war bloß los heute? Hier wollte man doch gleich gemeinsam und einträchtig Maßnahmen gegen den Klimawandel und die Bedrohung des Ruhrgebiets diskutieren und beschließen.

»Bringen die Gewitter auch die Gehirne durcheinander?« Frederike schüttelte den Kopf.

Doch in ihrem tiefsten Inneren fühlte sie sich an alte Zeiten erinnert. Als sie bei der Kripo in Essen mit ihrem Ermittlungsteam kontrovers über Morde und Tathergänge diskutiert hatte, der Raum nach kaltem Kaffee, Zigaretten und Schweiß gestunken hatte und die Leute sich am liebsten an die Kehlen gegangen wären. Wenn die Luft knisterte und die Stimmung jeden Augenblick zu explodieren drohte, war dies ihre Version davon, in Hausschuhe zu steigen und im Fernsehsessel die Verfilmung eines Romans von Rosamunde Pilcher zu gucken.

Hartmuts Gesicht machte ihr klar, dass er am liebsten genau das jetzt tun würde. Doch ihr lief ein wohliger Schauer über den Rücken.

2

»Puh, das war hässlich.« Frederike stand mit Hartmut am Tresen. »Was ist nur in diesen Kerl gefahren, Alexander dermaßen anzugreifen? Wegen nichts und wieder nichts. Und dann einfach rauszurennen. Wie eine beleidigte Leberwurst. Das ist doch nicht normal.«

»Das müsste für dich doch wie ein Heimspiel gewesen sein. Hauptsache, die Fetzen fliegen. Weil es dir sonst zu langweilig ist.« Hartmut nahm sie wieder einmal auf den Arm.

»Schuft«, grinste sie und boxte ihm in die Rippen. Trotzdem empfand sie die Auseinandersetzung vorhin unmöglich.

»Wollen wir trotzdem wohin, wo es ruhiger ist?«

Frederike überlegte. Sie hatte sich auf einen interessanten Abend gefreut. Zur Begrüßung hatte Alexander gesagt, dass er entgegen seiner Ankündigung etwas zu den Entwicklungen im Ruhrgebiet, zu den stillgelegten Zechen, den Halden referieren wolle. Was sich grundsätzlich im Ruhrgebiet im Hinblick auf Nachhaltigkeit tun würde. Alexander war gut verdrahtet und wusste immer, wo was geplant war und wie es weiterging. Er fand zwar auch ständig ein Haar in der Suppe, aber das war bei einem Aktivisten genetisch bedingt. Vor allem, dass er wusste, wie es besser ging.

Andererseits hatte sie sich auch auf ein Glas Wein gefreut, das sie gerne nach solchen Treffen im Biergarten tranken und dabei die gemeinsame Zeit in der Reha wiederaufleben ließen. Denn ohne Hartmut und Alexander wäre sie damals in dieser Klinik schon am zweiten Tag abgereist.

Doch durch den Streit vorhin mit Kai und Thorsten war die Stimmung gekippt.

In diesem Moment kamen Alexander und Sandra, seine Lebensgefährtin, aus dem Saal. Kaum stand er neben ihnen, schimpfte er los: »Der spinnt doch. Warum will er Leute mit einer Gewaltaktion erschrecken und die Polizei gegen uns aufbringen? Der weiß doch genau, dass das nichts bringt. Davon abgesehen hat er gar keine Idee, wie er so etwas anstellen soll.« Vor Aufregung hatte er einen hochroten Kopf. Sandra legte ihm die Hand auf den Arm.

Die letzten Mitglieder der Umweltgruppe kamen aus dem Nebenraum, diskutierten noch oder sahen betreten zur Seite. Einige nickten Frederike und Alexander zu, sagten etwas Aufmunterndes zu ihm oder winkten einfach nur ab. Es hätte wirklich nicht schlimmer laufen können.

»Entschuldigt.« Alexander nahm sein Smartphone aus der Hosentasche und starrte auf das Display.

Frederike beobachtete ihn. Er hob die Augenbrauen leicht an. Doch dann steckte er das Smartphone zurück in die Tasche und widmete sich ihnen wieder. Er signalisierte Kalli, dass er ein Bier brauchte. »Was soll ich mit diesen Kerlen anfangen? Die wollen alles kaputtmachen, was ich, was *wir* mühsam aufgebaut haben.«

»Soll ich mit ihnen reden?«, fragte Frederike. »Vielleicht kann ich ihnen klarmachen, dass sie mit Gewalt nur das Gegenteil erreichen.« Als wüssten die das nicht selbst, dachte sie.

Alexander schüttelte den Kopf. »Wenn ich nur eine Idee hätte …«

Eva kam vorbei. »Mach dir nichts draus. Die sind einfach so. Es ist doch auch gut, wenn sie gehen. Wir machen friedlich weiter.« Jürgen und seine Frau bestätigten das, auch Petra sprach Alexander Mut zu, bevor sie ging.

Er nickte resigniert.

Zum Glück sind die Bauern nicht zur Versammlung gekommen, überlegte Frederike. Sonst wäre der Krach noch größer geworden. Sie sagte aber nichts, denn Alexander schien die Männer nicht gesehen zu haben. Jedenfalls hatte er keine Bemerkung in der Richtung gemacht.

»Ich wollte euch noch von etwas erzählen. Ich kann das nicht glauben. Da läuft eine Riesensauerei –« Floh, der Hund gewordene Duracell-Hase, eine Mischung aus unerziehbarem Spaniel und nimmermüdem Terrier, sprang bellend an Alexanders Bein hoch. »Er muss raus, tut mir leid.« Floh bellte weiter. »Lasst uns morgen reden. Kommt zum Kaffeetrinken vorbei. Am Nachmittag hab ich keinen Unterricht. Ich brauche dringend eure Meinung dazu.«

Floh kläffte schon wieder, und Alexander beugte sich hinunter und kraulte dem kleinen Hund den Kopf. »Wir gehen jetzt noch eine Runde. Dann kann ich auch besser schlafen.« Endlich, schien Floh mit wedelndem Schwanz sagen zu wollen.

»Bleib nicht so lang«, sagte Sandra und gab Alexander einen Kuss. »Ich bin müde und will ins Bett.«

»Du musst nicht auf mich warten. Geh schon und schlaf gut.« Alexander strich ihr über die Wange und legte ihr vorsichtig die Hand auf ihren kugelrunden Bauch. »Schlaft gut«, korrigierte er sich, »und pass gut auf sie auf.«

Kalli reichte Alexander das Bier, das er in einem Zug austrank. Er stellte das Glas zufrieden ab und verabschiedete sich mit einem »Wir sehen uns morgen« von Frederike und Hartmut, gab Sandra einen weiteren Kuss und verschwand durch die Tür. Floh aufgeregt an seiner Seite.

»Das geht ihm mehr an die Nieren, als er zugibt«, sagte Sandra und sah ihm nach. »Er ist so von seiner Sache überzeugt und davon, dass es der richtige Weg ist.« Sie seufzte. »Seit ich schwanger bin, ist er noch fanatischer. Seine Tochter soll in einer sauberen Welt aufwachsen. Sie soll ihm keine Vorwürfe machen können, dass er die Hände in den Schoß gelegt und nichts getan hat.«

Frederike sah zum Tisch, an dem vorhin die Bauern gesessen hatten, und fragte: »Hat er sich jetzt auch mit den Bauern angelegt?«

»Eine neue Aktion von ihm. Er macht Stimmung, dass sie weniger Gülle ausbringen, weniger Pestizide und Fungizide einsetzen. Nachdem er gelesen hat, dass mit dem Schweinemist auch resistente Bakterien auf die Felder kommen, ist er dort ebenfalls aktiv. Rennt von Wochenmarkt zu Wochenmarkt, verteilt Handzettel und prangert die Landwirte an, mit ihren Kartoffeln und dem Gemüse die Menschen zu vergiften.«

Sandra legte die Hand in ihren Rücken und atmete tief aus. »Ich muss ins Bett. Zum Glück ist es bald vorbei.« Dabei strich sie mit der anderen Hand über ihren Bauch.

Sie nahmen sich zum Abschied fest in den Arm und versprachen, zum Kaffeetrinken zu kommen.

Frederike und Hartmut bezahlten und gingen ebenfalls.

Als sie auf der Straße standen, stellten sie fest, dass der Puls noch hoch und die Luft lau war. »Im Grunde ist es viel zu schade, jetzt schon nach Hause zu gehen«, merkte Frederike an. »Wie wär's mit einem Glas Wein?«

Es war bereits halb elf, zu spät, um noch irgendwo anders einzukehren. Also beschlossen sie, doch noch zu bleiben und in Kallis Biergarten den Abend ausklingen zu lassen.

3

Als Frederike am nächsten Morgen die Küche betrat, blieb sie abrupt stehen. Der Anblick von Hartmut mitten in ihrem eigenen Reich war neu und ein bisschen beängstigend.

Dann holte sie zwei Kaffeetassen aus dem Schrank und stellte eine vor Hartmut auf den Frühstückstisch. Sie beugte sich zu ihm und gab ihm einen Kuss auf die Wange. »Danke.«

»Wofür?«, fragte er mit unschuldiger Miene.

»Deine Geduld.«

Frederike richtete sich auf. Die Situation fühlte sich fremd an und irgendwie falsch. Andererseits auch gut. Wie man sich fühlt, wenn man sich jahrelang eingeredet hat, so wie man etwas sieht oder macht, sei es gut und richtig. Und plötzlich, quasi über Nacht, wird das in Frage gestellt, und man weiß noch nicht, ob man die letzten Jahre danebengelegen oder sich über Nacht weiterentwickelt hat.

Bei Kalli hatten Hartmut und sie sich dann doch noch festgequatscht, Kalli war nach Mitternacht zu ihnen an den Tisch gekommen, hatte Grappa ausgegeben, Anekdoten erzählt, sie lachten, genossen die Sommernacht, und erst als das Lebenslicht der Kerze auf ihrem Tisch in einer Rauchsäule endete, erklärten sie den Tag für beendet.

Der weitere Abend lag unter einer Nebeldecke. Frederike hörte noch Kallis Schlüssel, wie er sich hinter ihnen im Schloss drehte. Sie und Hartmut standen auf der Straße, und sie dachte, hoffentlich fragt er nicht »Zu dir oder zu mir?«. Stattdessen hatte sie gefragt: »Kommst du mit zu mir?« Der Satz war raus gewesen, bevor sie ihn zu Ende gedacht hatte.

Und jetzt saß er hier.

In ihrer Wohnung.

Natürlich war ihr klar gewesen, dass es irgendwann einmal passieren würde. Trotzdem sollte die erste Übernachtung etwas

Besonderes werden. Ein romantischer Abend mit einem schönen Essen, vielleicht Kino oder ein Konzert, danach zu ihr.

Jetzt war es das Resultat eines turbulenten Abends und einer anschließenden Schnaps-und Bier-Laune. Vielleicht passte das ja, dass sie den Alkohol gebraucht hatte, um die letzte Hemmung abzulegen. Na ja, nicht ganz. So mutig hatte sie der Alkohol dann doch nicht gemacht, dass nach dem Gutenachtkuss und ein bisschen Aneinanderkuscheln mehr passiert wäre. Sie hatten im selben Bett geschlafen.

Fürs erste Mal reichte ihr das.

Entschlossen zog sie den Gürtel des Bademantels enger. Dann gab sie Kaffeepulver in den Filter, füllte Wasser in die Maschine und drückte den Schalter.

Hartmut saß am Tisch und beobachtete sie. Sie drehte sich zu ihm.

Er schmunzelte. »Es ist gut.«

Was immer er damit sagen wollte.

Er stand auf und nahm sie in den Arm. Sie schloss die Augen und legte den Kopf auf seine Brust.

Die Kaffeemaschine blubberte.

Sie spürte seine Hand auf dem Rücken. Wie ein Panzer gegen das Böse der Welt schlangen sich seine Arme um sie.

Bevor sie anfing, es zu genießen, löste sie sich. »Willst du Brötchen?« Sie versuchte, ihre Frage selbstverständlich klingen zu lassen, als wäre das hier in ihrer Küche das Normalste der Welt.

Mit der Rückseite seiner Finger strich er ihr über die Wange. »Es ist schön mit dir.«

Sie schüttelte den Kopf. »Ich würde es zu gerne glauben.«

»Frederike …«

Sie legte ihm den Finger auf den Mund.

Die Kaffeemaschine zischte und fauchte und spie eine Dampfwolke aus. Frederike schaltete sie aus und goss die zwei Tassen voll.

»Hast du einen Schluck Milch?«

»Stimmt.« Hartmut verdünnte Kaffee. Sie hatte nicht daran gedacht.

»Das ist dein Telefon«, kommentierte Hartmut das plötzlich aufheulende Martinshorn. Der Klingelton war eine Reminiszenz an vergangene Zeiten.

»Sandra, guten Morgen.«

Sie hörte zu, fragte nach und sagte dann: »Ich bin auf dem Weg. Das klärt sich. Mach dir keine Sorgen.« Sie ließ die Hand mit dem Telefon sinken.

»Was ist los?«

»Alexander ist heute Nacht nicht nach Hause gekommen. Sandra macht sich große Sorgen. Ich muss zu ihr.«

»Jetzt sofort?«, fragte Hartmut irritiert.

»Was glaubst du?«

Unbewusst war der Schalter umgesprungen und ihr Polizistinnentonfall reaktiviert worden. Jemand wurde vermisst und sie gebraucht. Frederike diskutierte nicht und verlor kein Wort zu viel. Mit ihrem Ton stellte sie das klar.

Sie hatte nicht bedacht, dass Hartmut das nicht kannte. Erst als sie seinen Gesichtsausdruck bemerkte, wurde es ihr bewusst.

»Tut mir leid, aber Sandra ist durch den Wind.«

Er drückte sie an sich. »Es ist gut. Die Polizistin erwacht zum Leben.«

Jetzt empfand sie seine Geste als Festhalten. Trotzdem zählte sie bis drei, bevor sie sich aus der Umklammerung befreite. »Ich muss mich anziehen.«

»Ich fand es übrigens schön letzte Nacht.«

Frederike sah Hartmut in die Augen. Er meinte es ernst. »Du bist zu genügsam«, sagte sie.

Er lachte. »Und ich bin geduldig.«

Sie sah auf den Boden. »Das ist lieb von dir«, erwiderte sie pflichtbewusst, als sie merkte, dass Hartmut nicht auf ihre Ausweichmanöver einging.

Er löste die Situation auf. »Ich muss jetzt sowieso los. Mein Termin beim Kardiologen.«

Sie erinnerte sich.

»Meldest du dich, wenn du mehr weißt?« Hartmuts Blick war zu sehr Seifenoper und unpassend für die Aufregung, die gerade in ihr hochkochte. Ein Freund wurde vermisst.

Sie nickte. Es fühlte sich nicht richtig an, ihn jetzt gehen zu lassen. Sie sollten noch einmal über den Abend und die Nacht reden. Doch ihr fehlte die Übung, sich über Emotionen und Befindlichkeiten auszulassen.

Er nahm seine Jacke vom Haken. »Du rufst an«, sagte er und gab ihr einen Kuss, bevor er sich lächelnd auf den Weg machte.

Sie sah ihm hinterher, wie er den Fuß auf die erste Treppenstufe setzte, sich noch einmal zu ihr umdrehte. »Da steckt bestimmt nichts dahinter«, sagte er beschwichtigend.

»Hoffen wir's.«

Er machte eine wegwerfende Handbewegung. Mit erhobenem Zeigefinger ergänzte er: »Falls doch etwas sein sollte, gönnst du der KHK Stier bitte trotzdem genug Ruhe?«

Wie er es sagte, zeigte Frederike, dass er besorgt um sie war. So lange lag die Reha noch nicht zurück. Sie wusste, dass er recht hatte und sie sich noch schonen sollte.

Wann war ein Mann eigentlich das letzte Mal besorgt um sie gewesen? Es fühlte sich seltsam an.

Dann war er fort.

Sie ging in die Wohnung und drückte die Tür zu. Mit dem Rücken lehnte sie sich dagegen und legte den Kopf in den Nacken. Das war jetzt also die erste gemeinsame Nacht? Was für ein Reinfall. Konnte so eine lange Freundschaft beginnen?

Sie orderte ein Taxi, das sie zu Sandra bringen sollte, und ging ins Schlafzimmer. Durch das offene Fenster wehte eine frische Brise herein.

Während sie sich anzog, beschäftigte sie sich bereits mit Alexander und Sandra und der Frage, was dort los sein könnte.

Sie zog den Reißverschluss der Hose hoch und stellte fest, dass sie wieder passte.

4

Frederike drückte so heftig und ausdauernd auf den Klingelknopf, dass die Fingerkuppe weiß anlief. Sie schloss die Augen und hoffte so sehr, dass Alexander mit einem breiten Grinsen gleich die Tür öffnen und »Überraschung« rufen würde.

Floh bellte. Schritte näherten sich, und die Tür schwang auf.

Sie kannte den Mann nicht. »Ja?«

»Stier. Frederike. Wo ist Sandra?«

Vor ihr stand ein aufgeregtes Rumpelstilzchen, das sie mit vorgeschobenem Kinn ansah.

»Sandra hat mich angerufen. Wo ist sie?« Frederike machte einen Schritt nach vorne.

»Ah. Ja. Kommen Sie rein.« Das Rumpelstilzchen wich zur Seite.

Sie marschierte los und hörte nur »Wohnzimmer«. Am Ende des Flurs stand die Tür offen.

Sandra saß auf dem Sofa und putzte sich die Nase. Ihre Augen waren verquollen, neben ihr lagen Dutzende zusammengeknüllter Papiertaschentücher.

Frederike setzte sich neben sie und nahm sie in den Arm. Das zuckende Häufchen Elend legte den Kopf an ihre Schulter und wollte sich gar nicht beruhigen.

»Aber es ist doch gar nichts passiert.« Behutsam strich sie Sandra über den Rücken.

Sie löste sich und sah Frederike an. »Reicht es nicht, dass er nicht nach Hause gekommen ist?«

Frederike wich erschrocken zurück.

Sandra wechselte zurück zur sorgenvollen Ehefrau. »Kannst du nachsehen, ob du ihn findest? Deine Kollegen anrufen? In den Krankenhäusern nachfragen?«

Frederike nickte. »Warum glaubst du, dass etwas passiert ist?«

»Weil er immer heimkommt.«

Frederike wandte sich an den Mann, der mittlerweile im Türrahmen lehnte und ihnen zusah. »Sie sind Sandras Bruder?«

»Matze. Ja.«

Schon an der Haustür hatte Frederike die gestrige Kneipentour an ihm gerochen. Auch der Rest deutete darauf hin, dass die Nacht lang und es nicht die erste dieser Art war.

Offenbar bemerkte er ihren abschätzenden Blick und strich sich über das unrasierte Kinn. »Wurde spät gestern. Bin gleich hierhergefahren, als Sandra angerufen hat.« Matze steckte die Hände in die Jeans. »Kaffee?«

»Schwarz, ohne Zucker«, sagte sie und widmete sich wieder Sandra. »Wann bist du ins Bett gegangen?«

»Gleich nachdem ich zu Hause war. Ich war hundemüde und bin dann auch sofort eingeschlafen.«

»Kannst du durchschlafen?«

»Schön wär's.«

»Trotzdem hast du nicht gemerkt, dass Alexander nicht gekommen ist?«

»Er hat sich ein Bett in sein Arbeitszimmer gestellt. Ich bin ihm zu unruhig.«

Floh kam zu Sandra, wedelte mit dem Schwanz und leckte ihr die herabhängende Hand. Sie streichelte ihm über den Kopf, worauf der Schwanz noch schneller wedelte. »Heute Morgen saß Floh alleine vor der Tür.«

Seltsam, dass der Hund alleine nach Hause gegangen ist, vor allem, wenn dem Herrchen etwas passiert sein sollte, dachte Frederike. »Wo geht Alexander mit ihm abends hin?«

»In den Park.« Sandra zeigte in die Richtung, die sie meinte.

»Geht Alexander immer denselben Weg, wenn er abends mit Floh unterwegs ist?«

»Soviel ich weiß, ja. Er geht eine Runde durch den Skulpturenpark. Dort trifft er manchmal Nachbarn.«

»Kann er mit einem Nachbarn noch auf ein Bier gegangen sein? Oder bei ihm übernachtet haben?«

»Das kann ich mir nicht vorstellen. Wir kennen die Nachbarn, wechseln ein paar Worte, sind aber mit keinem enger befreundet.«

Matze stellte eine Kaffeetasse auf den Tisch. Frederike nahm einen kleinen Schluck und schüttelte sich.

Eine aufkeimende Unruhe begann sich in ihr breitzumachen. Auch ihr war es rätselhaft, warum Alexander wegblieb, ohne sich auch nur zu melden.

Was konnte passiert sein? Natürlich fiel ihr zuerst sein Herz ein. Gerade nach der Aufregung bei und nach dem Treffen. Schließlich hatten sie sich in der Reha kennengelernt. Alle anderen Gründe schob sie beiseite.

»Wohnt ein Freund hier in der Nähe, zu dem er gegangen sein könnte?«

Sandra verneinte.

»Wollte er sich womöglich noch mit jemandem treffen?«

»Keine Ahnung, glaube ich aber nicht. Höchstens Thorsten, der wohnt um die Ecke.«

Thorsten. Mit dem sich Alexander gestern Abend so heftig gestritten hatte.

»Wird Alexander bedroht? Gab es Angriffe?«

»Was glaubst du denn?« Sandras Ton war scharf.

»Wird er?«

»Manchmal kommen böse E-Mails oder auch ein Brief. Nichts, was er ernst nimmt.«

»Hast du die gelesen?«

»Nein, er zeigt mir nichts, sondern erzählt immer nur davon.«

»Sammelt er das Zeug?«

»Er hat einen Ordner in seinem Zimmer, glaube ich.«

Frederike überlegte.

»Alexander würde nicht einfach so wegbleiben. Nicht, ohne Bescheid zu sagen.« Sandra schluchzte, ihre Stimme klang verzweifelt.

Die nächste Frage war heikel, und Frederike formulierte

sie im Kopf mehrmals um. »Gibt es sonst jemanden, bei dem Alexander übernachtet haben könnte?«

Sandra wusste sofort, worauf Frederike hinauswollte. »Wir kriegen ein Kind. Es gibt keine andere.« Sie flüsterte die Antwort beinahe.

Wieder legte Frederike Sandra den Arm um die Schulter. »Tut mir leid. Manchmal bin ich noch zu sehr Hauptkommissarin und sehe überall das Schlechte.« Sie leerte ihre Kaffeetasse. Dann fragte sie abschließend, um sicher zu sein: »Die Polizei hast du noch nicht angerufen?«

»Ich dachte, dass du … Es ist doch nichts passiert, und wenn er gleich wieder da ist, dann wären alle umsonst alarmiert.«

Irgendwie verständlich, dass Sandra den Gedanken an Schlimmeres verdrängte.

Frederike versuchte es auch. Sie stand auf und ließ sich von Sandra zur Haustür begleiten. »Wenn Alexander in den Park geht, nimmt er die Straße hier und dann rechts?« Sie zeigte auf den Weg, den sie meinte.

Sandra bestätigte es. »Matze kann mitgehen«, schlug sie vor.

Das kam gar nicht in Frage. »Es ist besser, wenn er bei dir bleibt«, wiegelte sie ab. Sollte doch mehr hinter dem Verschwinden stecken, wollte sie keinen Matze an ihrer Seite haben.

Sie nahm Sandra noch einmal in den Arm. »Das klärt sich auf. Mach dir keine Sorgen.«

Frederike marschierte los. Eine schwüle Glocke hing bereits über der Stadt. Kein Lüftchen regte sich. Kein Vogel sang.

5

Es war kurz vor neun, die Sonne verdampfte gerade die letzten Wolken am Himmel. Von der Straße stieg die Feuchtigkeit des nächtlichen Gewitterregens auf und trieb Frederike den Schweiß auf die Stirn.

Sie hörte Alexanders mahnende Stimme, die vorhersagte, dass extreme Unwetter bald die Regel sein würden, wenn es nicht gelänge, den CO_2-Ausstoß zu verringern. Dann bräuchte jeder Gummistiefel und ein Schlauchboot im Keller, denn irgendwann wäre der eine Wolkenbruch einer zu viel für die Dämme, und dann würden sich Rhein und Emscher ins Ruhrgebiet ergießen und ein Chaos anrichten.

Wenn er mit seinen Klimastatistiken anfing und die Eigenarten des Ruhrgebiets beschrieb, das sich durch den Steinkohlebergbau fünf, zehn, zwanzig Meter abgesenkt hatte und dadurch tiefer lag als alle Flüsse drum herum, wurde ihr manchmal mulmig. Dann verglich er das Ruhrgebiet mit einer Badewanne ohne Abfluss, das einströmende Wasser konnte nicht entweichen und verwandelte ihr geliebtes Ruhrgebiet in eine ausgedehnte Seenlandschaft.

Sie selbst fand das übertrieben. Auch wenn die Kanalisation manchmal überlief, so musste man nicht gleich die Apokalypse an die Wand malen.

Sie ging denselben Weg, den sie gestern Nachmittag mit Hartmut in umgekehrter Richtung gegangen war, und bog rechts in den schmalen Fußweg ein. Der Untergrund war noch immer matschig, Frederike balancierte zwischen Pfützen und Schlammlöchern hindurch und verfluchte sich dafür, keine festen Schuhe angezogen zu haben.

Sie überquerte den Bach über eine aus Metallplatten bestehende Brücke. Nach wenigen Metern erreichte sie das große Areal, das früher die Halde des Welterbes Zollverein gewesen war. Hier hatte sich durch den vielen Regen ein See gebildet, auf dem zwei Enten schwammen.

Sie ging nach links, vorbei an Brombeerhecken, ihr Blick wanderte dabei die ganze Zeit über die Fläche, ging abwechselnd in das Gestrüpp neben ihr und nach oben in den wolkenlosen Himmel. Im Hintergrund ragten die Türme der Kokerei auf, neben der Kohlenwäsche ein weiterer Besuchermagnet von Zeche Zollverein.

Endlich erreichte sie den befestigten Weg. Auf dem Asphalt sah sie die Hinweismarkierung: links zur Kokerei, rechts zum Schacht XII und geradeaus, die Treppe hinauf, zum Skulpturenpark. Sie bog rechts ab.

Ein Rotkehlchen setzte sich auf einen Brombeerzweig und piepte sie frech an. Früher hätte sie das Vieh erschreckt, dass es keifend davongeflogen wäre. Durch Alexander hatte sich ihr Blick auf die Natur verändert. Sie sah jetzt Bäume, Sträucher, Blumen, wo früher Grünzeug wucherte. Ein zarter Vogel, der sich in dieser Stadtlandschaft einen Lebensraum erobert hatte, brachte sie neuerdings zum Lächeln.

Mit jedem Schritt veränderte sich ihr Blick. Sie nahm die Umgebung mehr und mehr als Kommissarin wahr. Eine ausgetretene Zigarette auf dem Weg wurde zu einem potenziellen Spurenträger; auch ein Taschentuch im Dreck, ein Kaugummi. Sie konzentrierte sich auf jede Kleinigkeit, blieb mehrmals stehen und sah sich die Umgebung genauer an. So entwickelte sie ein Gefühl für das Umfeld, sie suchte nach Verstecken und Fluchtwegen.

Rechts im Hintergrund sah sie das Castell, die Skulptur aus mächtigen Steinquadern. Vom Weg konnte man meinen, dass es aus vielen Blöcken bestand, es waren jedoch nur vier in Form eines L-Winkels. Die beiden Kanten waren jeweils etwa vier Meter lang. Zwischen den Blöcken gab es schmale Durchlässe, durch die man auf einen Platz in der Mitte der vier L-Winkel gelangte.

Der Weg stieg leicht an. Ihr Blick klebte an der flachen Skulptur, während sie direkt auf den Eckpunkt des vorderen L zusteuerte.

Als sie sich neben Alexander kniete, konnte sie nicht sagen, was sie hierherdirigiert hatte. Eine Ahnung, ein unbewusstes Signal oder einfach ihre Erfahrung in solchen Situationen.

Sie kam zu spät. Die gelbe Haut, die sichtbaren Totenflecken an der unteren Wange und dem Hals, Fliegen überall.

»Ach, Alexander. Wer rettet jetzt das Ruhrgebiet?«, fragte sie sich, als sie wieder stand und auf den toten Freund hinuntersah. Dann breitete sich die Sorge um Sandra und ihre ungeborene Tochter aus.

Mit dem dritten Gedanken lief die Routine der ehemaligen Hauptkommissarin ab. Tatort sichern, Spuren sichern – sie sollte die Polizei informieren, damit die das tat. Gleich.

Ihr Blick wanderte zurück zu Alexander. Wie er auf der Seite lag, den Kopf etwas erhöht, wirkte er beinahe, als würde er schlafen.

War es doch das Herz gewesen? Oder hatte jemand nachgeholfen?

Sie öffnete ihren Rucksack, holte die Einweghandschuhe heraus, die immer noch sicherheitshalber in einer Seitentasche lagen, und streifte sie über. Erneut kniete sie sich neben Alexander, bemerkte erst jetzt den Stein, auf dem sein Kopf lag. Als sie den Kopf leicht anhob, sah sie, dass der Stein spitz war, kegelförmig und ein Loch in die Schläfe gedrückt hatte. Blut war ausgetreten.

Kein Problem mit dem Herzen.

Als wäre ein Schalter umgelegt worden, erhob sie sich und inspizierte die Umgebung. Bewegte sich etwas? Wurde sie beobachtet? Lauerte jemand möglicherweise hinter einem Baum? Nachdem sie nichts Auffälliges wahrnahm, kehrten ihre Überlegungen zu Alexander zurück. War es ein Unfall, war Alexander unglücklich gestürzt, oder befand sie sich an einem Tatort?

Sie suchte den Boden ab. Hier lagen keine losen Steine herum und schon gar keine mit einer solchen Form. Sie musste gleich nachsehen, ob sich außerhalb der Quader solche Steine befanden. Kampfspuren erkannte sie nicht. Die schwach erkennbaren Fußspuren lieferten keinen Hinweis.

Mit ihrem Smartphone schoss sie einige Aufnahmen. Dann wählte sie den Notruf und informierte die Diensthabende über die Details. Die Kripo musste anrücken und den Fall übernehmen.

Zurück bei Alexander begann sie mit ersten Ermittlungen. Ihr blieb nicht viel Zeit. Sie versuchte einen Arm, danach ein Bein zu heben, doch die Totenstarre war bereits ausgebildet. Bei der Wärme kein Wunder. Sie tastete vorsichtig die Hosentaschen ab, bemüht, nichts zu verändern. Sein Smartphone steckte in der linken. Sie konnte es herausziehen. In der Reha hatte sie regelmäßig sein Telefon entsperrt, wenn er wieder seine Lesebrille vergessen hatte und die Nachrichten von Sandra nicht lesen konnte. Sie gab die Ziffern von Sandras Geburtstag ein und suchte in den Nachrichten.

Das Martinshorn kündigte frühzeitig den ersten Einsatzwagen an.

»Thorsten und Kai hecken etwas aus, das dir nicht gefällt. Wenn du es nicht verhinderst, gibt es großen Ärger.« Der Absender war anonym, eine unterdrückte Nummer. Sie fotografierte mit ihrem Smartphone die Nachricht. Um zweiundzwanzig Uhr neununddreißig war sie eingegangen. Da hatte sie bei Kalli neben ihm gestanden.

Sie suchte weiter. Zum Nachdenken hatte sie nachher noch genügend Zeit.

Ein zweites Martinshorn ertönte.

Frederike steckte das Telefon zurück in die Hosentasche. Dann richtete sie sich auf, verstaute die Einweghandschuhe im Rucksack und machte einige Aufnahmen von Alexander und der Umgebung. Danach filmte sie alles. Sicher war sicher.

Erst als sie noch einmal die Qualität der Aufnahmen prüfte, wurde ihr bewusst, dass da ein Freund lag. Ein lieber Mensch, der gestern noch strotzend vor Energie eine Versammlung geleitet hatte. So schnell wurde aus einem Freund ein Fall, dachte sie. Ein Kloß bildete sich in ihrem Hals. Bilder gemeinsamer Abende schossen durch ihren Kopf. Sein Lachen. Seine mahnende Stimme. Für immer verstummt. Mit dem Handrücken wischte sie sich über die Augen.

Zu Hause warteten eine Frau und ein ungeborenes Kind auf ihn. Eine Frau, die sich Sorgen machte. Die eine Zukunft mit ihm geplant hatte und der nun der Boden unter den Füßen weggezogen wurde.

Ich werde mich um Sandra kümmern, nahm Frederike sich vor.

Mit einem Ruck kehrte sie zum Tatort zurück. In wenigen Minuten würde die Ermittlungsmaschine anlaufen. Sie gehörte nicht mehr dazu. Andere würden übernehmen, ihr blieb die ungewohnte Rolle der Zuschauerin.

Sie sah Kowalczyk und Julian Potthoff gleich hier auflaufen und das Kommando übernehmen, sie befragen, nachbohren, wissen wollen, was sie mit dem Toten zu tun hatte. Sie würde zur Zeugin degradiert, die ihre Aussage macht und verschwinden muss. Ihre Fingernägel bohrten sich in die Handflächen. Bei dieser Vorstellung schlug ihr Herz, dass sie es im Hals spürte.

Also traf sie eine Entscheidung: Egal wie, eins würde sie für Alexander, ihren Freund, noch tun – sich persönlich um den Mörder kümmern. »Das tu ich für dich«, murmelte sie und sah Alexander noch einmal an.

Dann trat sie aus dem Steinquadrat.

Vom Weg kamen gerade die Streifenkollegen angerannt. Kaum standen sie neben ihr, fragten sie bereits: »Haben Sie uns informiert?«

Frederike nickte und erklärte ihnen die Lage. Damit war sie raus. Widerwillig stellte sie sich abseits und beobachtete, wie der Tatort gesichert und eine erste Meldung abgesetzt wurde.

Der Rettungswagen tauchte auf, und schon eilte der Notarzt

mit seinem Koffer zu Alexander, kniete nieder, richtete sich aber rasch wieder kopfschüttelnd auf.

Frederike wollte nicht weiter hinsehen. Sie rief Hartmut an. Da direkt seine Mailbox ansprang, vermutete sie, dass er noch beim Arzt saß. Sie hinterließ die Information zu Alexanders Tod und bat ihn, sie zurückzurufen. Sandra wollte sie nicht telefonisch informieren. Direkt zu ihr gehen wollte sie auch nicht, denn gleich würden die Spurensicherung und danach Kowalczyk und wahrscheinlich Julian kommen. Vielleicht auch der Staatsanwalt. Das wollte sie noch abwarten.

Es dauerte fünfzehn Minuten, bis Patrick, der Leiter der Spurensicherung, auflief. Natürlich war er der Erste. Er übernahm auch gleich das Kommando, nachdem er sich mit dem Notarzt verständigt hatte. Sie verstand nur Wortfetzen, konnte seine wilden Gesten aber deuten. Er ließ den Bereich großräumig absperren und wollte, dass die Umgebung nach Spuren und Hinweisen abgesucht wurde.

Wie vertraut alles noch war und wie deprimierend, nicht mehr Teil davon zu sein.

Als Patrick über das Areal blickte und sie sah, kam er auf sie zu.

»Wer hat dich so früh geweckt?« Unter dem Gelächter zweier Kollegen, die in der Nähe standen, stellte sich Patrick zu ihr.

»Wenn ich gewusst hätte, dass ich dich heute treffe, wäre ich im Bett geblieben. Aber jetzt liegt das Kind im Brunnen.«

»Versaue ich dir gerade den Tag?«, fragte er.

»Das sag ich dir in fünf Minuten.«

Patrick kratzte sich im Nacken. Dachte er tatsächlich über ihre Antwort nach? Doch nicht Patrick, die Krone der forensischen Schöpfung. Immerhin. Sein Ton schien ihr milder, nicht so aggressiv, wie sie ihn gewohnt war.

Sie solle gnädiger mit ihren Mitmenschen umgehen, hatte ihr Kardiologe ihr mit auf den Weg gegeben. Kannte Patrick den Unterschied zwischen gnädig sein und einknicken? Sie gab sich einen Ruck und meinte: »Ich glaube nicht, dass du mir den Tag versaust. Wenn ich dich damals gemocht hätte, würde ich fast sagen: Schön, dich wiederzusehen.«

Er lachte.

Frederike hielt ihm die Hand hin.

Patrick drillte seine Schnurrbartspitze einige Male zwischen Daumen und Zeigefinger, dann streckte auch er seine Hand aus.

Sie ergriff sie.

Patrick drückte nicht zu, wie er es früher gerne getan hatte. Seine Mundwinkel zuckten. »Wie geht es dir?«

Sie erzählte vom Krankenhaus, von der Reha und vom langweiligen Ruhestand. »Alle sagen, ein Rentner hetzt von Termin zu Termin und hat keine Zeit für irgendwas. Ich sitze zu Hause und verfolge eure Arbeit in der Zeitung oder im Internet.«

Er nickte und drehte sich zum Fundort. »Bist du deshalb hier? Weil dir langweilig ist?« Er klang amüsiert.

»Ich kenne ihn. Alexander Röttgen.« Sie erklärte kurz, warum sie hier war.

»Angefasst hast du nichts?«

»Ich gehöre nicht mehr dazu«, antwortete sie knapp.

»Ich melde mich, wenn ich eine Speichelprobe von dir brauche.«

»Ich hoffe, vorher.« Sie gab ihm eine Visitenkarte, die sie irgendwo einmal als Werbegeschenk bekommen hatte.

Patrick warf einen Blick darauf und schob sie in die Gesäßtasche seiner Jeans. »Es war schön, dich zu sehen. Und die Farbe im Gesicht steht dir gut.«

Ohne ein weiteres Wort ging er zu seinem Team.

Frederike hob die Hand zum Abschied. War das gerade ein Kompliment gewesen? Von Patrick? Sie konnte es sich nicht vorstellen. Die Begegnung hatte etwas Gespenstisches, fand sie. Wollte er sie auf den Arm nehmen, oder hatte er sich tatsächlich gefreut, sie wiederzusehen? Sie spürte noch seinen Händedruck, der etwas Verbindliches, Annäherndes ausdrückte. Er hatte ihr noch nie die Hand gegeben, ohne ihr wehzutun. Außerdem hatte der Händedruck länger gedauert, als es für eine geschäftsmäßige Begegnung notwendig gewesen wäre.

Sie ging zum befestigten Weg, blieb stehen und sah dem Treiben zu.

Weitere Kollegen trafen ein, wurden von Patrick angebellt, dann zu Arbeiten eingeteilt. Schließlich kam auch Julian, und in seinem Windschatten trabte Kowalczyk heran. Sie blieben vor ihr stehen.

»Frederike«, begrüßte Julian sie knapp.

»Ich freue mich auch«, entgegnete sie.

Kowalczyk schüttelte ihr ohne ein Wort der Begrüßung die Hand, wobei er ihren Blick mied. Die Größen der Essener Kripo, dachte sie beim Anblick der Kerle und schmunzelte.

Kowalczyk wollte sofort wissen, wieso und wann sie den Toten gefunden hatte und warum keine Vermisstenmeldung von der Ehefrau eingegangen sei. Fragen, die wohl seine neue Rolle als leitender Kommissar unterstreichen sollten.

Ihre Geschichte war schnell erzählt, auch wenn es ihr widerstrebte, sich ausfragen zu lassen. Sie ließ es über sich ergehen, weil sie ja die Routinen kannte.

Sie wollte zu Sandra. Die schlimme Nachricht sollte sie von ihr und nicht von Kowalczyk bekommen.

»Aber du hältst dich raus.« Julian zeigte mit dem Zeigefinger auf ihre Brust.

Wo hatte sie das heute so ähnlich schon einmal gehört?

»Ich mache in meiner Freizeit, was ich will. Und da redet mir auch die Polizei nicht hinein.« Frederike verschränkte die Arme. Auf diese blöde Tour musste er ihr nicht kommen.

»Frederike, du überlässt das uns.« Julian wurde lauter.

»Hast du Angst, ich präsentiere dir den Mörder schneller als Kowalczyk?« Sie deutete mit einer Kopfbewegung zu ihrem ehemaligen Kollegen.

Kowalczyk wollte etwas erwidern, doch Julian legte ihm die Hand auf den Arm. »Du willst doch keinen Ärger. Halte dich also raus.« Hinter Julians ruhigem Ton schwang eine Drohung mit, die sie sich nicht bieten lassen wollte. Trotzdem schwieg sie.

»Das ist ein Freund«, sagte sie nur.

»Schön, dass du wenigstens im Alter einen Freund gefunden hast.« Julian grinste sie herausfordernd an.

»Ich drücke dir die Daumen, dass auch du dieses Alter erreichst.« Damit ließ sie ihn stehen.

6

Wie gerne hätte Frederike jetzt gegen eine Blechdose getreten. Oder laut geschrien. Oder laut schreiend gegen eine Blechdose getreten. Doch sie unterließ es. Sie musste mit ihren Kräften haushalten.

Mit jedem Schritt, den sie sich Sandra näherte, schob sie die Wut beiseite und machte sich klar, was vor ihr lag. Sie würde Sandra helfen, sie unterstützen und trösten. Doch sie wusste auch, dass am Ende ihre Freundin durch die Trauer und den Schmerz alleine durchmusste. Ihr eigenes Leben hatte sie das gelehrt. Sie selbst empfand geteiltes Leid nicht als halbes Leid. Denn selten wurden Worte dem gerecht, was in einem tobte, oder schmälerten die Wut und die Verzweiflung, die man der Welt gerne entgegengeschrien hätte.

Würde Sandra anders empfinden, wäre sie bereit, einen Teil für sie zu tragen.

Wenn Hartmut doch nur jetzt bei ihr sein könnte. Er war besser darin, Trost zu spenden und Mitgefühl zu zeigen. Als Kinderarzt hatte er sich oft auch um die Eltern und deren Schmerz und Sorgen gekümmert, genau wie um die Wunden der kleinen Patienten.

Als sie damals unvermittelt ihren Lebensmittelpunkt verloren hatte, den Menschen, um den sich ihr ganzes Sein gedreht hatte, Moritz, war sie durch die Hölle gegangen. Verwunden hatte sie den Verlust bis heute nicht. Tief eingegraben lauerte die Erinnerung an ihn und wartete darauf, wieder hochzukommen. Manchmal tat sie es ganz von allein, manchmal beschwor Frederike sie herauf. Trotzdem: Verarbeitet hatte sie den Verlust nicht.

Wie es Sandra gleich gehen würde, konnte sie sich vorstellen. Aber was würde Sandra wirklich helfen? Sie kannte sie zu wenig. In den Arm könnte sie sie nehmen.

Der nüchtern-pragmatische Umgang mit solchen Situationen war ihr vertrauter und auch lieber. Hinter dem dienstlichen Überbringen einer Todesnachricht mit anschließender Befragung ließ sich die eigene Betroffenheit gut verstecken.

Sie wählte nochmals Hartmuts Nummer. Dieses Mal nahm er das Gespräch schon während des ersten Klingelns an. »Hartmut, es ist schlimm. Alexander wurde erschlagen.«

Nach einem kurzen Bericht zum Stand der Dinge fragte sie: »Kannst du ebenfalls zu Sandra kommen? Es wäre gut, wenn wir jetzt bei ihr wären.«

Hartmut antwortete nicht sofort. Wahrscheinlich plante er gerade seinen Tag um. »Ich mache mich auf den Weg«, sagte er endlich.

»Danke.« Sie atmete erleichtert aus. Mit dem Telefon am Ohr erreichte sie das Haus. »Ich gehe schon zu ihr. Danke, dass du kommst. Bis gleich.«

Frederike atmete mehrmals durch, strich sich durch die Haare und hoffte, dass nur sie ihren Schweiß roch. Dann drückte sie auf die Klingel.

Wieder bellte Floh, und wieder näherten sich Schritte. Rumpelstilzchen öffnete und sagte: »Bitte nicht.«

War ihr die Nachricht so deutlich auf die Stirn geschrieben? Sie nickte.

Mit schweren Schritten ging sie durch den Flur zu Sandra ins Wohnzimmer, setzte sich neben sie aufs Sofa und nahm sie in den Arm. Als der erste Tränenfluss verebbt war, fragte Sandra: »Was ist passiert?«

»Lass uns rausgehen.« Frederike sah auf die Uhr. Hartmut würde noch etwas brauchen, bis er hier war.

Gemeinsam gingen sie auf die Terrasse und setzten sich an den Tisch. Matze brachte Tee und Taschentücher.

Frederike erzählte wieder, was passiert war, wobei sie auf eine detaillierte Darstellung verzichtete. »Meine ehemaligen Kollegen werden gleich hierherkommen. Die wissen bestimmt mehr. Sie werden dir aber auch Fragen stellen und alles über

Alexander wissen wollen. Wahrscheinlich wirst du einige Fragen sehr indiskret finden. Das gehört leider zur Ermittlung dazu.«

Sandra sah sie mit aufgerissenen Augen an. »Du hilfst mir doch, oder?« Und nach einer kurzen Pause: »Der Polizei doch auch?«

»Ich bin immer für dich da.« Auch wenn sie im Stillen dem toten Alexander zugesichert hatte, seinen Mörder zu finden, wollte sie Sandra keine leeren Versprechungen machen.

Sandra wischte sich über die Augen. »Wurde er ... Hat ihn jemand ... umgebracht?«

Frederike hob die Schultern.

Sandra drückte den Rücken durch. »Wenn es nicht das Herz war, dann suchst du doch den, der das war. Frederike, versprich mir das. Die Polizei macht doch sowieso nichts. Die haben ihn noch nie ernst genommen.«

»Wie meinst du das?«

»Die Drohungen, Briefe, E-Mails. Die haben sich das alles angesehen und gemeint, dass sie da nichts machen können.«

»Hier geht es um etwas anderes. Das nimmt die Polizei sehr ernst.«

»Die sind hier doch alle froh, dass er endlich Ruhe gibt.«

»Auch das untersucht die Kripo. Die kümmern sich gewissenhaft darum.« Sandras Vorwurf traf sie persönlich, als gehörte sie weiterhin zum Team. Auch wenn die Behörde manchmal überlastet war, nahm sie eine Mordermittlung immer sehr ernst. Gegebenenfalls holte man Kollegen von anderen Dienststellen dazu oder gab den Fall komplett ab, wenn es gar nicht anders ging.

»Ich habe noch Kontakte und werde mich regelmäßig nach dem Stand erkundigen.«

»Frederike, versprich mir, dass du den Mörder findest. Wenn ich Alexander beerdige, muss ich wissen, was passiert ist.«

»Wir wissen doch noch gar nicht –«

»Frederike, du warst eine gute Polizistin, die Zeitungen haben geschrieben, eine sehr gute. Aber du bist eine miserable Schauspielerin.« Jetzt klang Sandra sehr bestimmt. Dahinter verschwand sogar die trauernde Witwe.

Frederike nickte. »Ich tu, was ich kann.« Wenigstens hatte sie versucht, sich zu widersetzen.

Wenn sie jetzt tatsächlich Ermittlerin sein wollte, dann durfte sie keine Zeit verlieren. Als Erstes überlegte sie, wie sie geschickt die Rolle wechseln konnte. Denn sie musste sich Alexanders Büro ansehen, bevor Kowalczyk kam.

»Entschuldige, wenn ich jetzt sehr sachlich werde. Aber wenn ich den Mörder finden soll, dann brauche ich Informationen.«

Sandra wich bei diesem direkten Ton zurück. Frederike ignorierte es.

»Zuerst die Drohbriefe. Du hast gesagt, dass Alexander das gesammelt hat. Bevor die Polizei kommt, muss ich mir das ansehen.« Sie stand auf und spürte sofort eine Energie durch ihren Körper fließen, die sie schon länger vermisst hatte. Es fühlte sich gut an.

Sandra zögerte.

Frederike konnte verstehen, dass Sandra sie nicht so gerne in Alexanders privaten Unterlagen wühlen lassen wollte. Aber es half nichts. »Die Polizei wird nachher sowieso alles mitnehmen und untersuchen. Danach habe ich keinen Einblick mehr, und es wird noch schwerer, etwas für dich zu tun. Deshalb muss ich das vorher noch sehen.«

Es klingelte an der Haustür. Inständig hoffte sie, dass es Hartmut war und dass er es schaffte, Sandra zumindest abzulenken.

Matze ging zur Tür.

»Wenn es so wichtig ist, dann such, was du brauchst. Das Zimmer ganz oben.«

Frederike erkannte die Stimme an der Haustür.

»Frederike, was machst du hier?«, kam auch sofort die provozierende Frage von Kowalczyk, als sie sich im Flur gegenüberstanden.

»Ich habe dir doch vorhin gesagt, dass ich mit Alexander befreundet war.«

»Wenn ich dich noch einmal während der Ermittlung treffe«, platzte Julian dazwischen, »dann hat das disziplinarische Konsequenzen.«

»Wenn du wieder im Büro bist und deinen Sessel warm drückst, schicke mir bitte die Dienstvorschrift, die besagt, dass ich einer Freundin nicht beistehen darf, wenn ihr Partner ermordet wurde.«

»Frederike!«

»Meine E-Mail-Adresse hast du sicher noch.« Damit verließ sie das Haus.

Diese Konfrontation verlieh ihr zusätzliche Energie. Sie lächelte und fühlte sich endlich wieder lebendig.

7

Vor dem Haus stand Hartmut neben einem Streifenpolizisten. Frederike ging zu ihm. Er wollte sie in den Arm nehmen, doch sie war nicht in der Stimmung, Trost zu empfangen. Hartmuts Umarmungen engten sie ein, hinderten sie, etwas zu tun. Deshalb drückte sie sich weg.

»Die sind nicht bei Trost. Schicken mich weg wie eine Dahergelaufene. Und drohen mir auch noch.«

Hartmut wusste natürlich nicht, worüber sie sich gerade aufregte, also erklärte sie es ihm.

»Vielleicht lässt du das wirklich besser deine ehemaligen Kollegen machen.«

Tiefes Atmen half in der Situation nicht mehr. Sie sah zu Hartmut hoch. Er lächelte. Sie schäumte noch mehr. »Glaubst du wirklich, ich überlasse den Fall diesen Kerlen? Meinst du allen Ernstes, ich sehe zu, wie Kowalczyk –« Sie spürte, wie ihre Knie weich wurden und der Boden schwankte. Hartmuts Arm gab ihr Sicherheit. »Entschuldige, ich hätte frühstücken sollen.«

Hartmut schaute sie besorgt an und setzte an, etwas zu sagen.

»Kein Kommentar«, drohte sie ihm mit dem Zeigefinger. »Überleg lieber, wo ich etwas zu essen bekomme.« Wie immer, wenn ihr Blutzucker zu tief sank, trieb ihr Adrenalin sie an die Grenze zu unausstehlich.

»Auf Zollverein gibt es ein Café.« Hartmut nahm ihr Handgelenk und suchte ihren Puls.

Sie riss die Hand weg. »Hörst du bitte auf, mich mitten auf der Straße zu untersuchen! Das bringt zwar meinen Kreislauf in Schwung, verbessert meine Laune aber nicht.« Gerade fehlte ihr die Geduld, ihre Worte in einen charmanteren Ton zu kleiden.

Unterwegs dachte sie, dass diese Kreislaufschwäche sehr gelegen gekommen war, denn durch den Fußmarsch kamen sie nun am Tatort vorbei – wo sie zufällig noch einmal mit Patrick reden konnte. Außerdem blieben sie in der Nähe von Alexanders Haus, damit sie später doch noch in sein Büro konnte.

Drei Fliegen mit einer Klappe.

Ein Donner ließ sie zusammenzucken. Unbeirrt gingen sie weiter, immer wieder skeptisch zum Himmel blickend.

Frederike erzählte erneut, wie sie Alexander gefunden hatte, schilderte die Begegnung mit den ehemaligen Kollegen und gab das Gespräch mit Sandra wieder.

»Ich erinnere mich nicht, dich jemals so viel am Stück reden gehört zu haben«, sagte Hartmut, als sie die Wiese erreichten.

Der Unterton verriet ihr, dass er bereits etwas ahnte, deshalb ging sie nicht darauf ein.

Rechts im Hintergrund erkannte Frederike sofort das Team der Spurensicherung, das mit gesenkten Köpfen über das Gelände streifte.

»Alexander wurde ermordet. Das beschäftigt mich«, antwortete sie schließlich doch, wobei sie stur nach vorne sah. Ihr war klar, dass Hartmut ihr diese Antwort nicht abnahm.

Dieses Mal hüllte er sich in Schweigen.

Also versuchte sie, ihn weiter auf ihre anstehende Ermittlungsarbeit einzustimmen. »Sandra hat mich gebeten, der Polizei zu helfen, den Mörder zu finden«, sagte sie fast schon pampig. »Da gehört es dazu, dass ich mich informiere.«

»Hast du ihr nicht gesagt, dass du das nicht machen kannst, weil du im Ruhestand bist und die Kriminalpolizei für Mörder zuständig ist?«

Frederike fiel es schwer, Hartmut abzukanzeln. Aus seinen Worten hörte sie seine Sorge um sie deutlich heraus. Eigentlich müsste sie sich freuen. Aber dann wäre sie nur noch Frederike, die Friedliebende, und nicht mehr Stier.

Zum Glück weigerte sich etwas in ihr, Hartmut die ganze Wahrheit zu sagen: dass sie den Polizeidienst vermisste, dass sie das Adrenalin in ihren Adern vermisste, das Jagen und Überführen des Täters.

»Du hättest Sandra sehen sollen.« Sie überlegte. »Ich verstehe dich sehr gut, und ich an deiner Stelle würde wahrscheinlich genauso denken.« Sie wartete, dass Hartmut wegen der abgedroschenen Formulierung laut lachte, aber er hörte interessiert zu. »Lass uns ein bisschen rumfragen, uns in Alexanders Umfeld erkundigen, ob wir etwas herausfinden. Sandra zeigen, dass wir an ihrer Seite sind und helfen.«

Sie näherten sich dem Tatort. »Dort hat er gelegen.« Frederike zeigte auf die Steinskulptur, die nach wie vor mit Flatterbändern abgesperrt war.

»Jetzt machst du mich schon zu deinem Komplizen.«

»Ich mach mich nicht schuldig, wenn ich helfe. Du kannst mich dabei unterstützen. Aber wir machen nichts Verbotenes.«

Hartmut legte ihr den Arm um die Schulter und drückte sie an sich. »Meine Frederike.«

Er lachte, und sie war erleichtert.

8

Sie erreichten die Stelle, wo sie den Weg verlassen hatte, um zum Castell zu gehen. Es standen bereits zwei Vertreter der Presse neben der Steinskulptur und fotografierten.

»Hier ist es passiert«, stellte Hartmut fest.

Sie nickte.

Patrick hob den Kopf und winkte ihr zu. »Ein ehemaliger Kollege«, erklärte sie. Dann stand er auch schon vor ihr. Sie stellte die beiden Männer einander vor und sah zu, wie sie sich die Hand gaben. Frederike bemerkte ihre taxierenden Blicke.

»Habt ihr schon etwas?«, fragte sie den Forensiker.

»Können wir das ohne die Presse besprechen?« Patrick sah zu den Köpfen, die sich interessiert zu ihnen gedreht hatten. Frederike war sicher, er meinte Hartmut.

Sie nickte und wandte sich an Hartmut. »Ich bin gleich wieder da.« Dabei legte sie ihm die Hand auf den Arm. Dann folgte sie ihrem Ex-Kollegen einige Meter.

»Jetzt machst du es aber spannend.«

»Ist das dein Freund?«, fragte Patrick ohne Umschweife.

Der Ton überraschte sie. Wobei sie nicht einschätzen konnte, ob es ihn überraschte, amüsierte oder ärgerte.

»Mal sehen«, antwortete sie ausweichend. »Also, was habt ihr gefunden?«

»Außer deinen Fußspuren nicht viel. Es scheint kein Kampf stattgefunden zu haben, er wurde auch nicht bewegt. Den Rest müssen wir im Labor machen.«

»Du findest immer etwas.«

»Du kennst das ja. Kaugummi, Zigaretten, hier eine Faser, dort ein Haar. Und du weißt, wie lange wir dransitzen, um alles zu analysieren.«

»Meldest du dich, wenn ihr etwas findet?«

Wieder zwirbelte er seinen Schnurrbart. »Mal sehen.«

Patrick holte eine Packung Zigaretten aus seiner Hemdtasche, nahm sich eine, brach den Filter ab und steckte sie an. Ihre letzte Zigarette hatte sie vor Ewigkeiten geraucht. Während des letzten Falls. Sie sah verstohlen über die Schulter. Hartmut war ein Stück weitergegangen. Birken verdeckten ihn teilweise.

»Lässt du mich ziehen?«

Patrick schmunzelte und hielt ihr die Zigarette hin. Sie zog lang und tief und hasste sich dafür, schwach geworden zu sein. »Danke.« Sie gab Patrick die Zigarette zurück.

»Rauchen verbindet«, sagte er verschwörerisch und steckte die Packung zurück in die Hemdtasche.

Frederike war das Teilen der Zigarette so selbstverständlich vorgekommen. Erst jetzt, als sie zu Hartmut zurückging, wurde ihr bewusst, dass Patrick früher bestimmt keine von ihr berührte Zigarette in den Mund gesteckt hätte, nicht mal nach einer ausführlichen Desinfizierung.

Mit jedem Schritt wuchsen die Zweifel, dass Patrick tatsächlich erwog, sie auf dem Laufenden zu halten. Ihre Nackenhaare sagten Nein. Die vergangenen Dienstjahre waren noch zu gegenwärtig, als dass sie sie einfach ignorieren konnte.

Sie erreichte Hartmut.

»War das nicht dein auserkorener Erzfeind, mit dem du gerade eine Zigarette geteilt hast?«

Die Begrüßung erwischte sie eiskalt. Trotzdem antwortete sie nur knapp mit »Ja«.

Hartmut ging einige Schritte schweigend neben ihr her. »Du findest das in Ordnung?«, fragte er in dem offensichtlichen Bemühen, keine Szene zu machen.

»Er hat mir die Hand hingehalten und mich freiwillig und in friedlicher Absicht an seiner Zigarette ziehen lassen, da kann ich doch nicht –«

»Du könntest. Aber wenn dir der Friede mit einem ehemaligen Kollegen wichtiger ist als dein Herz, sage ich nichts mehr.«

Sie nahm es dankbar an, dass er einlenkte, und wollte ihrerseits das Thema, dass es ihre Gesundheit, ihre Entscheidung, ihr Leben war, nicht vertiefen.

9

»Ich verstehe dich nicht. Halte dich raus und lass die Kripo ermitteln.« Hartmut warf sich im Stuhl zurück und verschränkte die Arme.

Am besten, sie würden das Gespräch neu beginnen. Es war von Anfang an aus dem Ruder gelaufen. Ihre Positionen standen sich unversöhnlich gegenüber, und ihr Blick war für einen Kompromiss verschlossen.

Zum Glück waren um diese Uhrzeit sonst keine Gäste im Café. So war die Bedienung die Einzige, die ihre Meinungsverschiedenheit mitbekam.

Frederike kämpfte mit sich. Sie mochte Hartmut. Seit dem ersten Moment, als sie sich in der Reha kennengelernt hatten. Er war ruhig und überlegt, ein bisschen zynisch, außerdem besaß er Humor. Vor allem aber respektierte er sie so, wie sie war. Er interessierte sich für sie. Das war ihr schon lange nicht mehr passiert, dass ein Mensch, ein Mann, das tat. Deshalb fühlte sie sich in seiner Nähe meistens so wohl, verbrachte viel Zeit mit ihm und hatte ihn unter ihre Decke eingeladen.

Jetzt lernte er eine neue Seite an ihr kennen. Die noch schlummernde Polizistin. Sie lebte noch. Für ihn war es wohl die Kehrseite. Doch die war ein Teil von ihr.

Gleichzeitig lernte sie eine neue Seite an ihm kennen. Eine Seite, die sie bevormunden, sie einschränken wollte, sie für unfähig hielt, auf sich selbst aufzupassen. Sie durfte nicht zu viel darüber nachdenken.

»Du musst das nicht verstehen«, sagte sie bestimmt. »Ich bitte dich nur zu akzeptieren, dass ich mich nicht raushalte. Das kann und will ich nicht. Ich mag dich, schätze dich sehr und freue mich, wenn du mich unterstützt. Aber ich will nicht ständig ein schlechtes Gewissen haben, weil ich Alexanders Mörder suche.«

Hartmut beugte sich zu ihr. »Frederike, bitte. Dein Herz ist noch nicht belastbar. Du solltest an dich denken, dich schonen.«

Was sollte sie dazu sagen? »Es ist lieb, dass du dir Sorgen um mich machst. Danke. Aber es geht hier um den Mord an Alexander.«

Sie standen auf und verließen das Café.

Draußen schien mittlerweile eine warme Sonne, die sich in den unzähligen Pfützen spiegelte. Das Gewitter hatte sich in der letzten halben Stunde entladen. In einer Pfütze badete ein Sperling, ein zweiter verjagte ihn. Dann flogen sie beide zu einem Tisch, auf dem noch einige Brotkrumen lagen. Sie pickten sie gemeinsam auf und stoben davon, als sich ein Ober näherte.

Auf Frederikes Betreiben schlugen sie einen etwas weiteren Weg zu Sandra ein, um nicht noch einmal am Tatort vorbeizukommen und erneut auf Patrick zu treffen. Sie hatte Hartmut genug strapaziert. Hartmut ging schweigend neben ihr her. Sie wusste, dass sie ihm einiges zumutete. Der »Ruhri« würde nur sagen: So isset.

Fünfzehn Minuten später klingelten sie an der Tür.

Hartmut nahm im Wohnzimmer Sandra in den Arm, murmelte wahrscheinlich beileidsbekundende und aufbauende Worte in ihr Ohr, während Frederike mit Matze in die Küche ging.

»Ich muss in Alexanders Büro. Hat die Polizei etwas mitgenommen?«

Sie sah in ein betroffenes Gesicht.

»Die Ordner und den Rechner«, antwortete Sandras Bruder.

Sie hatte es befürchtet.

Matze flüsterte: »Du bist doch nicht mehr bei dem Verein, oder?«

»Hast du etwas?«

»Er hat immer eine Sicherungskopie auf eine externe Festplatte gezogen. Dort sind auch die Fotos von den Drohbriefen und den Schmierereien in seinem Büro. Alexander hat mir einmal sein Versteck dafür gezeigt.«

Frederike hätte ihn küssen können. »Wo hast du das?«

Wieder sah er über die Schulter. »Der Kommissar hat gesagt, dass ich dir nichts geben oder sagen darf. Sonst kriege ich Ärger. ›Richtig Ärger‹, hat er gesagt.«

»Das musst du nicht so ernst nehmen. Wo hast du die Festplatte?«

»Du garantierst mir, dass mir nichts passiert?«

»Matze, so wahr ich Frederike Stier bin. Dir passiert nichts. Ehrlich. Der blufft nur.«

Gemeinsam stiegen sie die Treppen hinauf.

»Frederike.« Die Stimme aus dem Wohnzimmer erinnerte sie an ihre Deutschlehrerin, wenn die glaubte, sie beim Pfuschen erwischt zu haben. Sie ignorierte den Ruf und drängte Matze, sich zu beeilen.

Im Büro ging Matze direkt zum Bücherregal, holte einen dicken Schinken der Weltliteratur aus dem Regal, wo er unscheinbar zwischen anderen Wälzern stand, und klappte ihn auf. Wie in alten Filmen der Revolver lag die Festplatte in einer Ausbuchtung in den Seiten. Matze drückte sie ihr in die Hand.

»Danke«, sagte sie und ließ sie sofort in ihrem Rucksack verschwinden. »Hat Alexander noch andere Informationen versteckt?«

Matze zuckte mit den Schultern. »Keine Ahnung.«

Auf der Treppe hörte sie Schritte. Sie nickte Matze noch einmal zu und drehte sich zur Tür. Dann sagte er leise: »Sandra soll froh sein, dass sie ihn los ist.«

»Wie meinst du das?«

»Warum antwortest du nicht?« Hartmut hielt sich am Geländer fest.

»Da hab ich wohl die Frage nicht verstanden.«

»Was macht ihr hier?«

»Ich wollte mir Alexanders Büro ansehen.« Rechenschaft abzulegen war immer noch nicht ihr Ding.

»Bist du fertig?«

Mit diesem Nachbohren wurde es nicht besser. »Ich komme runter, wenn ich so weit bin.«

Matze wollte etwas anmerken, doch sie hob die Hand, um ihn zurückzuhalten. »Ich beeile mich«, sagte sie in einem abschließenden Ton in Richtung Treppe und drehte sich zu Matze um.

Hartmuts schwere Schritte verklangen leise, während ihr schlechtes Gewissen laut aufmuckte. Das gibt sich wieder, beruhigte sie sich.

»Was –«

»Ich gehe jetzt, Frederike. Kommst du mit?«

Sie zählte innerlich bis zehn.

»Matze, wir reden später weiter.«

Sie musste das mit Hartmut schnell und endgültig klären, um vernünftig ermitteln zu können.

»Ich sage Sandra noch Auf Wiedersehen und bin dann bei dir«, rief sie zu Hartmut die Treppe hinunter.

»Ich freue mich schon drauf«, schallte seine Antwort nach oben.

Seine Stimme klang wie das Grollen eines heraufziehenden Gewitters.

10

»Lass uns noch schnell zu Thorsten gehen. Wir nehmen dann den nächsten Bus.« Frederike griff nach Hartmuts Hand. Doch die steckte schneller in seiner Hosentasche, als sie gedacht hatte. »Er wohnt doch fast gegenüber, und es interessiert dich bestimmt genauso wie mich, was Kai und Thorsten ausgeheckt haben und Alexander gestern verhindern sollte.«

Hartmut musste nur leicht den Kopf neigen, um ihr zu signalisieren, dass sie ihm auf diese Tour nicht kommen musste.

»Also gut. *Ich* muss es wissen.« Sie atmete tief durch. »Danach gehen wir einen Kaffee trinken. Wir müssen reden.« Sie ging voraus, Hartmut folgte nach einem kurzen Zögern.

Die Luft knisterte zwischen ihnen. Um die Atmosphäre nicht weiter zu vergiften, versuchte sie es mit einem Friedensangebot. »Was hältst du davon, wenn wir am Samstag zur ›ExtraSchicht‹ gehen und ich vorher für ein opulentes Frühstück bei mir einkaufe?«

»Du willst zu diesem Volksfest gehen?«

Frederike grinste, denn sie wusste ganz genau, warum Hartmut nur auf den ersten Teil ihres Vorschlags eingegangen war. »Nur kurz.«

»Das sagst du nur, um mich zu ködern.«

»Hast du Angst vorm Löffelchen-Liegen?«

»Warum zittert deine Stimme bei der Frage?«

»Weil ich nicht lachen will, während ich an deine Knie denke.«

Hartmut überlegte.

Sie holte schon einmal Luft für den Gegenschlag.

»Das kannst du nur so locker sagen, weil du dich geweigert hast, im Hellen deinen Schlafanzug anzuziehen«, sagte er und legte ihr den Arm um die Schulter.

»Was, glaubst du, hätte dich zum Lachen bringen können?«

Sie hatte immer noch nicht gelernt aufzuhören, bevor es unangenehm wurde.

»Du willst also tatsächlich zum Volksfest und am nächsten Morgen mit mir frühstücken?«, wechselte er das Thema.

Jetzt stand sie am Ende der Sackgasse, die gemauerte Wand vor sich. Um rauszukommen, müsste sie »Ja« sagen. *Ja, das will ich tatsächlich.* Stattdessen suchte sie nach dem Gully, durch den sie flüchten konnte. »Wenn ich jetzt etwas sage, hörst du wieder ein Zittern«, versuchte sie es.

»Stimmt«, sagte er lachend und gab ihr einen Kuss. Er schmeckte tatsächlich nach mehr, und das Ganze verlor etwas von seinem Schrecken.

Sie drückte den Rücken durch. »Ich weiß außerdem gar nicht, was du zum Frühstück isst. Es wäre doch schade, wenn ich dich beim ersten Frühstück enttäusche.«

»Diese Enttäuschung habe ich bereits hinter mir.«

»Dann lass uns jetzt mit Thorsten sprechen, damit wir uns danach mit der Frühstücksplanung beschäftigen können.«

Sie standen vor dem Mehrfamilienhaus, in dem Thorsten wohnte. Frederike drückte auf die Klingel. Entfernt schrillte eine Glocke. Sonst blieb es still. Sie drückte noch einmal, wartete und hob nach einem letzten Versuch und mehrmaligem Hochschauen an der Hauswand resigniert die Schultern. »Ist er ausgeflogen?«

»Vielleicht arbeitet er?« Hartmut zog bereits an ihrer Hand.

Sie drückte ein allerletztes Mal den Klingelknopf, folgte Hartmut aber schließlich. »Ich habe keine Ahnung, ob er einen Job hat.« Ein letzter Blick die Fassade hoch, eine Gardine wackelte, doch der Türöffner blieb still. »Dann lass uns in die Stadt fahren und Pläne schmieden.«

Gemeinsam gingen sie zur Straßenbahnhaltestelle.

In der Straßenbahn überlegte Frederike, wie sie das Gespräch gleich mit Hartmut führen sollte. Er musste sich entscheiden. Entweder unterstützte er sie bei der Suche nach Alexanders

Mörder, oder er ließ es bleiben. Dann musste er sie aber in Ruhe ermitteln lassen. Dafür legte sie sich verschiedene Formulierungen zurecht. Da sie dies gedanklich vorbereitete und noch nie gut in Small Talk war, schwieg sie.

Hartmut sah aus dem Fenster, sodass sie beinahe schon nebeneinandersaßen wie ein altes, nein langjähriges Ehepaar.

»Was glaubst du, warum wurde Alexander ermordet?« Am Hauptbahnhof war es Frederike dann doch zu viel Geschweige.

»Warum wird jemand ermordet? Habt ihr bei der Polizei keine Standardmotive, die ihr herauszieht und dann den Täter verhaftet?« War das die Antwort einer beleidigten Leberwurst?

»Du machst es dir zu einfach, mein Lieber.«

»Vielleicht hat er gestern Abend noch Kai und Thorsten getroffen, und dabei ist etwas aus dem Ruder gelaufen. Das wäre naheliegend.«

»Aus meiner Erfahrung kann ich dir sagen, dass es so einfach selten ist.«

»Wäre das dann nicht ein raffinierter Plan? Wenn der Täter weiß, dass das Naheliegende von der Kripo ausgeschlossen wird, dann verübt er den Mord auf die naheliegende Art?«

»Traust du Thorsten und vor allem Kai zu, so um die Ecke zu denken?«

»Vielleicht war es auch gar nicht ihr Plan, und nun denkst du zu kompliziert.«

Sie dachte über seine Worte nach. »Ich will am Anfang nichts ausschließen. Also ja.«

Frederike fragte sich, ob dies Hartmuts Form war, ein Friedensangebot zu unterbreiten. Oder wollte er einfach nur eine andere, gegensätzliche Meinung vertreten?

In der Bahn war nicht der Ort, um über einen Mord und Motive und Täter zu reden. Deshalb meinte sie: »Im Moment können wir Sandra nur zur Seite stehen und sie unterstützen. Eine Menge Fragen kommen jetzt auf sie zu, Behördengänge, bürokratischer Mist.«

Hartmut ging nicht darauf ein und sah stumm aus dem Fenster. Vielleicht dachte er gerade an den Tod seiner Frau und die Zeit vor fünf Jahren.

»Ich kann mir vorstellen, dass sie dankbar ist, wenn du ihr sagst, was zu tun und worauf zu achten ist«, sagte sie.

Er nickte. »Wir haben ja beide diese Erfahrungen machen müssen.«

Das war die falsche Antwort. Verscheuchte Erinnerungen drängten vor ihr inneres Auge: splitterndes Glas, kreischendes Blech, Blut aus Moritz' Brust.

»Geht dir das zu nah? Soll ich das mit Sandra alleine machen?«

»So war das nicht gemeint«, antwortete er und legte ihr die Hand aufs Knie. »Natürlich bin ich für sie da und unterstütze sie.« Nach einer kleinen Pause: »Und dich.«

Frederike drehte den Kopf weg. Er musste nicht ihre wässrigen Augen sehen. Wie oft hatte sie sich gewünscht, die Vergangenheit abstreifen zu können wie einen abgetragenen Mantel. Aber sie saß im Kopf und im Bauch, wartete auf den ungünstigsten Augenblick, um wieder ins Bewusstsein zu drängen.

Sie schüttelte den Kopf und holte tief Luft, eine bewährte Methode, um wieder im Jetzt zu landen.

Kurze Zeit später saßen sie im Grugapark auf der Bank und tranken aus ihren Wasserflaschen, die sie auf dem Weg gekauft hatten. Hartmut sah zum Himmel, Frederike zu dem Jungen, der auf seinem Plastiktraktor mit zur Seite gestreckten Beinchen durch eine Pfütze rollte. Sein Quieken erreichte Frederikes Mundwinkel, die sich leicht nach oben zogen.

»Ich möchte Sandra wirklich die Hilfe geben, um die sie mich gebeten hat«, begann sie schließlich. »Ich werde ein wenig in Alexanders Umfeld nachforschen, ob dort jemand einen Hinweis hat, etwas gehört oder gesehen hat, was uns hilft, die Tat besser zu verstehen. Vor allem will ich herausfinden, was Alexander entdeckt hat, uns gestern Abend aber nicht mehr erzählen konnte.«

»Wenn Floh wichtiger war, als uns diese Entdeckung zu erzählen, kann es nicht so wichtig gewesen sein«, merkte Hartmut an.

»Ich denke, dass er nach dem Treffen anderes im Kopf hatte und zur Ruhe kommen musste. Vielleicht hat es auch etwas mit der Textnachricht zu tun, die er erhalten hat.«

»Glaubst du, du erfährst mehr als die Polizei?«

»Ich fände es schön, wenn wir das gemeinsam machen könnten. Wenn wir gemeinsam den finden, der unseren Freund ermordet hat. Zusammen ist es einfacher.« Frederike sah Hartmuts skeptischen Blick.

»Du kennst meine Vorbehalte. Ich weiß nicht, wie deine *Ermittlungen*«, er sagte das Wort, als wären sie Kinderkram, »ablaufen werden, kann mir aber vorstellen, dass sie mit viel Lauferei und Aufregung verbunden sind. Ich finde, dass diese Belastung für dich zu früh ist.«

Jetzt nahm die Diskussion doch die Wendung, die sie befürchtet hatte. »Ich will nur wissen, ob du mir hilfst und wir gemeinsam den Mörder finden oder nicht. Um meine Gesundheit kümmere ich mich schon selbst.«

Sie sah den Kampf hinter Hartmuts Augen. »Nur wenn es am Sonntag Rührei gibt, noch etwas glibberig und mit frischem Schnittlauch. Und frische Brötchen.«

Sie lachte lauthals und lehnte ihren Kopf erleichtert an seine Schulter.

Endlich hatten ihre Verhandlungen eine einvernehmliche Lösung gebracht, statt in einem ungelösten Konflikt zu verharren oder in eine Schlacht zu münden. Es fühlte sich gut an, auch wenn es nur der erste Schritt auf einem steinigen Weg war.

11

»Wo wollen wir anfangen?« Hartmut stützte die Hände auf die Knie und sah Frederike auffordernd an.

»Lass uns zuerst mit den Leuten aus der Umweltgruppe reden. Vielleicht weiß jemand von ihnen, was hinter Alexanders Entdeckung steckt.« Frederike war froh, dass Hartmut mitzog, es zumindest vorgab. Sie legte ihm die Hand auf die Wange. »Mir wird das hier zu warm. Lass uns gehen.«

Die Sonne brannte durch eine größere Wolkenlücke. Sie sollte froh sein, dass es endlich einmal trocken war und sie sich draußen aufhalten konnten. Doch sie fühlte gerade die Last auf ihren Schultern, die ihr Sandra und sie selbst daraufgelegt hatten. Zusammen mit einem geschwächten Motor in der Brust, was sie nach außen niemals eingestehen würde, sehnte sie sich nach Durchatmen.

Sie standen auf. In diesem Moment klingelte Frederikes Smartphone.

»Hallo, Patrick. Was gibt's Neues?« Frederike sah Hartmut mit großen Augen an und hob die Schultern. Sie drückte ihr Smartphone fest ans Ohr, während sie sich mit dem Zeigefinger der anderen Hand das linke Ohr zuhielt. In Hartmuts Blick erkannte sie Skepsis, und augenblicklich fragte sie sich, was er in Patrick sah.

Der berichtete, was er mit seinen Leuten von der Spurensicherung gefunden, besser gesagt nicht gefunden hatte, wie es weiterging, was Kowalczyk und Julian vermuteten.

»Schließen sie einen Unfall aus?«

»Definitiv. Das war Fremdeinwirkung.«

»Habt ihr Hinweise?«

Patrick begann mit einem Abriss, dann stockte er. »Wollen wir nicht zum Italiener um die Ecke vom Präsidium gehen? Ich habe Hunger, und dort ist es ruhiger.«

Frederike sah zu Hartmut. Durfte sie ihn jetzt, wo sie gemeinsam die Ermittlungen beginnen wollten, alleine lassen?

»Das ist vertraulich«, ergänzte Patrick.

»Moment«, sagte sie und legte dann ihre freie Hand über das Mikrofon des Smartphones.

»Ich könnte mit Patrick etwas essen gehen und weitere Informationen bekommen. Wäre es ein Problem, wenn wir uns danach wieder treffen?«

Die Antwort stand Hartmut ins Gesicht geschrieben.

»Ich mach's auch wieder gut.«

»Ein weiteres Frühstück? Oder dieses Mal ein Abendessen?«

Frederike wusste, dass sie den Kontakt zur Kripo brauchte, um am Fall weiter arbeiten zu können.

Sie nahm Hartmuts Hand und rieb mit dem Daumen über deren Rücken. Das war kein Handel. Ihr fehlten nur die Worte, um es klar und dennoch so zu formulieren, dass es ihn nicht verletzte. Deshalb schwieg sie und hoffte, ihre Geste sprach für sich.

»Du machst ja doch, was du willst.« Er sah zum Boden und winkte ab.

»Patrick, in einer halben Stunde bei Casa Nostra.« Sie packte ihr Telefon weg. »Danke«, sagte sie zu Hartmut. Dann gab sie ihm einen Kuss. »Ich freu mich sehr, dass du dafür Verständnis hast. Und ich überlege mir etwas.«

»Bleibt mir eine Wahl?«, antwortete er.

Der Wind bog die Äste der Platanen, die tief fliegenden Schwalben kündigten Regen an. Hartmut sah zum Himmel. »Melde dich, wenn du fertig bist. Dann sehen wir weiter.«

Sie gingen zum Ausgang des Parks. Frederike musste hier links abbiegen. Hartmut fragte: »Kann ich in der Zwischenzeit etwas tun?«

Frederike dachte einen Moment nach. Alexanders Festplatte zu untersuchen wollte sie ihm lieber nicht überlassen. »Du könntest mit den Leuten aus der Umweltgruppe sprechen. Vielleicht weiß jemand mehr von den Drohungen, die Alexander bekommen hat. Oder ob es Ärger bei einer Aktion gab. Möglicherweise hat er ja mit jemandem über das gesprochen, was er uns gestern Abend erzählen wollte. Eben etwas, das in einem Mord enden konnte. Ich hoffe, Sandra hat eine Liste mit den Namen und Daten der Leute. Ich würde bei –«

»Ich kenne die Leute und kann einschätzen, wer mir am ehesten etwas sagen kann.« Dann ergänzte er: »Was, wenn er einfach nur jemanden überrascht hat? Bei einem Drogendeal oder einem Überfall? Und der Täter hat im Affekt zugeschlagen.«

Frederike überlegte. Ein interessanter Gedanke. »Es lag kein Stein in der Umgebung, der zu dem passte, den Alexander unter dem Kopf liegen hatte. Aber das ist ein guter Punkt. Vielleicht kann Patrick sagen, ob der Stein tatsächlich die Tatwaffe war.« Daran hatte sie bisher nicht gedacht.

»Bring ich dich zum Grübeln?«

Frederike sah ihn abwesend an. »Wenn ich dich nicht als schlauen Mitstreiter hätte.«

»Übertreib es nicht mit deinem Honig.«

Sie hob die Hände.

Ihre Wege trennten sich. Hartmut ging Richtung Alfredstraße, sie zur Hans-Luther-Allee. Auf halbem Weg zu Casa Nostra erwischten sie die ersten Tropfen. Auch wenn sie den restlichen Weg fast rannte, war sie ordentlich nass, als sie die Pizzeria betrat.

»Mamma mia, Frederike, wie sehe aus?« Sebastiano deutete mit spitzen Fingern eine Umarmung an und warf Luftküsschen um ihre Ohren. »Gebe Handtuch.« Damit eilte er durch die Schwingtür in die Küche.

Um diese Zeit waren keine Gäste hier, auch Patrick noch nicht. Sie wischte die Nässe von ihren Kleidern und fuhr sich durch die Haare.

Während sie wartete, schaute sie sich im Lokal um. Hier hatte sich nichts geändert. Die typisch italienischen Fotos mit weißen

Stränden, weintrinkenden Menschen und dem Schiefen Turm von Pisa. Weinflaschen in Bastmänteln standen mit Kerzen bestückt auf den Tischen, daneben Plastikorchideen. Eine Tafel mit den Tagesgerichten hing neben dem Tresen an der Wand.

Sebastiano kam mit dem Handtuch, und sie rubbelte sich die Haare trocken. Das musste reichen.

Kaum saß sie in der hinteren Ecke, schwang die Tür auf, und Sebastiano rief erfreut: »Ah, Commissario. Que bello, Sie hier.«

»Bring mir lieber einen Grappa und einen doppelten Espresso«, blaffte Patrick ihn an.

Frederike schmunzelte.

Dann sah er zu ihr hin.

»Bring zwei Grappa. Pronto.«

Sebastiano lachte und hob den Daumen.

Patrick kam zu ihr.

Natürlich beklagte er sich sofort über den Regenschauer, um danach gleich über Kowalczyk und Julian herzuziehen. Das Übliche, dachte sie und lehnte sich zurück.

»Ich hatte wirklich geglaubt, wenn du weg bist, kann es nur besser werden.« Er schüttelte den Kopf.

»Irren ist männlich. Das hätte ich dir vorher sagen können.«

Sebastiano stellte die Getränke auf den Tisch. Gleichzeitig deutete er auf die große Tafel und fragte: »Wolle esse?«

Sie verneinten. Der kleine Italiener mit dem glatt rasierten Schädel trottete davon.

Patrick hob das Grappaglas. »Zum Wohl.«

Was für ein Tag, dachte Frederike. Zuerst rauchte sie mit Patrick eine Zigarette, jetzt trank sie Schnaps mit ihm. Gleich würde der Wecker klingeln und sie aus diesem Traum reißen.

»Wir sind noch nicht viel weiter«, begann er unaufgefordert seinen Bericht. »Auf Röttgens Smartphone haben wir eine Nachricht gefunden.« Er berichtete über bekannte Dinge.

»Habt ihr Kai Schumacher oder Thorsten Stoffels schon erreicht?«

»Bis gerade kannten wir die Nachnamen noch nicht. Danke.«

Sie half der Polizei gerne.

»Die Kollegen werden wohl gleich zu ihnen fahren. Aber weißt du, was gemeint sein könnte? Was die zwei planen?«

»Keine Ahnung«, antwortete sie wahrheitsgemäß. »Aber habt ihr etwas zur Todeszeit?« Frederike musste ihre Ungeduld zügeln. Am liebsten hätte sie ihr Notizbuch aus dem Rucksack geholt und alles mitgeschrieben.

»Nicht mehr als vorhin. Aber ich sage dir Bescheid.« Er stützte sich auf die Ellbogen und neigte sich zu ihr. »Aber jetzt erzähl mal. Wer ist dieser Typ, der heute Morgen bei dir war? Hast du endlich einen aufgerissen?«

»Glaubst du, deshalb bin ich so entspannt?«

»Ja. Aber im Ernst. Wie geht es dir? Was machst du den ganzen Tag, wenn du keine Mörder jagst?«

»Wenn ich zu Hause sitze, fällt mir die Decke auf den Kopf. Ich kann das nicht.«

»Was kannst du nicht? Deine Errungenschaft bespaßen?«

Frederike erkannte den bissigen Unterton und freute sich. »Ich hatte schon Sorge, du hättest dich zu sehr geändert. Warum genau hast du mich angerufen? Dir geht es doch nicht um ein gutes Verhältnis zu mir. Was steckt dahinter?«

Patrick sah über die Schulter. Der Laden war leer. Er kam mit dem Kopf noch etwas näher und sprach leiser als bisher. »Ich kenne Alexander von der Schule. Wir sind in dieselbe Klasse gegangen. Richtige Freunde waren wir nicht, aber er war schon ein besonderer Typ. In der Schülervertretung hat er den Lehrern mächtig Dampf gemacht, hat bei Mahnwachen und Lichterketten mitgemacht, war immer engagiert. Das war beeindruckend.«

»Das ist alles?«

Wieder der Blick über die Schulter. »Deinem Nachfolger traue ich nicht zu, dass er das aufklärt. Er mag ein ordentlicher Polizist sein, aber um gut zu sein, braucht es mehr.«

Frederike fühlte sich geschmeichelt.

»Ich fände es gut, wenn du dich darum kümmerst«, fuhr Patrick fort. »Sag, wenn du Informationen brauchst. Ich sehe dann, was ich machen kann.«

Ihr blieb die Spucke weg. Sie wusste zuerst gar nicht, was sie dazu sagen sollte. Diese Aussage vom Leiter der Spurensicherung. Sie hatte mit einigem gerechnet, aber nicht damit. »Werde ich tun.« Sofort überlegte sie, wie sie dieses neue Vertrauen nutzen konnte. »Wenn ihr in seinen Unterlagen etwas Auffälliges findet, wäre es gut, wenn ich das wüsste. Oder in seinen Kontodaten oder den Telefonverbindungen. Erstellt ihr ein Bewegungsprofil der letzten Tage? Wenn ich etwas finden soll, dann hilft mir alles, an das ich selbst nicht rankomme.«

Am liebsten hätte sie Patrick nach seinen Zugangsdaten für den Polizeiserver gefragt. Aber sie wollte nicht unverschämt werden. »Vielleicht die Protokolle und Gesprächsnotizen der Befragungen, alles, was die Kollegen ausgraben, verwerfen, welchen Spuren sie nachgehen.«

»Wie schön, dass auch du dich doch nicht ganz geändert hast. Ich muss sehen, was geht.« Er leerte seinen Espresso. »Lass uns in Kontakt bleiben.«

»Eins noch.« Frederike bremste ihn, bevor er aufstand. »Haben Kowalczyk oder Julian schon eine Theorie? War es Mord oder Totschlag? Kam der Täter aus dem Umfeld?«

Patrick schaute sie erstaunt an. »Du glaubst, dass der Junge so schnell mit einer Hypothese aufwartet? Du kennst ihn doch. Das kann dauern. Hast du denn eine konkrete Idee?«

»Nicht wirklich. Aber könnte es sein, dass Alexander jemanden überrascht hat, es zum Streit kam und derjenige zugeschlagen hat? Im Affekt?«

»Hm.« Patrick dachte kurz nach. »Die Spurenlage deutet nicht auf einen Kampf hin. Aber es hat in der Nacht viel geregnet, sodass vielleicht einige Spuren vernichtet wurden. Lass mich das mit den Kollegen diskutieren.«

Sie erhoben sich und reichten sich die Hände. Frederike spürte, dass Patrick noch etwas sagen wollte. Doch in diesem

Moment wurde die Tür aufgerissen. Eine Gruppe japanischer Touristen beschallte augenblicklich das Lokal.

»Ich muss noch für Prinzessinnen«, sagte sie. »Halt mich auf dem Laufenden. Mach ich umgekehrt auch.«

Patrick nickte, bezahlte und machte sich davon.

Frederike schüttelte innerlich den Kopf. Was sollte sie von Patricks Offenheit halten? Ihr Bauch grummelte, was normalerweise die Sirenen in ihrem Kopf auslöste. Doch der Kopf schwieg.

12

Kaum stand sie vor der Pizzeria, kramte sie ihr Telefon aus dem Rucksack und rief Thorsten an. Nach dem zweiten Läuten meldete er sich.

»Wir treffen uns im Café in der Passage bei der Kohlenwäsche. Es gibt einige Punkte, die ich dringend mit dir besprechen muss.«

»In Ordnung«, antwortete eine verdutzte Stimme, was ihr reichte, um das Gespräch direkt zu beenden, bevor es zu einer langen Diskussion kam. Außerdem musste sie der Polizei zuvorkommen.

Danach rief sie Hartmut an. Dieses Gespräch war etwas schwieriger. Es war nicht zu überhören, dass er immer noch sauer war. Deshalb berichtete sie etwas ausführlicher über ihr Treffen mit Patrick, von dem es eigentlich nicht viel zu berichten gab, äußerte ihr »seltsames Gefühl«, weil sie nicht wusste, ob Patricks Motive glaubwürdig waren, und fand den Übergang zu der Ankündigung nicht, dass sie jetzt noch schnell zu Thorsten fahren würde.

»Was hast du?«, fragte Hartmut. »Wenn du fünfmal ›Äh‹ in einem Satz sagst, musst du noch etwas loswerden, was dir schwerfällt.«

»Touché.«

Kein Lachen.

»Ich fahre noch schnell zu Thorsten, den habe ich gerade erreicht. Er hat Zeit. Ich will mit ihm sprechen, bevor es die Polizei tut. Danach komme ich sofort zu dir.«

Keine Antwort.

»Ich bringe auch etwas zum Abendessen mit.«

»Musst du nicht. Ich habe schon eingekauft.«

Wieder dieser vorwurfsvolle Ton, auf den sie nicht eingehen wollte. »Konntest du jemanden erreichen?«, fragte sie stattdessen. Sie hoffte, das Gespräch auf ein erfreulicheres Thema zu lenken.

»Ja, habe ich. Aber lass uns das nachher besprechen.«

»War es etwas, was ich bei Thorsten ansprechen sollte?«, bohrte sie nach.

»Ich glaube nicht.«

Wie gerne wäre sie ihm an die Gurgel gegangen. Ihre Nachsicht näherte sich dennoch der Grenze. »Gut. Dann überlegen wir gleich gemeinsam, wie es weitergeht, und machen einen Plan.«

»Komm einfach her.«

Puh. »Ich freue mich auf dich«, log sie.

»Doch nur, weil du nicht einkaufen musst.«

»Jetzt hast du mich schon zum zweiten Mal erwischt.«

Jetzt lachten sie beide und schlüpften durch diesen kleinen Spalt aus dem Gespräch.

Frederike fuhr mit der Straßenbahn zur Zeche Zollverein. Die Bahn war wieder viel zu voll und viel zu warm. Die wenigen Meter bis zum Café verschafften ihr zumindest etwas frischere Luft.

Auf dem Areal herrschte immer noch ein wildes Durcheinander. Der Weg glich einem Hindernislauf, vorbei an Kabeltrommeln, gepackten Paletten, Trägern für Bühnenbeleuchtung. Dazwischen eilten die Arbeiter hin und her, und Touristen bestaunten mit offen stehendem Mund das Treiben. Bis zum Wochenende gab es noch viel zu tun.

Als sie unter dem Doppelbock durchging und die alte Kohlenwäsche vor sich sah, dachte sie, wie verrückt es war, dass es innerhalb kurzer Zeit zwei Morde im Umfeld der Zeche gegeben hatte und sie in beide verstrickt war.

Kohlenwäsche, Skulpturenpark – gab es eine Verbindung oder einen Regisseur, der sie bewusst in diese Situationen lotste?

Als Frederike aus der Passage trat, sah sie Thorsten bereits an einem Tisch sitzen, vor sich ein halb ausgetrunkenes Weizenbier.

Sie wollte ihn auf dem direktesten Weg konfrontieren. Weil Alexander die Textnachricht bekommen hatte, dass Thorsten und Kai etwas ausheckten, und er daraufhin die Kneipe verlassen hatte, um die zwei aufzusuchen. Hier musste also etwas vorgefallen sein.

»Was habt ihr letzte Nacht geplant?«

Thorsten kippte bei der Frage fast sein Glas um. »Nichts. Wie kommst du darauf?« Er sah sie überrascht an.

»Du und Kai, ihr habt etwas ausgeheckt, und Alexander wollte euch davon abhalten. Was war das?«

Thorsten blickte zur Seite. Dann schüttelte er den Kopf.

»Thorsten, du weißt mittlerweile, dass Alexander ermordet wurde.«

Er riss die Augen auf und wollte etwas sagen, doch Frederike verhinderte das. »Du bist ein schlechter Schauspieler. Ihr jungen Leute seid doch hervorragend verdrahtet, surft im Netz und informiert euch in Sekunden über alles und jeden. Du musst mir nichts vormachen. Also, was ist letzte Nacht passiert?«

Frederike wusste, dass Thorsten und Kai gerne aggressiver gegen die Umweltsünder vorgegangen wären. Ihnen waren die Aktionen der Gruppe viel zu brav. »Die brauchen was aufs Maul« war einer ihrer beliebteren Sprüche. Wobei Thorsten der Besonnenere war.

Alexander war ständig, so auch gestern Abend, bemüht gewesen, sie von der »friedlichen Revolution« zu überzeugen. Doch gerade Kai, Thorstens bester Kumpel, war immer weniger davon überzeugt, dass der gewaltfreie der richtige Weg war. Als sie gestern über eine Sitzblockade diskutierten, fing Kai wieder mit seiner Tochter an. »Meine Svenja kratzt sich die Haut von den Knochen, weil sie von der Umwelt vergiftet wird. Und was machen wir? Wir sitzen hier, reden, diskutieren, überlegen ein neues Plakat. Wir werfen mit Wattebäuschen, und die lachen uns aus. Die nehmen uns doch erst ernst, wenn bei denen die Hütte brennt. Wenn sie merken, dass das kein Spaß mehr ist.«

Alexander versuchte, ihn zu überzeugen, dass sie auf die

Macht der Masse zählen mussten. »Seht euch ›Fridays for Future‹ an und was die erreicht haben. Da gehen so viele auf die Straße, dass man sie nicht mehr übersehen und nicht mehr ignorieren kann.«

Wenn Kai mit »dieser Thunberg«, wie er sie nannte, in einem Atemzug genannt wurde, explodierte er. Dann verwies er darauf, dass sie nichts erreicht hätte. Sie werde eingeladen, man schmücke sich mit ihr, nähme sich vermeintlich ihrer Sorgen an und sage hinterher, dass man doch nichts machen könne. Weil die Maßnahmen sozial und wirtschaftlich verträglich sein müssten und deshalb Zeit bräuchten. Als ob das Klima darauf Rücksicht nahm.

»Die haben Angst, dass sie bei der nächsten Wahl nicht mehr regieren dürfen oder dass die Aktionäre nicht genug Dividende bekommen. Darum geht das. Nur um Geld und Macht. Und weil man die ganze Welt nicht in ein Boot kriegt, ist es besser, wir sterben alle an derselben Umweltkatastrophe.«

Kai hatte sich dabei richtig in Rage geredet, seine Aussagen mit ausreichend undruckbaren Wörtern garniert, um am Ende wutentbrannt den Saal zu verlassen. Das hatte schließlich die gestrige Versammlung gesprengt.

Thorsten saß ihr stumm gegenüber.

»Was ist passiert?«, bohrte sie nach.

»Ich hatte keine Ahnung. Wann ist er …? Wer war das?«

»Das wüsste ich gerne von dir.«

»Woher soll ich das wissen? Glaubst du etwa, ich würde meinen Freund ermorden?«

»Was habt ihr gestern gemacht, du und Kai? Was plant ihr?«

»Das geht dich gar nichts … Woher willst du wissen, dass wir etwas geplant haben?«

»Thorsten, ich war bei der Polizei, halt mich nicht für blöd.« Das hatte sie immer noch drauf. Mit sehr dünnen Infos den Eindruck zu erwecken, sie wüsste Bescheid. Das verunsicherte ihr Gegenüber immer. Vor allem, wenn die Person unerfahren und eher der nervöse Typ war.

Er steckte sich den Daumen in den Mund und kaute darauf herum. Schließlich sagte er: »Wir haben eine Aktion überlegt. Auf Zollverein. Jetzt am Wochenende, wenn die Aufmerksamkeit groß ist wegen der ›ExtraSchicht‹. Irgendwie wollten wir zeigen, wie gefährdet das Ruhrgebiet ist und wie schnell etwas passieren kann.«

»Was wolltet ihr anstellen?«

»Etwas mit dem Doppelbock. Das ist doch das Wahrzeichen. Wenn das Symbol des Ruhrgebiets fällt, dann ist es mit dem Rest auch nicht mehr weit her.«

»Was genau wollt ihr machen?«

»Wir überlegen noch.«

»Thorsten.«

»Wir haben uns vorgestellt, dass er einstürzt, am Boden liegt. Wie der ganze Bergbau.«

Sie kommentierte das nicht weiter. »Und Alexander hat euch bei den Überlegungen gestört?«

»Der hat sich aufgeführt, als wären wir die schlimmsten Terroristen. Der hat doch 'n Rad ab.«

»Und da kam es zum Streit.«

»Klar ist es zum Streit gekommen. Wir lassen uns doch von dem nicht sagen, was wir tun oder lassen sollen. Wenn er erfolgreich mit seinen Aktionen wäre, okay. Aber immer nur reden und Zettel unter die Scheibenwischer klemmen, das bringt doch nichts.«

»Und dann wurdet ihr handgreiflich?«

»Was?«

»Ihr habt euch geschlagen. Und da ist es passiert.«

»Spinnst du?«

»Ihr habt Alexander bewusstlos geschlagen und ihn dann erwürgt.«

»Er wurde erwürgt? Der riesige Kerl?«

»Deshalb habt ihr ihn vorher geschlagen. Mit einer Eisenstange wahrscheinlich.«

Thorsten sprang auf. »Frederike, du spinnst doch. Wir waren

sauer auf Alexander, und es war nicht in Ordnung von ihm, uns so anzumachen. Nur weil wir überlegt haben. Aber wir schlagen ihn doch nicht. Guck mich an. Gegen Alexander hab ich doch keine Chance.«

»Ihr wart zu zweit.«

»Kai hat doch selbst Angst für zwei. Seine Klappe ist gewaltig, aber wenn's drauf ankommt, rennt er wie ein Hase.«

»Wer weiß noch von euren Überlegungen?«

»Niemand.«

»Und für Kai legst du die Hand ins Feuer? Vielleicht hat er seiner Frau, einem Kumpel, einem Kollegen oder jemandem aus der Gruppe was erzählt?«

»Glaub ich nicht. Wir wollten das alleine durchziehen.«

»Jemand wusste davon. Wer?«

»Frederike, du behauptest hier ständig irgendwelche Sachen, die nicht stimmen. Ich kenne dich noch nicht lange, sonst würde ich sagen, dass du zum Arzt musst.«

Frederikes T-Shirt war mittlerweile schweißnass, so angespannt war sie. Es wäre schlimm, wenn Thorsten etwas mit Alexanders Tod zu tun hätte.

Er hatte den falschen Tathergang nicht erkannt und zu spontan und emotional reagiert, als dass er sich seine Antwort schnell hätte ausdenken können. Wäre er es gewesen, hätte er gestockt, hätte seine Geschichte anpassen müssen.

»Wann ist Alexander von euch weggegangen?« Sie setzte das Gespräch in einem ruhigen Ton fort. Weil sie ihm glaubte.

»Das war gegen halb zwölf vielleicht. Ich bin kurz danach in meine Wohnung gegangen. Nach diesem Auftritt waren wir durch. Außerdem musste Kai heute arbeiten.«

»Ihr seid zusammen gegangen?«

»Hör auf. Kai hat auch nichts damit zu tun. Der ist harmlos. Echt jetzt.«

»Seid ihr zusammen gegangen?«

»Nein. Er musste sich erst beruhigen und hat sich noch ein Bier aufgemacht.«

»Habt ihr heute miteinander gesprochen?«

»Er ist bei der Arbeit. Wir wollen nachher noch in die Stadt.«

Frederike sah ihn zweifelnd an.

»Okay, sorry. Abhängen wollen wir.«

»Frag ihn, ob er mit jemandem über eure Aktion geredet hat. Das muss ich wissen. Aber sag ihm nicht, dass ich das wissen will. Hast du verstanden? Kein Wort.« Frederike legte ihm die Hand auf den Arm. Dabei sah sie ihm in die Augen, bis er den Blickkontakt abbrach. Dann wiederholte sie noch einmal: »Kein Wort.«

»Ist gut.« Thorsten stand auf. »Ich muss jetzt.«

»Wo habt ihr euch übrigens getroffen? Und woher wusste Alexander, wo er euch findet?«

»Bei mir sind Garagen. Dort treffen wir uns ab und zu. Alexander wusste davon.«

Frederike kannte die Stelle. Für den Moment war es genug. »Danke. Dass du so offen warst, meine ich.« Sie stockte. »Sandra will, dass ich der Polizei helfe, den Mörder zu finden. Weil Alexander ein Freund von mir war und ich auch Sandra mag, tue ich das. Das muss die Polizei aber nicht wissen. Wenn die dich also befragen, und das werden sie, dann solltest du mich nicht erwähnen.«

»Das geht die doch nichts an.«

Offenbar verbündete er sich lieber mit ihr, als dass er mit der Polizei kooperierte. Wenigstens das.

Thorsten verabschiedete sich und schlich davon. Die Köpfe der Touristen, die um sie herumsaßen, drehten sich wieder weg.

Wichtig war nur, dass sie einen Verdächtigen von der Liste streichen konnte.

13

Die Wolkenformation deutete eindeutig auf ein Gewitter hin. Blätter und Äste fegten bereits über die Straße, kaum ein Vogel war in der Luft. Zum Glück kam ihre Straßenbahn, die sie vor dem Regen schützen würde.

Als sie saß, überlegte Frederike, ob ein Regenschauer tatsächlich das Schlimmste wäre, was ihr heute noch passieren konnte. Sie wählte Hartmuts Nummer, um sich anzukündigen.

»Wo bleibst du?« war seine erste Frage. Nicht gerade einladend, aber sie riss sich zusammen.

»Ich wollte dir ausreichend Zeit geben, das Abendessen vorzubereiten.« Geistreicher konnte sie in ihrem Zustand nicht antworten.

»Ich hatte gehofft, wir machen das zusammen.« Gerade verstand es Hartmut blendend, mit seinen Antworten die Stimmung zu töten.

»Ich beeile mich.« Beeilen nutzte nichts in öffentlichen Verkehrsmitteln. »Gegen neunzehn Uhr bin ich bei dir. Spätestens.« Sie lauschte dem Schweigen in der Leitung. »Worauf darf ich mich denn freuen?«, versuchte sie, eine positive Wendung hinzubekommen.

»Ich habe Salat und Gambas eingekauft.«

Hauptsache, es gibt Weißwein dazu, dann ließ sich auch Fisch mit Hasenfutter essen, dachte sie. »Hört sich gut und gesund an«, mogelte sie sich um eine ehrliche Antwort herum. Ein kräftiger Käse mit einem schönen Schwarzbrot wäre ihr selbst bei dem schwülen Wetter lieber gewesen.

Eine Dreiviertelstunde später saß sie bei Hartmut in der Küche. Er hantierte an der Pfanne, sie versuchte sich entsprechend seinen Anweisungen an einer Salatsoße. Der Salat, grüne Blätter, rote Tomaten und gelbe Paprika, sah appetitlich aus. Hartmut sagte, das sei gesund und gut fürs Herz, daher verzichtete sie auf einen Kommentar und freute sich auf den gemeinsamen Abend.

Nachdem sie ihre Soße probiert und für zu sauer befunden hatte, wurde es ihr zu viel. Sie legte los. »Kai und Thorsten stecken nicht dahinter. Die haben zwar einen kruden Plan, wie sie das Ruhrgebiet aufschrecken wollen, sind aber nicht in der Lage, ihn umzusetzen. Außerdem glaube ich, dass ihr Respekt vor Alexander zu groß gewesen wäre, um ihn anzugreifen.«

»Da bist du dir sicher?«

»So sicher, wie man sich bei Männern eben sein kann.« Hartmut ignorierte ihre flapsige Bemerkung.

Sie drehte das Wasserglas in ihrer Hand und versank in ihren Gedanken. Kowalczyk saß wahrscheinlich gerade mit seiner Ermittlungsgruppe zusammen und diskutierte die Ergebnisse des ersten Tages. Sie überlegten Theorien und entwickelten eine Ermittlungsstrategie. Er verteilte die Aufgaben, und sein Team machte sich an die Arbeit.

Dort passierte etwas, und sie rührte Salatsoße an.

»Hast du jemanden aus der Gruppe erreicht?«, fragte sie vorsichtig, um wieder zurück zum Thema zu kommen.

»Mit Eva habe ich lange telefoniert.«

Es wunderte sie nicht, dass er ausgerechnet mit ihr angefangen hatte. »Und?«

»Sie war schockiert, hat aber keine Ahnung, wer dahinterstecken könnte. Ihr ist niemand eingefallen, der so wütend auf Alexander gewesen war, dass er ihn ermorden würde. Sie war tief betroffen.«

»Ist ihr in letzter Zeit etwas bei ihm aufgefallen? Hat er Andeutungen gemacht? Hat er von etwas erzählt, was nicht zu ihm gepasst hat? War irgendwas anders als normal?«

»Eva hat erzählt, Alexander hätte ihr gegenüber angedeutet, dass er einer ›ungeheuren Sauerei‹ auf der Spur ist, aber noch nichts sagen will, weil er es noch verifizieren muss.«

»Mehr wusste sie nicht?«

»Offenbar hat er sehr geheimnisvoll getan und keine Gerüchte in die Welt setzen wollen. ›Ich bin dran‹ war alles, was er dazu noch gesagt hatte.«

»Dann scheint es wirklich etwas zu geben, wenn er auch ihr gegenüber davon gesprochen hat. Es wäre interessant, ob er auch anderen gegenüber diese Bemerkung gemacht hat.«

»Das wusste Eva nicht«, erwiderte Hartmut und drehte sich mit der Pfanne in der Hand zu ihr um.

»Hast du sonst noch jemanden erreicht?« Sie begutachtete die Gambas, die gebraten in der Pfanne lagen und lecker nach Knoblauch und einem stacheligen Kraut dufteten. »Sieht gut aus und riecht hervorragend.«

»Was macht deine Salatsoße?«

»Bestimmt lustig.« Er reagierte nicht. »Schmeck sie vielleicht selbst ab, um zu sehen, ob sie fertig ist oder von dir gerettet werden kann.«

Während des Essens schwiegen sie überwiegend. Sie hätte fragen müssen, was die Stimmung verdorben hatte, wie sie es zukünftig vermeiden konnten, was sie ändern sollten. Doch ihr fehlte die Kraft. Der Tag war lang, so viel war passiert und arbeitete in ihrem Kopf.

Sie überlegten, wie sie am besten weiter vorgingen, mit wem sie reden sollten, wo ein Ansatz lauerte und was für ein Täter für den Mord in Frage kam. Doch das geschah halbherzig und unmotiviert.

Schließlich räumten sie das Geschirr in die Spülmaschine, Hartmut putzte den Herd, sie brachte den Abfall in die Tonne vor dem Haus. Als sie zurückkam, fragte er, ob sie noch die Nachrichten sehen sollten.

Frederike war müde. »Lass uns morgen weitermachen. Ich will ins Bett.«

»Heute kein gemeinsames Einschlafen?« Hartmut klang enttäuscht.

»Sei mir nicht böse.« Sie brauchte Zeit für sich und ihre Gedanken. Außerdem war sie nicht darauf eingestellt.

Sie gab ihm einen Kuss, er nahm sie noch einmal in den Arm,

sie legte den Kopf an seine Brust, er fragte, ob sie nicht doch bleiben wolle.

»Das nächste Mal«, versprach sie und schnappte sich ihren Rucksack.

Sie genoss den Weg zur Bahn. Endlich konnte sie ungestört überlegen, welcher Sache Alexander auf der Spur gewesen sein könnte. Sie würde es herauskriegen, da war sie sicher.

Aus den Gärten hörte sie Stimmen. Es wurde gelacht, Gläser klangen, eine Stimme meinte: »Einen Absacker noch.« Der Geruch von gegrilltem Fleisch stieg ihr in die Nase. Sie ging einen Schritt schneller.

Der Wind strich durch die Platanen. Grillen zirpten auf der gegenüberliegenden Wiese.

Es zog sie nach Hause. Zu viel war heute passiert, was sie sortieren musste, um eine Idee zu bekommen, was sich dahinter verbergen konnte.

Die nächste Bahn kam schnell, sie setzte sich ans Fenster und lehnte den Kopf an die Scheibe. Dabei wurde ihr bewusst, dass es das erste Mal war, dass sie und Hartmut in so einer angespannten Stimmung auseinandergegangen waren.

Ein Vergleich mit Moritz, der die Stimmung immer irgendwie gerettet hatte, wäre unfair. Ihr war bewusst, dass sie sich nur an die schönen Momente mit ihrem Mann erinnerte, die unbeschwerten Zeiten und zärtlichen Augenblicke. Alle anderen verdrängte sie. Trotzdem schlichen sich diese Erinnerungen in ihren Kopf und machten sie traurig.

Sie gönnte sich eine Denkpause bis zur nächsten Haltestelle.

Dann kramte sie ihr Notizbuch aus dem Rucksack und begann, alle Fragen aufzuschreiben, die ihr durch den Kopf gingen.

In ihrem Smartphone sah sie sich die Tatortfotos an. Wie friedlich Alexander dort lag. Es sah aus, als würde er schlafen, mit offenen Augen. Sicher war, dass der Schlag mit dem Stein gezielt und mit der Absicht zu töten ausgeführt worden war.

Sonst hätte er die SMS nicht bekommen, die ihn aus der Kneipe gelockt hatte.

Die Gruppe derer, die dafür in Frage kamen, ließ sich ihrer Ansicht nach schnell eingrenzen. Der Mörder war vorbereitet, hatte einen Stein mitgebracht, mit dem er Alexander erschlagen hatte. Er wusste, dass Alexander abends mit Floh in den Park ging, und er wusste, dass Kai und Thorsten etwas planten. Da er das Ende des Treffens abgepasst hatte, um Alexander eine SMS zu schicken, schien er in der Nähe gewesen zu sein oder sogar in der Gruppe. Frederike notierte sich den Gedanken. Wie groß war das Risiko, dass Alexander nicht alleine mit Floh unterwegs war oder einen anderen Weg gehen würde? Konnte der Täter davon ausgehen, dass Alexander sofort aufbrechen würde? Hatte er am Tatort auf ihn gewartet, oder war er ihm gefolgt? Möglicherweise waren sie gemeinsam zum Castell gegangen. War Alexander arglos mit seinem Mörder zum Tatort spaziert?

Sie brauchte eine Liste aller, die gestern am Treffen teilgenommen hatten. Sie war zu selten bei den Treffen dabei gewesen, um alle zu kennen oder sich auch nur an alle zu erinnern. Vielleicht bekam sie von Patrick die Liste aller Anwesenden. Sie musste wissen, ob Alexander mit anderen Hundebesitzern oder Nachbarn gelegentlich abends durch den Park spazierte. Wer wusste über seine Gewohnheiten, seinen Tagesablauf Bescheid? Antworten auf diese Fragen würden den Kreis der möglichen Täter weiter verkleinern.

Völlig offen war für sie dagegen die Frage, warum Alexander ermordet worden war.

Plötzlich schreckte sie auf, steckte ihr Smartphone weg und stand eilig auf. Sie hatte nicht bemerkt, dass die Bahn schon an ihrer Haltestelle stand. Sie schaffte es gerade noch rechtzeitig hinaus.

Als sie ihre Wohnungstür aufschloss, stellte sie fest, dass sie nicht mal bemerkt hatte, dass sie Treppen stieg, während sie dies sonst als Strapaze wahrnahm, so sehr kreisten ihre Gedanken um den Fall. Ein angenehmer Nebeneffekt. Mittlerweile wehrte sie sich auch nicht mehr dagegen, den Mord als Fall zu bezeichnen.

Sie warf ihren Rucksack neben den Sessel im Wohnzimmer, ging in die Küche, goss Wasser in den Kocher und stellte sich dann unter die kalte Dusche. Als sie sich einigermaßen erfrischt fühlte, trocknete sie sich ab und zog Shorts und T-Shirt an. Dann ging sie ins Wohnzimmer, legte eine CD von Leonard Cohen in den Player und stimmte sich auf eine gemütliche Nachtsitzung ein, wie es früher gang und gäbe gewesen war.

Als sie sich in den Sessel setzte, merkte sie erst, wie müde sie war. Die Aufregung, die vielen Gespräche, all die Schritte zehrten an ihren Kräften. Vor einem halben Jahr war dies ein normaler Arbeitstag gewesen. Heute empfand sie es als ungewohnte Anstrengung.

Sie gähnte, stand auf und riss das Fenster auf. Eine Brise blähte die Gardine auf. Die aufgeheizte Luft der Altendorfer Straße wehte herein. Es herrschte noch Betrieb, Kneipengänger erzählten Witze, lachten, Mädchen kreischten. Eine laue Sommernacht.

Doch für sie gab es anderes zu tun.

Ihr Smartphone klingelte. Hartmut. Nach dem dritten Klingeln nahm sie das Gespräch an.

»Bist du gut nach Hause gekommen?«

Sie wollte schon mit einer flapsigen Bemerkung antworten, doch sie besann sich. »Die Bahn kam direkt. Es ging gut.«

Hartmut schwieg.

Sie auch. Er hatte angerufen.

»Das war nicht in Ordnung von mir.« Der Satz war ihm schwergefallen. Frederike hörte es an seiner Stimme. »Es ist nicht einfach für mich, dich bei etwas zu unterstützen, was ich nicht gut finde. Aber ich habe verstanden, dass es dir wichtig ist.«

»Ich glaube, du ahnst nicht, wie wichtig es mir ist«, ergänzte sie.

Kaum jemand war mit seinem Schweigen so beredt wie Hartmut. Dann fuhr er fort: »Deshalb will ich dir helfen.«

Sie hielt die Luft an, weil sie ein »Aber« im Unterton zu hören glaubte.

Es kam nicht.

»Das ist lieb von dir, und ich weiß das sehr zu schätzen.«

»Du …«

»Pst.« Jetzt war sie dran. »Ich weiß, wie viele Sorgen du dir machst. Und ich verspreche dir, dass ich kein Risiko eingehen will und aufhöre, wenn es gefährlich wird.«

Er lachte.

Sie hatte zu dick aufgetragen und er sie auf frischer Tat ertappt. Schon wieder.

»Ich werde trotzdem vorsichtig sein und auf mein Herz hören. Ehrlich.« Nach einer kurzen Pause fügte sie hinzu: »Und wegen Patrick musst du dir keine Sorgen machen.«

»Weiß ich.«

»Okay.« Sie wollte nicht nochmals begründen, warum ihr der Kontakt zu ihm im Moment so wichtig war.

Nachdem sie sich eine gute Nacht gewünscht hatten, Frederike sich noch einmal für die Nachsicht und die zugesagte Unterstützung bedankt hatte, sah sie zu ihrem Poster. Munchs »Die Einsamen«, das sie damals im Museum Folkwang gekauft hatte und das sie zum ersten Mal ernsthaft über Kunst hatte nachdenken lassen. War es Hartmut, der dort mit den Händen in den Taschen stand und ihr den Rücken freihielt? War sie doch nicht »die Einsame«, nicht wie die Frau auf dem Bild?

Sie rechnete es Hartmut hoch an, dass er noch einmal angerufen und sich entschuldigt hatte. Anscheinend keimte da tatsächlich etwas zwischen ihnen, und das wollte sie nicht mutwillig zerstören.

14

Frederike setzte sich mit ihrem Notizbuch in den Sessel im Wohnzimmer. Ein Glas Chianti stand auf dem Tisch, sie wechselte die Musik zu Nick Drake.

Sie suchte einen Hinweis auf die Sauerei, der Alexander auf der Spur gewesen war. Wenn da etwas war, dann musste sie seine externe Festplatte durchforsten. Nichts, was sie gerne tat, gerade bei einem Freund. Möglicherweise würde sie sehr private, intime Dinge finden. Aber so war das nun mal.

Sie gab ihr Passwort ein und steckte die Festplatte in den Port. Es gab drei Ordner: »Schule«, »Umwelt«, »Privat«. Sie öffnete den Umweltordner und fand sich in einem Gewirr von Unterordnern wieder.

Also gut, seufzte sie und begann mit dem Durchstöbern. Nach zwei Stunden und drei Gläsern Wein hatte sie den wahrscheinlich entscheidenden Ordner gefunden. Sie vermutete, dass er die Informationen enthielt, die sie suchte. Denn er war passwortgeschützt.

Sie sah verzweifelt zur Decke. Ihr Weinglas war leer.

Jetzt wäre es gut, wenn Jens, ihr Computerfreak bei der Polizei, ihr beim Knacken helfen könnte. Aber dann wüsste Kowalczyk spätestens bei der Morgenbesprechung, dass sie ebenfalls auf Alexanders Computerdaten zugreifen konnte. Denn sie konnte es nicht einschätzen, wie loyal Jens heute noch zu ihr stand.

Der Ordner befand sich im privaten Bereich, was also nicht zwangsläufig einen Hinweis auf diese »Sauerei« bedeutete.

Sie musste Patrick fragen, ob er etwas auf dem Rechner gefunden hatte.

Im Ordner »Umwelt« gab es einen Unterordner mit dem Titel »Restmüll«. Sie öffnete ihn. Viele als PDF abgespeicherte Dokumente, dazu eine JPG-Datei.

Nichts ahnend öffnete sie das erste Dokument und fuhr im Sessel zurück. Ein Bild von einer Ratte füllte den Bildschirm, am Hals aufgehängt und den Bauch aufgeschlitzt. Darunter die Botschaft: »Wenn du nicht aufhörst, passiert das mit deiner Frau.«

Ihr Herz hämmerte. Augenblicklich gingen ihre Gedanken zu Sandra und dem Ungeborenen. War die Drohung ernst gemeint?

Schnell übernahm die ehemalige KHK das Kommando. Frederike sah genauer hin und erkannte Alexanders Haustür. Sie zog das Bild größer. Die Ratte hing an einem groben Seil, das am Gitter vor dem rautenförmigen Fensterchen seiner Haustür befestigt war.

Sie suchte in den Dateidaten, wann das Foto aufgenommen worden war.

Gestern.

Sofort zog sie eine gedankliche Verbindung zu der Bemerkung, dass Alexander einer »großen Sauerei« auf der Spur sei. Wenn jemand von seiner Entdeckung erfahren hatte, war das eine Reaktion von diesem Jemand.

Weder Alexander noch Sandra hatten diesen Vorfall erwähnt. Wusste Sandra davon? Sie musste sie fragen. Jetzt war es zu spät dafür. Morgen.

Sie klickte die anderen Dokumente durch. Eingescannte Drohmails, Schmierereien an der Hauswand, Drohbriefe. Es gab einige, die Alexander gegen sich aufgebracht hatte.

In einem weiteren Ordner, »Ewigkeit«, fand sie eine Karte aller Zechen im Ruhrgebiet. Sie hätte gern Einblick in seinen Browserverlauf gehabt, um zu sehen, wonach er gesucht, was er gerade genauer recherchiert hatte. Aber der war nicht auf der Festplatte gesichert.

Sie lehnte sich zurück und starrte an die Wand. War das ein gutes Ende für den ersten Tag?

Es fühlte sich nicht so an. Zu wenig hatte sie herausgefunden. Sie hatte noch keinen konkreten Ansatzpunkt gefunden. Oftmals fand sie ein Detail, an dem sich schnell eine Geschichte entspannte. Bei den gefundenen Stichworten sprang noch nicht einmal ihre Phantasie an.

Sie sah auf die Uhr. Es war zu spät, um erneut bei Sandra anzurufen. Aber …

»Bist du noch im Labor?«

»Ah, Frederike, du bist auch noch aktiv?«

»Ich wollte nur mal hören, ob ihr schon konkrete Spuren habt.« Warum sollte sie um den heißen Brei herumreden?

»Und du?«

Sie war zu müde für Spielchen. »Was glaubst du, warum ich anrufe? Habt ihr?«

»Du hörst dich nicht gut an.«

»Ich dachte, das haben wir hinter uns?«

»Wir haben den Laptop untersucht, aber nichts gefunden. Einen geschützten Ordner versuchen wir zu knacken. Das läuft.«

»Danke.« Weil er ihr doch noch etwas gesteckt hatte. Kurz überlegte sie, ob sie noch weiterbohren sollte.

»Hast du noch etwas erfahren?«

Klar: Quid pro quo. Dass Alexander etwas auf der Spur gewesen war, wollte sie aber noch nicht sagen.

Sie erzählte von ihrem Gespräch mit Thorsten und dass die beiden, Thorsten und Kai, gerne Krawall machen würden. Eine Spur ins Leere, deren Weitergabe nicht wehtat.

Sie fragte nach ehemaligen Kollegen, wie es ging, was sie machten, wie die Stimmung war. Doch die Antworten interessierten sie im Grunde gar nicht. Der Abstand zum Dienst war größer, als sie sich eingestehen wollte. Sie vermisste die Arbeit, aber nicht wirklich die Kollegen. Trotzdem fühlte es sich traurig an, dass sich eine erste Staubschicht auf ihr Berufsleben legte.

Schließlich beendete sie das Gespräch. Für heute wollte sie Schluss machen. Was war morgen wichtig? Sie wollte mit Alexanders Lehrerkollegen sprechen, zu Unternehmen gehen, mit denen er sich besonders gestritten hatte, mit weiteren Mitgliedern seiner Umweltgruppe und vielleicht auch mit seiner Ex-Frau sprechen. Matze musste sie fragen, warum Sandra froh sein sollte, dass Alexander tot war. Warum hatte sie vorhin mit Hartmut nicht darüber gesprochen? Sie notierte alles in ihrem Notizbuch.

Als sich die Buchstaben vor ihren Augen langsam auflösten, beschloss sie, ins Bett zu gehen.

Sie zog das Laken bis zur Nase und rollte sich zusammen. Dann dachte sie an gestern und daran, wie sehr sie es genossen hatte, Hartmuts Körper zu spüren. Ihre Gedanken wanderten zum Samstag und ihrem Angebot, gemeinsam zum Zechenfest zu gehen. Und am nächsten Morgen bei ihr zu frühstücken. Sie wurde nervös beim Gedanken an die Zeit zwischen Zechenfest und Frühstück. Doch dann dachte sie ans Fahrradfahren. Das Letzte, was sie in dieser Nacht wahrnahm, war ein Blitz, der ihr Schlafzimmer hell erstrahlen ließ.

15

Frederike tastete auf dem Nachttisch herum. Erfolglos, die Polizeisirene kreischte weiter. Nur noch zweimal, dann würde die Mailbox übernehmen. Schon war Ruhe.

Sie richtete sich auf und streckte ihre Glieder. Ein Lächeln überzog ihr Gesicht. Ihr Smartphone zeigte fünf Uhr siebenundfünfzig. Perfekt, dachte sie, da sie heute als Erstes zu Alexanders Schule fahren wollte.

Sie hörte die Mailbox ab. Patrick. »Wir haben den verschlüsselten Ordner geknackt. Wir sollten uns treffen.«

Perfekt. Sie würde ihn gleich anrufen.

Getrieben von dieser guten Nachricht wählte sie zuerst Hartmuts Nummer. Nach dem zweiten Klingeln fiel ihr ein, dass er ein Morgenmuffel war, nach dem dritten, dass er nichts von dem verschlüsselten Ordner wusste. Nach dem vierten Klingeln meldete er sich.

»Was ist denn?«

Hui. Mit diesem Ton jagte er jeden Verbrecher in die Flucht. Sie wünschte ihm dennoch einen guten Morgen.

»Warum weckst du mich mitten in der Nacht?«

»Ich wollte deine Stimme hören.« Sie konnte einfach nicht improvisieren. »Gleich fahre ich zu Alexanders Schule, um mit Lehrern oder Schülern zu sprechen. Danach könnten wir uns treffen, um zu überlegen, wen wir sonst noch befragen. Was hältst du davon?«

»Frederike, ruf mich an, wenn du an der Schule fertig bist, dann sehen wir weiter.«

»Schlaf schön«, sagte sie zum Abschied und drückte das Gespräch weg.

Freie Fahrt.

Sie sprang unter die Dusche, griff sich beim Verlassen der Wohnung einen Apfel und eine Banane und erreichte die Straßenbahn, kurz bevor die wieder losfahren wollte. Sie setzte sich neben ein Mädchen, das gebannt auf sein Smartphone starrte und keine Notiz von ihr nahm.

Frederike nahm ihres und wählte Patricks Nummer. »Bist du gleich auf Zollverein?«, fragte sie, nachdem er es mindestens zehnmal hatte klingeln lassen, bevor er ihren Anruf annahm.

Als er bejahte, verabredeten sie sich für halb zehn in dem Café direkt an der Kohlenwäsche.

Kohlenwäsche. Immer wenn sie dort war, wenn sie den Namen hörte oder las, kehrten die Bilder ihres letzten Falls zurück. Der Tote an der orangefarbenen Rolltreppe, das gestohlene Gemälde, der Kampf um ihr eigenes Leben. Sie fragte sich, ob Mörderjagen im Ruhestand weniger risikobehaftet war.

Am Viehofer Platz stieg sie in die 107. Die Fahrpläne hatte sie fast im Kopf, so lange fuhr sie schon mit der Bahn. Sie besaß zwar einen Führerschein, aber nach dem Unfall mit Moritz hatte sie geschworen, sich nie mehr hinter ein Lenkrad zu setzen. Der Nahverkehr war in Ordnung, mit dem »Modellstadt-Essen-Abo« erschwinglich, und seit sie Alexander kannte, war es auch ein gutes Gefühl. Ihr Beitrag zur Schadstoffbegrenzung. Wie hatte Alexander so gerne gesagt: Wenn jeder vor seiner eigenen Haustür kehrt, ist die Stadt und dann die Welt hinterher auch sauber. Aus seiner Sicht stand die Haustür für den Verantwortungsbereich jedes einzelnen der knapp acht Milliarden Menschen.

Sie sah nach draußen, wo sich der morgendliche Berufsverkehr Richtung Innenstadt quälte. Ein anderer Satz von Alexander fiel ihr ein: »Es geht bei allem Umweltschutz nicht um die Rettung der Welt. Die wird alles überleben, egal wie. Die ist Milliarden von Jahren alt und hat schon so viel durchgemacht, Meteoriteneinschläge, Vulkanausbrüche, Eiszeiten, da macht ihr ein bisschen mehr CO_2 auch nichts aus. Aber für uns Menschen wird das fatal. Wir kommen damit nicht zurecht. Einige Pflanzen und Tiere sicherlich auch nicht. Aber letztlich retten wir nicht die Welt mit unseren Maßnahmen, sondern unser Leben auf ihr.«

Wenn er dann ordentlich Dampf abgelassen hatte, schloss

er mit dem Rat: »Die Genforscher sollten nicht überlegen, wie sie den Nachwuchs so manipulieren, dass er groß, blond und schlau ist. Sie sollten ihn so manipulieren, dass seine Haut nicht mehr von den UV-Strahlen geschädigt werden kann, dass er mit viel CO_2 leben kann und am besten auch, dass er nichts mehr essen und trinken muss. Ein Solarpanel auf dem Rücken, das den Menschen der Zukunft mit Energie versorgt, damit er keine Nudeln und Bananen mehr braucht.«

Auch wenn er es ironisch meinte, steckte ein Funke Ernst darin. Denn Alexander war davon überzeugt, dass es mit der Menschheit nicht mehr lange gut gehen würde, wenn sie so weitermachte.

Das war dann der Zeitpunkt, an dem sie eine neue Flasche Wein bestellte und das Thema wechselte. Wenn Alexander mit seinen Zahlen anfing und seine Schreckensbilder beschrieb, bremste ihn nur ein guter Italiener. Das verband sie, und darüber entwickelte sich ihre Freundschaft.

Die nun jäh und brutal beendet worden war.

Das Thema hatte sie auch niemals kleinreden wollen. Sie verstand Alexanders Anliegen und seine innere Unruhe, wenn er darüber sprach. Mit jedem Satz, mit jeder Ausführung hatte sie seine Furcht begriffen, dass ihm, dass der Menschheit die Zeit davonlief und am Ende der Schaden nur verwaltet und nicht verhindert wurde. Weil es den Politikern wichtiger war, ihrer aller Lebensgrundlage sozial verträglich zu ruinieren, statt sie erfolgreich zu retten. Dafür seien eben harte und schmerzhafte Einschnitte in den Alltag notwendig.

Frederike hatte einmal weinselig angemerkt, dass neues Leben auch nur unter Schmerzen geboren wurde. Warum also sollte das Zustandekommen einer neuen Umweltordnung, einer neuen, die Lebensgrundlagen bejahenden Lebensweise lachend und fröhlich und ohne Komplikationen möglich sein? Danach hatte ihr Alexander auf den Rücken geklopft und gemeint, dass sie das Problem verstanden hätte.

Wenn sie an ihr Leben und ihr Verhalten in den letzten Wochen dachte, musste sie allerdings feststellen, dass es eine Sache war, das Problem verstanden zu haben, und eine andere, entsprechend zu handeln.

Sie stieg an der Haltestelle Zollverein aus. Nachdem sie sich kurz orientiert hatte, marschierte sie auf dem Drostenbusch los, Richtung Alexanders Schule.

Sie wollte vor Schulbeginn mit Schülern oder Lehrern sprechen. Denn über seine Schüler hatte er viel geredet. Wie er sich in der Schule engagierte, sich mit seinen Schülern über den Klimawandel und die Bedrohung der Erde auseinandergesetzt und ihnen die Wichtigkeit des Widerstandes deutlich gemacht hatte. Einmal sagte er: »Meine Kollegen hassen mich, weil die Schüler freitags lieber auf die Straße gehen als zu ihnen in den Unterricht.«

Alexander hatte darübergestanden. Für ihn war es von größter Bedeutung, junge Menschen darin zu unterstützen, politische Verantwortung zu übernehmen. Dafür durfte auch eine Unterrichtsstunde ausfallen.

Für Frederike stand die Frage im Vordergrund, wie sehr die Kollegen ihn hassten. Auf die wollte sie in der Schule eine Antwort finden. Vielleicht befanden sich einige Schüler unter den Mitgliedern seiner Umweltgruppe, die ihr weiterhelfen konnten, vielleicht sogar etwas über die »Sauerei« wussten.

Sie erreichte die Schule rechtzeitig vor der ersten Stunde. Zuerst wollte sie ältere Schüler ansprechen und danach versuchen, mit seinen Kollegen zu reden.

»Kennst du Alexander Röttgen?«, fragte sie ein Mädchen, dessen Rock ihre Beine in Gänze zur Geltung kommen ließ. Die auf dem Bauch gebundene Bluse verhüllte auch nur das Notwendigste.

»Den? Wer kennt den nicht?« Sie stoppte das Tippen auf ihrem Smartphone, hob den Kopf etwas und ließ eine Kaugummiblase platzen.

»Kannst du mir etwas zu ihm sagen?«

»Sein Unterricht fällt heute aus, und ich bin zu früh hier.« Das Mädchen steckte sich einen Ohrstöpsel ins Ohr und ließ sie stehen.

Ein groß gewachsener Junge in Jeans, deren Hintern auf Kniehöhe pendelte, und in einem T-Shirt mit dem Aufdruck »Make this planet great again« kam auf sie zu.

»Guten Morgen«, sagte sie hoffnungsfroh, »kannst du mir etwas zu Alexander Röttgen sagen?«

Der Junge fasste sich an die Nase. »Nicht jetzt.« Er klang betroffen und abweisend.

Dankbar griff Frederike die Antwort auf, war er doch grundsätzlich bereit, etwas zu sagen. »Wann passt es besser?«

»Nach der Schule. Um drei.«

»Ich warte hier«, rief sie dem Kerl hinterher, der bereits bei der Göre mit der Kaugummiblase stand und ihr einen Kuss auf die Wange gab.

Ein Anfang war getan. Ermittlungsduft stieg ihr in die Nase. Endlich wieder vertrauter Boden unter den Füßen.

Ein Gong ertönte, und in die Schar junger Menschen kam Bewegung.

Auf zum zweiten Schritt. Sie betrat die Schule, wo sie von dem Gekreische und Gerenne fast überwältigt wurde. Kleinere Blagen spielten Fangen und rempelten sie an, ein Pärchen knutschte mitten im Gang. Welche Überzeugung musste jemand haben, um hier freiwillig zu arbeiten? Und was für Gene?

»Kann ich etwas für Sie tun?«

Frederike sah einen freundlich lächelnden jungen Mann mit einer Schiebermütze und blauem Kittel neben sich. »Stellen Sie das ab.« Dabei deutete sie mit einer ausladenden Armbewegung auf das Chaos um sie herum.

Der Mann lachte. »Man muss sich daran gewöhnen.« Er schob sie in einen Glaskasten, von dem aus er offenbar das Chaos verwaltete. Apparate mit Kontrollleuchten standen an der Wand, ein Schreibtisch, auf dem eine Kladde mit Listen lag, zwei Schreibtischstühle mit durchgescheuerten Sitzbezügen.

Ein Arbeitsplatz wie aus vergangener Zeit. Fehlte nur noch der Weihnachtskaktus. Der Blaumann schloss die Tür, und augenblicklich kehrte eine himmlische Stille ein.

»Danke.« Frederike atmete erleichtert durch.

Der vermutliche Hausmeister zeigte auf die Stühle, und Frederike ließ sich auf den vorderen fallen.

»Ich komme wegen Herrn Röttgen. Kennen Sie ihn?«

»Wer kennt den nicht? Scheucht hier alle auf.«

Diese Antwort hörte sie nun schon zum zweiten Mal. »War er wirklich so schlimm?«

»Mal unter uns. Er hat ja recht mit einigen Ansichten. Meistens jedenfalls. Aber muss es gleich so radikal sein und sofort passieren und so kompromisslos?«

Der Blaukittel machte keinen Umweg und antwortete direkter, als sie erwartet hatte.

»Was genau meinen Sie?«

»Alles, was Dreck macht. Unsere Heizung, der Müll, die Autos, Papierhandtücher, das Schwimmbad in der Turnhalle, das brennende Licht nachts. Soll ich weitermachen? Mit vielem hat er ja recht. Aber ...« Er rieb Daumen und Zeigefinger aneinander, um zu zeigen, dass die Kasse leer war. »Wenn wir Geld haben, sanieren wir die Klos und sanitären Einrichtungen, die Lehrer kaufen Unterrichtsmaterial, Computer und den ganzen Kram, damit sie die Schüler ordentlich ausbilden. Wo soll da das Geld für eine klimaneutrale Schule herkommen?«

»Aber er hat das gefordert?«

»Jede Woche mindestens einmal.« Er setzte sich Frederike gegenüber hin und stützte sich auf seine Knie. »Wir machen ja schon einiges. Trennen Müll, es gibt kein Einweg mehr, wir verteilen Obst, Wasser aus Glasflaschen, was eben mit kleinem Geld zu machen ist. Aber nie war es genug.«

»Was hat er dann gemacht?«

»Er hat Schüler organisiert, die demonstriert haben. Die haben den Unterricht boykottiert, die Schule abgeriegelt, die Presse aufgehetzt. Das war eine ganz miese Stimmung hier.«

»Jetzt sind alle froh, dass er nicht mehr kommt?«

»So würde ich das nicht sagen. Aber viele Tränen werden nicht fließen.«

»Gab es jemanden, dem er ein besonderer Dorn im Auge war?«

»Jetzt wollen Sie wissen, ob einer seiner Kollegen ihn umgebracht hat?« Er schnalzte mit der Zunge, als wollte er sagen: »Sie sind mir aber eine.«

Die Tür flog auf, und ein Mann mit Krawatte baute sich auf. »Haben Sie nichts zu tun?«

Der Blaumann sprang auf. »Guten Morgen, Herr Faßbender, Frau ...«

»Stier. Frederike Stier«, ergänzte sie.

»Frau Stier hatte Fragen zu Alexander, Herrn Röttgen.«

»Sind Sie von der Polizei?«

Frederike hatte diese Frage befürchtet. »Ich bin eine Freundin von Herrn Röttgen und kann nicht glauben, was passiert ist. Da wollte ich mit Menschen reden, die ihn kannten, um besser zu verstehen, warum man ihn ermordet hat.«

»Unsere Schule ist ein schlechter Ort dafür«, meinte der Schlipsträger. »Und überhaupt: Überlassen Sie das Nachfragen bitte der Polizei. Der werden wir die notwendigen Fragen beantworten.« Der Mann hielt die Tür auf, ein deutlicher Rauswurf. Ihre Zeit war abgelaufen.

Sie stand auf. »Trotzdem vielen Dank.« Mit einem Nicken ging sie an Herrn Faßbender, vermutlich dem Direktor, vorbei in den abnehmenden Lärm der Schüler.

An der Ausgangstür stand eine Frau mit verweinten Augen. Ein kurzer Blick über die Schulter, ob der Chef weg war, dann stellte Frederike sich neben sie. »Herr Röttgen?«

Ein weiterer Tränenausbruch und ein zaghaftes Nicken bestätigten Frederikes Vermutung.

»Das ist traurig.«

»Mehr als das.«

»Sie waren befreundet?«

Die Frau nickte wieder.

Wenn sie so heftig reagierte, musste es eine enge Freundschaft gewesen sein. Frederike hatte Alexander oder Sandra nie von einer befreundeten Kollegin reden hören.

»Kannten Sie sich von der Umweltinitiative?« Sie wollte es genauer wissen.

Die Frau schüttelte den Kopf. »Nein, es war –«

Ein Dreiklang schallte durch die Flure, und schon saugten die Klassenzimmer die Schüler ein.

»Ich muss los.« Die Frau ließ Frederike stehen, ohne ihren Satz beendet zu haben. Sie hasste das.

Nun kehrte endgültig Ruhe ein. Ein Nachzügler rannte an ihr vorbei. Der Kasten des Hausmeisters war leer, also auch keine Chance mehr, weitere Fragen zu stellen.

Sie folgte einem Schild, das zum Lehrerzimmer und zum Direktor wies. Am Ende des Flurs stand eine Tür offen, durch die sie aufgeregte Stimmen hörte. Sie war zu weit weg, um etwas zu verstehen. Als sie sich näherte, trat eine Frau aus einem Zimmer und fragte, was sie suche. Frederike fragte nach der Toilette, bekam den Hinweis, dass sie hier ganz falsch sei, und fand sich kurz darauf an der richtigen Stelle.

Hinter einer der Türen weinte eine Frau. »Kann ich Ihnen helfen?«, fragte Frederike mit dem Gedanken, dass ihre Frage von vorhin vielleicht doch noch beantwortet werden würde.

»Nein«, kam die schroffe Antwort.

»Geht es immer noch um Herrn Röttgen?«

»Was geht Sie das an?«

Frederike erkannte die Stimme nicht. Auf jeden Fall gehörte sie einer anderen Frau als der, die sie draußen getroffen hatte. »Ich finde es auch schlimm, was ihm passiert ist, und bin traurig.« Sie war gespannt, ob die Antwort erfolgreich sein würde.

»Das tut mir ausgesprochen leid für Sie. Aber da müssen Sie sich wohl hinten anstellen.«

Eine merkwürdige Antwort. »Was –«

»Jetzt lassen Sie mich doch in Ruhe!«

Frederike wusch sich die Hände und ging hinaus. War Alexander doch beliebter, als der Hausmeister angedeutet hatte? Er war noch nicht zurück in seinem Kabuff, sodass sie die Frage nicht klären konnte. Die Flure waren ebenfalls verwaist, also verließ sie die Schule.

Draußen blinzelte die Sonne zwischen schwarzen Wolken hindurch. Das Wetter schien sich nicht zu ändern. Am frühen Morgen hatte sie gelesen, dass der Rhein bedrohlich angestiegen sei und eine weitere Flutwelle vom Süden kommen werde. Die Schifffahrt war bereits eingestellt worden. Alexander hatte vorgestern berichtet, dass er mit einem Freund vom Niederrhein telefoniert habe, der in Sorge sei. Es fehlte nicht viel. Der Rhein hatte bereits große Flächen überflutet. Noch vielleicht fünf, sechs Tage Dauerregen, und kein Deich, kein Polder würde die Fluten aufhalten. Dann lief der komplette Niederrhein voll, und über eine Million Menschen wären auf der Flucht. Das Problem am Niederrhein sei das gleiche wie im Ruhrgebiet. Durch den Bergbau habe sich auch dort die Region abgesenkt und liege heute bis zu zwanzig Meter unter dem Niveau des Rheins. Träte der Rhein über die Ufer, würde die Region geflutet. Und die Gefahr sei real, sogar um ein Vielfaches höher als an der Elbe.

Als müsste diese Befürchtung unterstrichen werden, klatschten die ersten Tropfen auf den Asphalt.

Sie holte ihre Regenjacke und einen Schirm aus dem Rucksack. Gegen den Schauer, der gleich losbrechen würde, war das so hilfreich wie ein Sieb beim Ausschöpfen eines überfluteten Kellers. Sie spannte den Schirm trotzdem auf und redete sich ein, dass die Welt den Mutigen gehöre.

Auf halbem Weg drehte ihr eine Böe den Schirm nach außen, die folgenden zerrten ihr ständig die Kapuze vom Kopf. Sie gab es auf. Dann sah sie eben aus wie eine Vogelscheuche – nur mit nassen Haaren.

Sie erreichte das Zechengelände. Fast zeitgleich stoppte der Regen, und Sonnenstrahlen blitzten wieder durch die Wolken, unschuldig und freundlich – April im Juni.

Sie ging über den Ehrenplatz, unter dem Doppelbock hindurch, an der Kohlenwäsche vorbei direkt zum Castell, zu den Steinquadern, wo sie Alexander gefunden hatte. Noch einmal den Tatort sehen und ein Gefühl dafür entwickeln.

Frederike stellte sich in die Mitte und überlegte, was hier passiert sein könnte. Kein Kampf, keine Spuren, dass Alexander bewegt worden war. War er mit seinem Mörder freiwillig hierhergekommen? Kannte er ihn? Oder hatte er hier etwas gesehen, einen Streit, ein Drogengeschäft, dem er auf den Grund gehen wollte?

Der Rest eines Flatterbands lag unter einem Stein. Der Regen der letzten Stunden hatte alle Fußspuren verwischt. Sie ging in die Hocke, legte dort, wo sie Alexander gefunden hatte, ihre Hand in den Matsch und rief Bilder von gemeinsamen Abenden hervor.

Was hast du entdeckt?

Sie war sicher, dass es etwas mit seinem Schwerpunktthema, den Folgelasten des Steinkohlebergbaus und der Zukunft des Ruhrgebiets, zu tun hatte.

Sie sah nach oben, wo sich erneut dicke Wolkenberge aufbauten. Räumte der Klimawandel dem Ruhrgebiet genügend Zeit ein, um sich auf die extremen Wetterlagen vorzubereiten und Maßnahmen einzuleiten?

2017 war Essen mit dem Titel »Grüne Hauptstadt Europas« ausgezeichnet worden. Damals wurden Projekte angeschoben, die zum Ziel hatten, den Umweltschutz weiterzubringen und das Ruhrgebiet noch attraktiver zu machen. Gerade die Zukunftsthemen wie Klimaschutz, Umwelt, Nachhaltigkeit, Energie und Mobilität rückten in den Fokus und bildeten den Start für eine neue, grüne Zukunft.

Dazu kamen Maßnahmen wie der Emscherumbau, die Sanierung ehemaliger Zechengelände, die zum Teil neuen Bestimmungen übergeben wurden und so die Region voranbrachten.

Ein großes Thema in Alexanders Aktionen schlummerte unter Tage, wo niemand es sah. In verlassenen Schächten ruhten die Hinterlassenschaften, von denen nicht mehr viele wussten.

Das waren zum einen die zurückgelassenen Maschinen und Anlagen des Bergbaus, die – mit zwölftausend Tonnen PCB-haltigen Hydraulikölen gefüllt – in den alten Schächten ruhten. PCB, diese giftige, krebserregende Chemikalie, hatte sich mittlerweile dort unten mit der Erde und dem Wasser vermischt und wartete darauf, an die Oberfläche gepumpt zu werden, um sein Unwesen zu treiben. Zum anderen lagen dort eins Komma sechs Millionen Tonnen hochtoxischer, als Wertstoff deklarierter Sondermüll, der in den achtziger und neunziger Jahren in Schächten eingelagert worden war. Hochgiftige Filterstäube und Rauchgasreinigungsrückstände aus Hausmüllverbrennungsanlagen, Filterstäube aus Klärschlammverbrennungsanlagen, Gießereialtsande und Strahlmittelrückstände, von denen behauptet wurde, dass sie sicher und umweltneutral dort eingebracht worden waren. Doch niemand wusste genau, wie diese Gifte eingelagert wurden, ob vermischt mit Beton zur sogenannten Bruchhohlraumversiegelung oder in Fässern, die langsam verrotteten. Die Unterlagen wurden vorsorglich geschreddert, sobald die Aufbewahrungsfrist abgelaufen war.

Bei diesen Gedanken sah sie Alexander, wie er mit der Faust auf den Tisch schlug, um dann mit seinem durchdringenden Bass und hochrotem Kopf stundenlang über die Lasten des Bergbaus zu referieren. Am Ende stand immer der unvermeidliche GAU im Ruhrgebiet. Für ihn war sicher, dass aufgrund des Klimawandels früher oder später verheerende Unwetter die gesamte Region samt den stillgelegten Schächten unter Wasser setzen würden. Wenn dann, wie geplant und bereits begonnen, das Grubenwasser auf sechshundert Meter unter Erdoberfläche angehoben sein sollte, würden die Gifte schnell das Grundwasser kontaminieren und damit die Trinkwasserversorgung des Ruhrgebiets lahmlegen.

Eine Diskussionsrunde, zu der er sie vor wenigen Wochen mitgenommen hatte, beschäftigte sich mit dem Thema des Monitorings, also der Beobachtung der ausgeleiteten Grubenwässer. Es wurde dargestellt, wie man die Belastung der Wässer regelmäßig und flächendeckend analysieren wolle, wie man sicherstellen könne, dass die Belastung für Mensch und Natur in einem unbedenklichen Bereich lägen. Ihr schien die Darstellung überzeugend, da auch Umweltverbände und Verbraucherinitiativen mit am Tisch saßen, die zukünftig an der Überwachung beteiligt werden sollten und das Vorgehen für sinnvoll hielten.

Außerdem verwiesen die Verantwortlichen auf mehrere Gutachten von namhaften Professoren mit dem Nachweis, dass von den Giftstoffen unter Tage keine Gefahr ausging.

Alexander hatte auch diese Veranstaltung mit seinen Fragen und Vorwürfen gesprengt und war von Sicherheitsleuten aus dem Saal begleitet worden.

So war er. Wenn er einmal loslegte, gab es kein Halten mehr.

Frederike richtete sich wieder auf. Sie sah zum Himmel und beschloss, ins Café zu gehen. Ihre feuchten Kleider klebten ihr an der Haut, und sie hatte nicht die geringste Lust, sich gerade jetzt eine Erkältung einzufangen.

Während sie auf den Doppelbock von Schacht XII zumarschierte, dachte sie weiter darüber nach, wie Alexander ihr Verhalten verändert hatte.

Sie trennte Müll in vier unterschiedlichen Behältern, kaufte regionale Produkte, vermied Plastiktüten und ging mit ihren Einkaufsnetzen zum Markt. Obst, das per Flugzeug eingeflogen wurde, ließ sie liegen, sparte Wasser, wo es ging, und dennoch war ihr klar, dass sie den nachfolgenden Generationen einen spürbaren ökologischen Fußabdruck hinterließ.

Hatten die Bergleute, die vor zweihundert Jahren mit dem Bergbau im Ruhrgebiet angefangen hatten, an die Konsequenzen ihres Tuns gedacht? Sie waren die Helden, hatten die industrielle Revolution befeuert, dafür gesorgt, dass der wirtschaftliche Aufschwung auch nach Deutschland kam. Ohne sie wäre das Wirtschaftswunder ausgeblieben.

Und heute? Heute ging es darum, die Sünden dieser Generationen zu beseitigen. War es wirklich eine Sünde, dass sie mit den nicht brennbaren Hydraulikölen in den Walzenschrämladern,

Strömungskupplungen und in Antriebsmaschinen verhinderten, dass sich die Öle durch die Arbeit entzünden konnten? Die Sicherheit der Kumpel stand im Vordergrund, die mit dieser Maßnahme deutlich verbessert wurde. Hatte man vor fünfzig oder vierzig Jahren gewusst, wie giftig diese Stoffe waren und dass man damit die Umwelt, das Wasser und den Boden mit Dioxinen vergiftete? Später ja, und dann wurden sie ersetzt.

Wenn man den Dreck wenigstens hochgeholt hätte. Stattdessen hatte man ihn beim Verlassen der Stollen einfach unten gelassen, vergraben unter Schutt und Geröll, und betrachtete das Problem damit als gelöst.

War es heute besser, anders? Wenn sie an die Windkraftanlagen dachte, die Batterien, die verbaut wurden, wusste sie, dass die Forschung noch keine Technologie entwickelt hatte, um eine umweltgerechte Entsorgung zu gewährleisten.

Müßig, darüber zu grübeln. Heute taten die Verantwortlichen etwas, um die Folgelasten des Bergbaus zu beheben. Ob es genug war, konnte sie nicht beurteilen. Trotzdem blieb die Frage, ob es nicht das Erbe jeder Generation war, den Müll der früheren Generationen zu beseitigen.

Gut, dass Patrick gleich kam und sie mit anderen Informationen versorgen würde. Vielleicht brachte sie der Inhalt der verschlüsselten Dateien weiter.

Sie betrat das Café. Patrick war noch nicht da. Sie setzte sich in eine Ecke und bestellte Wasser und Kaffee, dazu ein Käsebrötchen.

Nachdem Hartmut vorhin so seltsam reagiert hatte, wollte sie ihn erst nach diesem Gespräch anrufen.

Sie trank ihren Kaffee aus. Danach checkte sie ihre E-Mails und ihre SMS. Patrick war zu spät. Nichts Ungewöhnliches. Nachdem sie auch ihr Wasser getrunken und abermals ihre Nachrichten überprüft hatte, wurde sie unruhig. Per SMS fragte sie bei Patrick nach. Fast umgehend kam die Antwort: »Entschuldige. Meeting dauert länger. Melde mich.«

Sie fluchte. Wahrscheinlich hatte er sogar auf ihre Nachricht gewartet. Warum kam die Info nicht direkt von ihm? Nahm er sie doch nur auf den Arm?

Sie bezahlte und verließ das Café. Draußen lehnte sie sich an die Hauswand und rief Hartmut an. Auf ihr »Hast du ausgeschlafen?« antwortete er mit einem Brummen, worauf sie ihn informierte, dass sie gleich zu Sandra ginge. »Du kannst ja auch kommen, wenn du Lust hast«, ergänzte sie süffisant und meinte, dass sie danach zur BLAG fahren würde. »Da hätte ich dich gern dabei.«

Hartmut ließ es offen.

Frederike fand die veränderte Stimmung zwischen Hartmut und ihr belastend. Der lockere und fröhliche Ton war weg, und das hatte nichts mit der Trauer um Alexander zu tun. Vor allem das Abwägen der Worte fiel ihr schwer. Früher im Dienst musste sie keine Rücksicht nehmen. Geriet eine Bemerkung doch ein wenig zu poltrig, bekam sie eine entsprechende Antwort. Hartmut war anders, und ihr fehlte noch das Gefühl dafür, wie weit sie gehen konnte. Eine Grundsatzfrage wollte sie dennoch nicht damit verbinden.

Gerade war es ihr wichtig, Alexanders Mörder zu finden.

Wobei ihr Hartmut schon auch wichtig war. Dass er sich Sorgen machte, gefiel ihr. Aber sie brauchte niemanden, der auf sie aufpasste, ihr Ratschläge gab oder gar Vorschriften machte. Himmel, sie war zweiundsechzig Jahre alt. Sie konnte und wollte für sich selbst entscheiden. Partnerschaft hieß doch nicht, sich selbst aufzugeben. Sie schätzte Hartmuts ausgleichende Art und seine Fähigkeit, Kompromisse zu finden, ungemein. Aber er war ständig und bei allem so. Wo sie zu viel Stier war, war er zu wenig Hartmut.

Weil er so anders war und sie sich neben ihm so wohlfühlte, drückte ihr diese angespannte Stimmung aufs Gemüt.

Sie seufzte. Falsche Zeit, falscher Ort. Im Moment gab es Wichtigeres.

16

Floh bellte, kurz darauf öffnete Matze die Tür. Während der Hund mit dem Schwanz wedelte, sagte Matze: »Ich bring dir einen Kaffee ins Wohnzimmer.«

Sandra saß auf dem Sofa. Ihre Jogginghose war übersät mit Kaffeeflecken, ein Streifen von Schweiß zeichnete sich am Rücken des T-Shirts ab, um sie herum lagen Berge benutzter Papiertaschentücher.

»Ist es okay, wenn ich die Terrassentür aufmache?« Ihre Kollegen früher hätten das Zimmer als Pumakäfig bezeichnet.

Sandra hob die Schulter und machte eine Handbewegung, die heißen konnte: »Tu, was du nicht lassen kannst.«

Draußen stand die Luft. Viel Erfrischung war von ihr nicht zu erwarten.

Frederike setzte sich neben Sandra. Kaum saß sie, legte Sandra auch schon los und erzählte von den Befragungen der Polizei. Wie penetrant sie ständig nachbohrten und wirklich alles wissen wollten, jede Antwort anzweifelten und zehn Minuten später mit derselben Frage prüfen wollten, ob sie gelogen hatte. »Als würden die glauben, *ich* hätte Alexander umgebracht.«

Frederike kommentierte das nicht, denn sie wollte und würde genauso vorgehen. Die Statistik spielte in jeder Ermittlung eine Rolle, und in der standen die Angehörigen als Täter sehr weit oben. »Ist bestimmt bald vorbei. Die arbeiten mit Hochdruck.«

»Und du?«, blaffte Sandra.

Frederike wusste noch sehr genau, wie sie sich damals, nach Moritz' Unfalltod, gefühlt und wie gereizt sie auf alles und jeden reagiert hatte.

»Ich war schon früh an der Schule und habe mit Schülern und Lehrern gesprochen. Ich wollte mich mit einem ehemaligen Kollegen treffen, von dem ich Informationen erhofft habe. Und ich habe mit Thorsten geredet. Ich tu, was ich kann, um den Täter zu finden. Aber das geht leider nicht über Nacht.«

»Nicht, wenn man schläft.«

»Sandra!« Es war ihr sehr heftig herausgerutscht. Frederike zählte wieder, diesmal bis sieben. »Wo würdest du als Erstes suchen?«, warf sie den Ball zurück, noch immer bemüht, ruhig zu bleiben.

»Bin ich die Polizei? Wo laufen Mörder rum? Du hast doch die Erfahrung.«

»Hör mir zu. Ich helfe dir, weil ich dich mag und weil ich will, dass Alexanders Mörder hinter Schloss und Riegel kommt. Für dich, für dein Kind – auch für mich. Dabei ist es nicht hilfreich, wenn du mir Vorwürfe machst. Ich kann verstehen –«

»Nichts kannst du verstehen.« Sandra brach in Tränen aus.

Frederike sah zur Decke. Sie hatte eigentlich gehofft, einen Anhaltspunkt zu bekommen, etwas, womit sie weiterermitteln konnte. Dafür schien es der falsche Zeitpunkt zu sein.

Die Klingel durchbrach ihre Gedanken, und sie hoffte, dass Hartmut gleich neben ihr sitzen und sie unterstützen würde.

»Guten Morgen, Herr Kowalczyk«, hörte sie Matze. »Kommen Sie herein.«

Frederike stand sofort auf, dieses Mal erleichtert, gehen zu können. »Ich melde mich später«, sagte sie zu Sandra und ging zur Tür.

Kowalczyk wollte bei ihrem Anblick etwas sagen, doch sie hielt ihm den Zeigefinger vors Gesicht. »Grüß Julian von mir.« Ohne eine Erwiderung abzuwarten, verschwand sie durch die Haustür.

Es fühlte sich wieder an wie früher: Statt auf andere zählen zu können, ließen die sie im Regen stehen. Als hätte der Himmel auf dieses Stichwort gewartet, öffnete er die Schleusen, und ein heftiger Schauer ergoss sich über sie. Sie legte den Kopf in den Nacken und lachte. Wenn es schon so mies lief, konnte sie auch zu Kalli gehen und dort Pläne schmieden.

Kalli brachte ihr einen Tee und drehte Grönemeyer etwas lauter. Der sang vom Menschen, von Sonnenschein, Vertrauen, von Anlehnen, aber auch vom Irren und Kämpfen.

»Geht's dir gut?« Kalli legte ihr die Hand auf den Rücken. Sie zuckte zusammen. Dann sah sie in seine Augen und merkte, dass die Frage ernst gemeint war.

»Es ging mir schon besser.«

»Alexander?«

»Auch.« Wenn sie jetzt anfing zu erklären, würde es länger dauern.

Weil nichts los war, zog sich Kalli einen Stuhl heran und setzte sich neben sie. Und schwieg.

»Ach, Kalli, es ist so schwer.«

Schweigen.

»Ich weiß nicht mehr, was richtig ist.«

Schweigen.

Sie sah Kalli an. Seine Augen ruhten konzentriert auf ihr.

Am liebsten würde sie mit einer flapsigen Bemerkung die Situation auflösen. Aber das passte gerade nicht. »Ich fürchte, wenn ich weiter nach Alexanders Mörder suche, verliere ich Hartmut.« Der Kloß in ihrem Hals rutschte nur mit einem Schluck Tee hinunter. »Aber mein Freund wurde ermordet, und ich kann doch nicht einfach abwarten und darauf hoffen, dass die Polizei das schon macht. Ich kann da nicht tatenlos zusehen.«

Kalli schwieg, er kannte sie und wusste, dass sie noch nicht zu Ende erzählt hatte.

»Hartmut. Er ist gut. Er bringt mich runter. Bei ihm entspanne ich, sehe neue Dinge, kann lachen. Oft.« Sie schloss für einen Moment die Augen. »Aber nicht jetzt! Jetzt muss ich arbeiten. Die Zeit rennt. Wie bei jeder Ermittlung.« Ein tiefer Seufzer. »Da kann ich es nicht gebrauchen, wenn ich gebremst werde. Ich brauche neue Ideen, Hinweise, Ansätze, auf die ich selbst nicht komme. Ich will, dass er mir hilft und mich unterstützt.« Sie sah Kalli wieder an. »Ich kann nicht anders. Und höre erst auf, wenn ich den Mörder habe.«

Kalli nickte.

»Ist es das wert?«, fragte sie mehr sich selbst als ihr Gegenüber. Wollte sie auf diese Frage eine ehrliche Antwort? Was, wenn Kalli jetzt nicht schwieg? Er etwas sagte, was gar nicht in ihr Konzept passte?

»Was meinst du?«

Halleluja! Sie lachte. »Jetzt hörst du dich schon so an wie ich. Danke.«

Er lachte auch. »Dafür nicht. Das ist mein Job.«

»Aber du nimmst kein Geld dafür?«

»Nur für den Tee.« Kurz zögerte er. »Aber im Ernst. Hast du für dich eine Antwort auf deine Frage, ob es das wert ist?«

Sie schwieg.

Kalli tapste zur Theke. Hinter seinem Rücken konnte sich ein Ermittlungsteam verstecken. Er erinnerte sie an Alexander.

Sie schrieb Hartmut eine Textnachricht: »Wo bist du?«

Sie ließ den Blick nicht vom Display, doch es tat sich nichts.

Schließlich holte sie ihr Notizbuch aus dem Rucksack und suchte die Adresse der BLAG, die sie dort notiert hatte. Sie könnte noch mit Kai sprechen und Alexanders erste Frau befragen. Wichtiger waren Kai und Thorsten, denn über die beiden kam sie möglicherweise an den Absender der SMS. Wer hatte gewusst, dass die beiden etwas ausheckten? Sie konnte sich nicht vorstellen, dass das ein Schuss ins Blaue gewesen war, um Alexander wegzulocken. Das passte alles zu gut, um nicht geplant gewesen zu sein.

Sie rief Kai an.

»Frederike, ich kann jetzt nicht. Ich bin auf der Arbeit. Ich melde mich nachher.«

Damit war das Gespräch vorbei.

Bei Thorsten sprang direkt die Mailbox an.

Sie überlegte, von wem sie die Nummer von Alexanders Ex-Frau bekommen könnte. Über sie hatte er nur selten gesprochen. Eine recht erfolgreiche Geschäftsfrau in Bochum, wenn sie sich richtig erinnerte.

Kalli kannte sie, zumindest dem Namen nach, Katharina Dahmen. Ein Männergespräch mit Alexander über die frühen Jahre, bei einem Bier. Sie führte eine Spedition unter ihrem Namen: »Dahmen Trans«.

Sie zu finden stellte keine Herausforderung dar. Kurz danach hatte Frederike sie in der Leitung.

»Frau Dahmen, mein Name ist Frederike Stier.«

»Was kann ich für Sie tun?« Die Stimme klang sympathisch, ruhig, verbindlich. »Stier?«

Frederike stutzte. »Ja«, antwortete sie knapp. Ihr Name war zu oft in der Presse erwähnt worden, als dass sie darauf eingehen wollte. »Ich würde mich gerne mit Ihnen treffen.«

Frau Dahmen lachte. »Ist es geschäftlich?«

Eine selbstverständliche Frage. »Nein. Es geht um Ihren Ex-Mann, Alexander Röttgen.«

»Finden Sie das nicht ein wenig indiskret? Ich bin zu beschäftigt für so was. Außerdem ist das Thema für mich abgehakt und vorbei.«

Frederike war das sehr bewusst. Deshalb sagte sie: »Ich weiß, dass das unverschämt klingt. Aber Herr Röttgen war ein guter Freund. Sie haben sicherlich gehört, dass er ermordet wurde.

»Natürlich.« Ihr Ton wurde gleichzeitig ernst und nüchtern. »Das ist schrecklich, gleichzeitig geht es mich persönlich nichts mehr an.«

Frederike überlegte. »Sie sind seine Ex-Frau. Von Ihnen erfahre ich bestimmt die dunklen Seiten von Alexander. Ich glaube nämlich nicht, dass er die Lichtgestalt war, als die ihn viele hinstellen. Da dachte ich, ich gehe zu der Frau, die ihn wohl sehr gut beurteilen kann.« Jetzt hielt Frederike die Luft an.

»Das war gut«, antwortete Frau Dahmen mit einem erneuten Lachen. »Aber im Ernst. Warum sollte ich mit Ihnen über Alexander reden? Ich habe mit dieser Geschichte nichts zu tun und möchte da auch nicht hineingezogen werden.«

»Wieso könnte man Sie in diese Mordermittlung hineinziehen? Haben Sie denn ein Motiv?«

»Was weiß ich, was einem Polizistengehirn einfällt, um mir etwas anzuhängen.«

Frederike überlegte. »Ich bin nicht bei der Polizei. Ich möchte auch gar nicht über seinen Tod mit Ihnen sprechen. Wir haben uns während einer Reha kennengelernt. Er war ein Freund.«

»Sie also auch?«

Was sollte diese Bemerkung?

»Ich fand es interessant, was Alexander gemacht hat, wie er sich engagiert hat, nicht nur als Lehrer. Ich hatte gehofft, Sie würden mir etwas erzählen. Außerdem könnte ich Ihnen zeigen, dass nicht nur Blödsinn in einem ›Polizistengehirn‹ steckt.«

»Das kann man sehen?«, feixte Katharina Dahmen.

Die hört aber genau hin, dachte Frederike.

Dann trat Stille ein. »Entschuldigen Sie mich einen Moment.«

Frederike hörte Stimmen, Anweisungen, Metall klapperte.

»Ja gut, von mir aus«, meldete sich die Frau dann wieder. Sie schien abgelenkt zu sein.

»Wann würde es Ihnen passen? Ginge es heute Abend noch, oder ist es Ihnen morgen lieber?«

»Jetzt hören Sie sich wie ein Versicherungsvertreter an.« Frau Dahmen sagte das, ohne dass es beleidigend klang.

Frederike entspannte sich.

»Ich habe gleich noch einen Termin«, verkündete Dahmen. »Lassen Sie uns um neunzehn Uhr dreißig im Jagdhaus Schellenberg etwas essen. Sie wissen, wo das ist?«

»Ich komme aus Essen.«

»Stimmt. Bis später.«

Typisch Geschäftsfrau, dachte Frederike. Gibt Kommandos, statt zu fragen. An wen erinnerte sie das?

Sie trank ihren Tee aus und ging zu Kalli an die Theke. »Danke noch mal. Fürs Zuhören.«

»Wenn sich nur jeder so kurz fassen würde.«

»Noch eine Frage: Hat Alexander dir gegenüber mal eine Riesensauerei erwähnt, der er auf der Spur war?«

Kalli überlegte. »Kürzlich meinte er, ich weiß nicht mehr, in welchem Zusammenhang, dass er – ich zitiere – ›sie jetzt am Arsch hat‹.«

»Ohne weitere Erklärung?«

Kalli sah sie nur stumm an.

»Und er hat ›sie‹ gesagt?«

Kalli nickte und zapfte ein Pils.

»Ging es um eine Gruppe, ein Unternehmen oder eine Frau?«

»Weiter sind wir nicht gekommen, bin auch nicht sicher, ob er was erzählt hätte. War mehr, als würde er mit sich selber reden. Tut mir leid.«

Frederikes Smartphone meldete vibrierend eine Textnachricht. Sie bezahlte, verabschiedete sich und ging mit gesenktem Kopf nach draußen.

»Du solltest auf die Straße achten, Liebes.«

Gerade las sie, dass Hartmut auf dem Weg zu Kalli war.

17

Der feiste Familienvater wischte sich den Schweiß mit einem Taschentuch von der Stirn. Seine Frau streifte den Rucksack ab. Die Tochter, vielleicht vier oder fünf, stampfte mit dem Fuß auf, dass der Matsch spritzte, und verlangte ein Eis. Nur der Junge stand andächtig starrend vor den L-förmigen Steinen und hielt ein Büchlein in der Hand. Die Mutter kniete sich zu dem Mädchen, sanft auf sie einredend. Der Vater riss ihr den Rucksack aus der Hand, während der Junge im Buch las und danach die Steine fixierte.

»Hans-Jörg, was genau ist der Unterschied zwischen einem Kastell und einer Burg?« Der angesprochene Vater drehte die Wasserflasche auf und trank gierig. »Wusstest du, dass das hier früher ein Gesteinslagerort und der ganze Berg eine Halde war?«

Der Vater schraubte ungerührt die Flasche zu. Sein neunmalkluger Sohn referierte weiter, dass der Künstler Ulrich Rückriem heiße und seine Skulpturen im Rahmen der documenta IX 1992 präsentiert habe.

Frederike stellte sich mit Hartmut neben die Steinblöcke. Sie taten desinteressiert, Frederike jedoch hörte mit gespitzten Ohren hin. Sie war gespannt, wie das Schauspiel weiterging.

Das Mädchen meinte: »Ich will aber *jetzt* ein Eis«, und stapfte davon.

»Das war ein Professor, und der hat auch den Eingangsbereich von einem Theater in Essen gestaltet. Das hier«, er zeigte auf die Steinblöcke, »ist österreichischer Granit. Das sollen vierundzwanzig Granitblöcke sein, die diese Winkel bilden.«

»Wo geht es weiter?«, fragte der Vater und schob den Sohn an Frederike und Hartmut vorbei.

»Ist es nicht schön, wenn man so unmittelbar am Leben anderer teilnehmen kann?« Frederike sah zu Hartmut hoch.

Der schüttelte den Kopf. »Man merkt, dass du nie Kinder hattest.«

Jeder von Frederikes sechshundertsechsundfünfzig Muskeln verkrampfte sich. Nach einem Moment, in dem selbst die Vögel die Luft angehalten hatten, sagte sie mit gepresster Stimme: »Sag. Das. Nie. Mehr.« Dann ließ sie Hartmut stehen und ging ins Innere des Castells.

Die Steine strahlten die Hitze der letzten Tage ab, während der Boden noch vollgesogen vom Regen war.

Frederike schloss die Augen und hoffte, dass sich ihr Puls wieder beruhigte.

Wie gerne hätte sie mit Moritz eine Familie gegründet, Kinder großgezogen, solche Ausflüge gemacht. Und wie grausam hatte das Schicksal ihr diese Chance geraubt. Ihr das vorzuwerfen war wie ein Schlag in den Magen.

Sie hörte Hartmuts Schritte im Matsch, blieb aber mit dem Rücken zu ihm stehen.

»Entschuldige«, sagte er, während er seine Hand auf ihren Rücken legte. »Ich hab nicht nachgedacht.«

Sie ging einen Schritt weg. Im Moment konnte sie seine Nähe nicht ertragen. Nachdem sie mehrmals tief durchgeatmet hatte, drehte sie sich zu ihm um. »Lass gut sein. Nur – du hast mir gerade sehr wehgetan.«

Es fiel ihr schwer, sich auf das zu konzentrieren, weswegen sie hier waren. Nach einem tiefen Durchatmen sagte sie: »Der Tatort. Hier hat er gelegen.« Es war mehr an sie selbst gerichtet, während sich die Bilder aufbauten, wie sie Alexander gefunden hatte. Der Kopf mit einem Stein eingeschlagen. Es hatte nicht übermäßig viel Kraft gekostet, den Schädel zu zertrümmern, hatte ihr Patrick verraten.

»Was genau machen wir hier?«, fragte Hartmut und unterbrach damit ihre Rückblende.

»Ich will versuchen, den Tathergang zu rekonstruieren. Dabei brauche ich dich.«

»Ist der nicht ziemlich eindeutig?«

»Ich will, dass wir das nachspielen. Ich brauche ein besseres Bild von dem, was genau in der Nacht hier passiert ist.«

Hartmut vergrub seine Hände in den Hosentaschen. Ein Schweißtropfen lief ihm an der Schläfe herunter.

Frederike drehte sich nach rechts und nach links, ging zum Zugang zum Castell, stellte sich neben Hartmut und fragte: »Meinst du, Alexander hat Floh an der Leine geführt?«

»Wie kommst du jetzt darauf?«

»Ich überlege, warum Alexander zu den Steinen gegangen ist. Floh könnte ein Grund sein. Sein Mörder. Etwas anderes. Wenn ja, was? Oder sein normaler Weg, den er regelmäßig gegangen ist.«

»Du meinst, Floh ist weggelaufen und er hinterher?«

»Ich meine gar nichts. Ich überlege.«

»Wenn du mich fragst, ist er mit seinem Mörder hierhergegangen. Wenn sich der Mörder bei den Steinen hier versteckt hätte, wäre es doch ein großer Zufall gewesen, wenn Floh weggelaufen und genau dorthin gerannt wäre.«

»Und wenn der Mörder ihn gelockt hat?«

»Dann müsste er gewusst haben, dass Floh nicht an der Leine läuft.«

»Ich meine Alexander, nicht den Hund.« Atme ruhig und gleichmäßig, mahnte sie sich. »Der Täter wusste garantiert, wo Alexander am Montagabend war. Er konnte zudem abschätzen oder hat beobachtet, wann das Treffen vorbei sein würde und dass Alexander wegen dem Hund nicht noch lange rumstand und plauderte. Und er wusste, dass Thorsten und Kai etwas ausheckten. Bestimmt wusste er auch, dass Alexander mit Floh hier im Park immer seinen Abendspaziergang gemacht hat.«

»Hatte Alexander eine Leine bei sich, als du ihn gefunden hast? Oder hing die Leine noch an Flohs Halsband, als er am Morgen vor der Haustür saß?«

Sie wusste es nicht. Vielleicht fand sich die Antwort auf den Fotos, die sie am Tatort gemacht hatte. Sie öffnete die Galerie mit den Fotos, zog sie groß, konnte aber keine Leine entdecken.

Sie ließ das Video ablaufen, sah aber auch dort keine Leine. Sie rief Sandra an.

»Die Leine hing noch an seinem Halsband. Das hatte Sandra bisher nicht erwähnt«, berichtete sie nach dem kurzen Telefonat.

»Dann ist Alexander mit Floh an der Leine und seinem Mörder zum Castell gegangen?«

»Vermutlich. Ja.«

»Bestimmt hat er seinen Mörder gekannt. Am Montag war hier auch alles nass, und der Boden war durchweicht. Man muss jemanden kennen, um mit ihm durch den Dreck zu gehen.«

»Gut, fügen wir das der Hypothese hinzu.«

»Weil du es auch glaubst oder weil du mir nicht immer widersprechen willst?« Jetzt änderte auch Hartmut seinen Ton.

»Wenn ich anderer Meinung bin, sage ich es direkt. Höflich bin ich, wenn es um Garnelen und Salat geht.«

Hartmut reagierte nicht darauf. »Die zwei gehen also einträchtig zum Castell«, sagte er mit einem hörbar genervten Ton.

»Wie kommst du auf ›einträchtig‹?«

Hartmut überlegte und korrigierte sich. »Sie gehen einfach nur dorthin. Du bist anstrengend, Frederike.«

»Einen Mord ordentlich aufzuklären ist anstrengend.«

Frederike nahm Hartmut an der Hand, zog ihn aus dem quadratischen Innenraum zu sich heraus und postierte ihn neben sich. »Nun gehen sie ins Innere. Was könnte sie motiviert haben?«

»Sie wollten nicht gesehen werden. Es gab etwas, das ihre Aufmerksamkeit erregt hat. Floh wollte hinein.«

»Warum wollten sie nicht gesehen werden? Was kann ihre Aufmerksamkeit erregt haben? Floh?«

»Mir wird das hier zu viel, Frederike. Lass uns ins Café gehen und dort überlegen.«

Sie überlegte. Wollte höflich sein. »In Ordnung. Nur noch den eigentlichen Hergang. Es gab keinen Kampf. Alexander wurde nicht bewegt. Der Täter hat nur einmal zugeschlagen, gezielt und treffsicher.«

»Er hat also Alexander überrascht. Weil der die Tatwaffe, den

Stein, vorher nicht gesehen hat, weil ... er versteckt, verborgen war.«

»Dafür muss der Täter mindestens Alexanders Größe und Statur gehabt haben.« Frederike sah versonnen auf den Boden. Dann sagte sie zögernd: »Oder er hat dafür gesorgt, dass sich Alexander gebückt hat und nicht mehr so groß war.« Sie spielte im Geist ihre Idee durch.

»Warum sollte sich Alexander bücken?«

»Weil sein Schuh offen war. Weil Abfall auf dem Boden lag. Weil Floh sein Geschäft hinterlassen hat und er es aufsammeln wollte. Weil der Täter ihm vors Schienbein getreten hat und er Schmerzen hatte.«

»Dir scheint die Sonne zu sehr auf den Scheitel. Wir sollten jetzt wirklich in den Schatten gehen.«

Sie ging über die Bemerkung hinweg und sah Hartmut abschätzend an. Er war nur wenige Zentimeter kleiner als Alexander. »Binde dir doch bitte mal die Schuhe.« Sie sah auf seine Füße. »Und sag jetzt nicht, dass du Slipper trägst.«

Er befolgte die Anweisung.

Frederike simulierte den Schlag mit dem Stein. Kurz vor Hartmuts Schläfe stoppte sie. »Das ginge.«

Hartmut richtete sich auf.

Mit einem »Autsch!« ging Frederike in die Knie und hielt sich den Knöchel. Hartmut beugte sich sofort zu ihr herunter. »Was hast du?« Sie hatte bereits ausgeholt und ihm die Faust an die Schläfe gehauen.

»Spinnst du?«

»Das wäre noch eine Variante, warum sich Alexander gebückt haben könnte.«

Hartmut drehte sich um und ging davon.

Sie folgte ihm, nachdem sie sich noch einmal umgesehen hatte. Auch wenn das Bild nicht sehr viel klarer war als vorher, hatte sie ein besseres Gefühl für die Situation. Im Inneren der Skulptur kam man sich näher. Konnte sie deshalb davon ausgehen, dass Alexander seinen Mörder gekannt hatte? Außerdem gab es nun mehr Optionen, was Statur und Geschlecht des Täters betraf. Alles war möglich. Was aber am wichtigsten war: Hartmut hatte mit seinen Hinweisen und Fragen einen wertvollen Beitrag geleistet.

Schweigend gingen sie zum Zechengelände. Dort mussten sie sich zwischen Lastern den Weg bahnen, um zum Café zu gelangen.

Ein Gemisch aus Öl und Abgasen aus Kompressoren wehte ihnen entgegen. Sie mochte sich nicht vorstellen, welches Chaos hier auf dem Forum geherrscht hatte, als man auf diesem Platz die Kohle in Güterzüge verladen hatte. Mitten im Sommer und kein Regen, der den Staub gebunden hat. Oder zu viel, dass man knietief in einer schwarzen Suppe stand.

Vor dem Café auf der anderen Seite des Forums standen Tische draußen. Im Schatten war ein Tisch frei. Sie setzten sich, Frederike legte ihr Notizbuch auf den Tisch, was als Start diente, die Hypothesen zusammenzufassen. »Alexander ging mit seinem Mörder zum Castell. Sie haben sich gekannt. Der Täter kann auch kleiner als Alexander gewesen sein.«

»Du sprichst immer von einem Täter, Frederike. Glaubst du, eine Frau kommt dafür nicht in Frage?«

»Nachdem wir das gerade durchgespielt haben, bin ich mir nicht mehr sicher. Wenn sie Alexander dazu gebracht hat, sich nach unten zu beugen, dann kann das auch eine Frau gewesen sein. Wenn du nicht mit einem Schlag rechnest und deine Schläfe schutzlos von einem spitzen Stein getroffen wird, dann kann ich eine Frau nicht ausschließen.«

Frederike schrieb das in ihr Notizbuch. Dann legte sie die Hand auf die Seite und senkte den Kopf.

»Was denkst du?«, fragte Hartmut.

Sie schwieg.

»Frederike?« Hartmut legte seine Hand auf ihren Arm.

»Mir gehen die zwei Frauen aus der Schule durch den Kopf.« Sie erzählte Hartmut von den weinenden Kolleginnen, die sie am Morgen in der Schule getroffen hatte.

»Glaubst du, Alexander hatte eine Affäre?«

Was sollte sie sagen? Das rüttelte an dem Sockel, auf dem Alexander für sie stand. Sie hob die Schultern. Dann fiel ihr die Bemerkung von Alexanders erster Frau ein. »Ich treffe heute Abend Alexanders erste Frau. Die kann ich fragen.«

Natürlich sah Hartmut sie mit großen Augen an, und natürlich spürte sie die sinkende Temperatur. Und natürlich hasste sie es, das jetzt erklären zu müssen. »Während ich auf dich gewartet habe, habe ich mit ihr telefoniert. Heute Abend hat sie Zeit, also habe ich zugesagt.«

»Du willst alleine hingehen?«

»Ich denke, dass es besser ist, wenn wir uns zunächst unter vier Augen unterhalten.« Es tat ihr leid, Hartmut schon wieder alleine zu lassen, aber es wäre wirklich sehr unpassend.

Auf Hartmuts Stirn zeigte sich diese senkrechte Falte, die auf angestrengtes Nachdenken verwies.

»Hartmut, ich kann nicht alles mit dir abstimmen. Wir verbringen eine wunderbare Zeit miteinander. Doch gerade muss ich den Mörder unseres Freundes finden. Und ich werde ihn finden. Wenn ich eine Möglichkeit habe, weitere Erkenntnisse zu bekommen, dann ergreife ich sie. Vor allem, wenn ich dich vorher nicht erreiche. Dann treffe ich eigenständig Entscheidungen. Ich würde mich sehr freuen, wenn du das akzeptieren und mich hinterher trotzdem noch leiden könntest.«

»Das ist in Ordnung für mich, und ich will und werde dich nicht ändern.«

»Aber?«

»Ich finde es schade, dass du dich selbst nicht wichtiger nimmst. Dass du alles dankbar annimmst, was dich von dir selbst ablenkt. Ich war sicher, durch den Infarkt und die Reha wäre eine Erkenntnis in dir gereift.«

»Du kannst dir nicht vorstellen, wie sehr mich der Infarkt verändert hat. Er hat mich allerdings nicht zum Schmusekätzchen gemacht.«

»Wie warst du vorher?«

Frederike machte eine wegwerfende Handbewegung. Dann fragte sie: »Was genau stört dich an meinen Nachforschungen? Dass ich mich damit überlasten könnte oder dass wir weniger Zeit für uns haben?«

Hartmut antwortete nicht sofort. »Es ist eine Mischung aus beidem. Ich habe mich daran gewöhnt und genieße es, dass wir so viel gemeinsam unternommen haben.«

»Das kommt wieder. Ich verspreche es dir.«

Hartmuts Blick verriet, dass er skeptisch war.

Er bestellte Kaffee und Wasser, während sie noch an ihren Gedanken klebte.

Schweigend saßen sie vor ihren Kaffeetassen.

»Machen wir weiter?« Sie lächelte ihn an.

Er willigte ein. Sie sah ihm jedoch an, dass er gerne weiter über sie beide geredet hätte.

Frederike schaute auf die Uhr. Siedend heiß fiel ihr ein, dass sie sich um fünfzehn Uhr mit dem Schüler treffen wollte. Blieben ihr noch zehn Minuten. Zu Fuß würde es knapp werden.

Hektisch packte sie ihre Sachen zusammen.

»Lieber, ich habe vergessen, dass ich mich gleich mit einem Schüler aus Alexanders Klasse treffen wollte. Kannst du bezahlen und dann nachkommen? Danach fahren wir zur BLAG.«

Sie stand auf und schnappte ihren Rucksack.

»Wo ist die Schule?«

Das hatte sie glatt zu erwähnen vergessen. »Hier fast um die Ecke.« Sie beschrieb den Weg. Abschließend meinte sie: »Wenn du es nicht findest, dreh die Fensterscheibe runter und folge dem Krach.« Noch rasch ein Kuss, und schon stob sie davon.

Der Junge saß auf einer halbhohen Mauer, die Kaugummiblase von heute Morgen stand zwischen seinen Beinen vor ihm. Sie verabschiedete sich, als Frederike auf die beiden zukam.

»Entschuldige, dass ich so spät bin.«

»Alles cool«, sagte er. »Aber was wollen Sie von mir? Fassi, der Rektor, hat uns gestern informiert, was mit Alex ist. Krass.

Stand dann ja auch überall. Er meinte, wir sollen nur mit der Polizei über ihn reden. Sind Sie von der Polizei?«

»Du kannst mich duzen. Ich bin Frederike, und ich bin nicht von der Polizei. Ich war über zwanzig Jahre bei dem Verein. Aber jetzt nicht mehr.« Sie ließ die Information ankommen, dann fuhr sie fort: »Ich kenne Alexander von einer gemeinsamen Zeit in der Reha. Ich hatte auch ein Herzproblem und war dann anschließend einige Male in seiner Umweltgruppe.«

»Sind Sie die mit dem Kunsttypen auf Zollverein? Wie hieß er? Frei–«

»Freistein. Ja, die bin ich.«

»Ich dachte doch, dass ich Ihr Gesicht schon mal gesehen habe. Wow. Cool. Und Sie wollen Alexanders Mörder finden?«

»Am liebsten, ja. Aber sag Du, sonst fühle ich mich so alt.«

»Sie sind –«, er stockte, »ich mein, wie machst du das? Wie sieht das in der Realität aus, wenn man einen Mörder überführt?«

Der Junge brachte sie tatsächlich in Verlegenheit, wie er so offen begeistert war und sich interessierte.

»Na, das zeig ich dir am besten hier in der Praxis. Also fangen wir direkt an«, meinte sie und sah zu ihm hoch. »Name und Adresse bitte.«

Während er sie perplex ansah, holte Frederike ihr Notizbuch aus dem Rucksack. »Sie haben doch einen Namen. Den hätte ich jetzt gerne. Und wo Sie normalerweise übernachten. Wohnsitz. Das ist ja wohl nicht so schwer.«

Der Junge lachte. »Du machst das gut.«

»Wollen Sie meine Fragen lieber im Präsidium beantworten? Name und Adresse.«

Dem Jungen wich die Farbe aus dem Gesicht, und er stotterte: »Sascha Fröhlich, Turnerweg 13.«

»Das war doch ein guter Anfang.« Frederike lächelte. »So läuft das bei der Befragung. Zuerst nehmen wir Name und Adresse auf, dann geht es langsam und behutsam, je nachdem, wer uns gegenübersitzt, ans Eingemachte. Manchmal muss man auch etwas forscher vorgehen, wenn der andere nicht mitmachen will oder was zu verbergen scheint.«

»Cool«, sagte Sascha und schien erleichtert, dass es nur Spaß war.

Er holte ein Päckchen Tabak aus den Tiefen seiner Hosentasche und drehte sich eine Zigarette.

Wäre sie zehn Zentimeter größer gewesen, hätte sie sich getraut, auch auf die Mauer zu steigen. So schien sie ihr etwas zu hoch. Also lehnte sie sich neben den Jungen, um dieses Sichgegenüberstehen zu beenden.

»Ich will aber wirklich etwas über Alexander und seine Aktivitäten wissen. Was hat er hier an der Schule gemacht? Wie kam das bei den Schülern an? Wie bei den Lehrern? Gab es Ärger, Streit? Gab es etwas, das Alexander hätte Probleme bereiten können?«

Sascha nahm den ersten Zug. »Puh, da kann ich nichts zu sagen. Die Lehrer fanden nicht alles gut, was er organisiert hat. Wenn er wieder alle mobilisiert hat, um zu streiken oder für eine saubere Schule auf die Straße zu gehen. Die haben dann Bemerkungen gemacht. Aber mehr nicht.«

»Gab es auch Aktionen mit euch, die außerhalb der Schule abliefen?«

»Er war ab und zu bei den Schülerdemos dabei, hat mit der Organisation gemeinsame Sachen überlegt. Er wollte, dass wir demonstrieren. ›Verantwortung übernehmen‹ nannte er das. Hat uns wirklich fundiert die Probleme der Umweltverschmutzung und Erderwärmung dargestellt. Das war echt krass, was er manchmal erzählt hat.«

»Sahen das alle so?«

»Die meisten schon. Der hat uns die Augen geöffnet und uns gezeigt, was los ist und wo das hinführt. Ich hätte meinen Hintern nicht hochgekriegt, wenn Alexander nicht gewesen wär. Er hat mir echt klargemacht, dass das ganze Lernen sinnlos ist, wenn wir keine Zukunft haben. Was erzählen die Politiker nicht dauernd, wie wichtig die Schule ist, dass das Land und die

Welt Wissenschaftler und Fachkräfte brauchen. Und wenn sie auf einen hören sollen, sagen sie, das geht nicht und ist zu teuer und kostet zu viele Arbeitsplätze. Dann sollen sie es doch gleich alleine machen und uns in Ruhe lassen, wenn sie eh alles besser wissen.« So vehement, wie er das vortrug, hatte Alexander ihn überzeugt.

»Wie war das Verhältnis zu seinen Kollegen? Gab es Probleme? Oder haben einige auch mitgemacht bei seinen Aktionen?«

»Richtig Krach gab es keinen. Eine Lehrerin war ständig mit dabei. Das hat keiner verstanden, weil sie eigentlich kein Öko ist. Aber sie fand es gut, was Alexander gemacht hat.«

Frederike sah ihn an, überlegte. »War da was?«

Sascha wusste zuerst nicht, was sie meinte. »Nein. Da war … Das glaub ich nicht, dass da mehr war.«

»Weißt du was über seine aktuelle Aktion?«

»Gerade hatte er die Gülle und die Pestizide auf dem Kieker. Er wollte auf den Wochenmärkten gegen die Verunreinigung der Böden aktiv werden und den Leuten verklickern, was der Fleischkonsum und das billige Schweinefleisch für Auswirkungen haben.«

»Was glaubst du, wer so was macht – Alexander umbringen? Ehrlich, was sagt dir dein Gefühl?«

Sascha rutschte auf der Mauer hin und her. »Ich hab keine Ahnung. Seine letzten Aktionen waren heftig. Er ist mit den Bauern aneinandergeraten. Aber Mord? Er war ein klasse Typ, hat klar seine Meinung gesagt. Aber einem dafür den Schädel einschlagen?«

Wie recht er hat, dachte Frederike. Aber jemand hat es getan.

»Darf ich mir deine Telefonnummer aufschreiben, falls ich noch etwas wissen muss?«

Sascha diktierte sie ihr, dann fragte er: »Läuft so eine Vernehmung ab?«

»Nein. Da sitzt du in einem dunklen Zimmer, die Schreibtischlampe leuchtet dir in die Augen, und aus dem Dunkeln fliegen dir Fragen entgegen. Und wehe, du antwortest zu langsam oder falsch.«

»Du verarschst mich.«

»Was hat mich verraten?«

»Du hättest nicht grinsen dürfen. Den Rest hab ich dir abgekauft.«

»Glaub nicht alles, was dir eine alte Frau erzählt. Bei der deutschen Polizei läuft das alles seriös und gesetzesmäßig ab. Was in den Filmen gezeigt wird, ist für das Klischee.«

»Meinst du, ich darf da mal hin?«

»Du musst nur eine Bank überfallen.«

Er überlegte. »Irgendeine oder muss das eine große sein?«

Er war gut.

Frederike lachte, und sie verabschiedeten sich mit einem Handschlag, den sie bisher nur bei den coolen Typen gesehen hatte, mit eingehakten Daumen und so.

18

Hartmut signalisierte mit der Lichthupe, wo er parkte. Sie setzte sich neben ihn. Durch die Klimaanlage war die Luft angenehm kühl und erfrischend.

»Jetzt zur BLAG«, sagte sie. Durch ihren Körper strömte eine Energie, die sie schon verschüttet glaubte. Je tiefer sie in die Ermittlung einstieg, umso klarer standen ihr die Fragen vor Augen, die sofort geklärt werden mussten. Dass Hartmut sie von der Seite ansah und offenbar auf etwas wartete, fiel ihr zu spät auf.

»Willst du mir erzählen, was du von diesem Schüler erfahren hast?« Hartmuts Blick sagte ihr, dass er gern sofort darüber informiert worden wäre, ohne danach fragen zu müssen.

»Er weiß nichts und hat keine Idee, wer dahinterstecken könnte.«

»Das ist alles?«

»Er will zur Kripo, später.« Frederike war mit ihren Gedanken bereits bei dem Gespräch mit einem Vertreter der BLAG. Als Hartmut stumm blieb, merkte sie, dass er mehr hören wollte. »Entschuldige«, sagte sie und berichtete ausführlicher, dass sie keinen Hinweis bekommen hatte und genauso schlau war wie vorher.

»Danke«, antwortete Hartmut und ließ sich bereitwillig von der Frau im Lautsprecher durch die Stadt dirigieren.

Also zur BLAG. Alexander hatte regelmäßig erzählt, dass er sich mit diesem Unternehmen, das die Ewigkeitslasten des Steinkohlebergbaus tragen sollte, getroffen und angelegt hatte. Deshalb fand sie es geboten, dort nach Anhaltspunkten zu suchen. Dafür wollte sie vorher gedanklich etwas tiefer in seine Aktivitäten einsteigen und sich darüber austauschen.

Als sie vor der nächsten roten Ampel standen, fragte er: »Glaubst du, die BLAG hat etwas mit dem Mord zu tun?«

»Ich schließe nichts aus, bevor ich mir ein Bild gemacht habe. Ermittlungsarbeit ist das Führen von Gesprächen. Du musst mit allen und jedem sprechen, um etwas über das Opfer und mögliche Motive zu erfahren. Das ist langweilig und langwierig. Besonders aufwendig ist es, wenn du es alleine machen musst und kein Ermittlungsteam im Hintergrund dich unterstützt.«

So ein Team wäre wirklich hilfreich. Lerne leiden, ohne zu klagen, sagte sie sich und sah nach vorne. »Alexander hat mehrmals erzählt, wie er sich mit den Leuten bei der BLAG gestritten hat«, fuhr sie fort. »Also frage ich dort nach, wie das Verhältnis war. Er hat denen mit seinen Aktionen ordentlich die Hölle heißgemacht. Da will ich wissen, wie sie auf den Mord reagieren.«

»Hast du dort angerufen?«

»Ja. Ich habe vorgeschoben, dass ich einen Artikel über die Pläne der BLAG schreiben will. Was sie in nächster Zeit für eine bessere Umwelt tun wollen.«

»Das findest du gut?«

»Ich wollte einen Termin, und den habe ich bekommen. Wenn ich gesagt hätte, ich will über den Mord an Alexander Röttgen reden, was glaubst du, wie sie reagiert hätten? So hab ich einen Fuß in der Tür, und wenn sie mich rauswerfen, lernen sie mich kennen.«

Schweigend fuhren sie weiter in den Essener Süden.

Hartmut fuhr ein schickes Auto, schwarz, mit einer Klimaanlage und schönen Ledersitzen. Das Radio spielte WDR 3, wozu Frederike lieber schwieg. Der Wagen roch noch neu, obwohl er über hunderttausend Kilometer auf dem Buckel hatte. Die Teppiche waren gesaugt, die Scheiben von außen so sauber wie von innen. Ob Hartmut ihre Wohnung auch einmal unter seine Fittiche nahm?

Frederike überlegte, was sie gleich ansprechen wollte. Alexander hatte ihr einmal erklärt, was die BLAG, die Berg-Last-AG, an Aufgaben zu bewältigen hatte. Wesentlich war, dass sie die Gelder bis in alle Ewigkeit zur Verfügung stellen musste, die notwendig waren, um die Maßnahmen zu finanzieren, die durch die Hinterlassenschaften des Steinkohlebergbaus nötig wurden. Die sogenannten Ewigkeitslasten. Es gab drei große Aufgabenfelder: die Grubenwasserhaltung, Poldermaßnahmen und die Grundwasserreinigung.

»Weißt du noch, wie dieser Grünen-Politiker hieß, der damals dieses Giftthema aufgebracht hat?«

»Wie kommst du jetzt darauf?«

»Na, diese Gifteinlagerungen aus den neunziger Jahren waren doch bei der Auseinandersetzung damals das zentrale Thema.«

»Ich dachte, das Thema wäre erledigt.«

»Wenn es um die BLAG geht, dann ja. Nur weil ein Monitoring geplant ist, das die Grubenwässer, die aus den Schächten abgepumpt werden, kontrollieren soll, heißt das nicht, dass das Gift weg ist.«

Frederike waren die Diskussionen mit Alexander noch sehr gegenwärtig. Diese Gifteinlagerungen in die stillgelegten Stollen in den Bergwerken Duisburg-Walsum und Haus Aden in Bergkamen fanden damals ohne Genehmigung statt. Man kaschierte die Einlagerung damit, dass man das Gift mit Beton mischte, das dann die Stollen vor dem Einsturz sichern sollte, damit die Bergschäden reduziert würden. Allerdings wurden diese Maßnahmen nicht ausreichend wissenschaftlich abgesichert und kaum nachprüfbar dokumentiert. Dadurch war es im Nachhinein nicht mehr möglich nachzuprüfen, was dort lag und wie sicher es dort lag.

Gesichert war dagegen die extrem hohe PCB-Belastung verschiedener Flüsse im Ruhrgebiet. Durch das Abpumpen der Grubenwässer gelangten diese Giftstoffe an die Oberfläche und in Flüsse.

Heute wiesen die Verantwortlichen darauf hin, dass die Belastungen nicht mehr nachweisbar seien. Damit wäre das Problem folglich vom Tisch. Alexander sah das anders. Er hatte ihr erklärt, dass der fehlende Nachweis nur auf einen Trick zurückzuführen sei. »Die verdünnen die Brühe so lange, bis die

Gifte in einer Konzentration vorkommen, dass sie nicht mehr nachweisbar sind oder als unschädlich für den Menschen betrachtet werden können, weil sie unter einem Grenzwert liegen. Das ist, als würdest du deine Flasche Wein mit zwei Flaschen Wasser verdünnen, um den Alkoholgehalt zu reduzieren. Pro Glas mag das stimmen, am Ende des Abends, wenn die Flaschen leer sind, hast du trotzdem den Alkohol einer ganzen Flasche Wein getrunken. Frag dann deine Leber oder dein Herz, ob es einen Unterschied macht.«

Als sie geantwortet hatte, dass die Nieren dafür besser gespült worden wären, hatte er gelacht: »Du siehst das Positive. Das macht dich aus.«

Das Quietschen der Scheibenwischer holte Frederike zurück in die Gegenwart. Ein leichter Nieselregen hatte eingesetzt, die Wischer ruckelten über die Scheibe. Wenn sie den Himmel so ansah, würden sie wohl gleich ununterbrochen arbeiten.

Sie fuhren über die Ruhr. Der Pegel war deutlich höher als noch vor einer Woche, als sie hier spazieren gegangen waren.

»Meinst du, der Rhein läuft über?« Frederike hatte im Radio die Nachricht gehört, dass die Kölner Altstadt morgen überschwemmt werden würde und die Schutzmaßnahmen bereits auf Hochtouren liefen.

»Wollen wir nicht hoffen, dass am Ende Alexanders Befürchtungen wahr werden.« Hartmut wusste also genau, worauf sie anspielte. »Dann gibt es mehr als nasse Füße.«

Sie erreichten das Verwaltungsgebäude der BLAG. Ein repräsentativer Glaspalast mit Blick auf den Baldeneysee, mitten im Wald.

»Nicht schlecht«, kommentierte Hartmut den Anblick. Er stellte den Wagen auf dem Besucherparkplatz ab. Auf der Rückbank lag ein Schirm. Damit kam er auf ihre Seite, öffnete ihr die Tür und hielt den Schirm schützend über sie.

»Vielen Dank, dass Sie sich die Zeit für uns nehmen, Herr Münsterländer.«

»Nehmen Sie doch Platz. Darf ich Ihnen etwas anbieten?«

Der Leiter der Öffentlichkeitsarbeit war ein gemütlicher Mann, sie tippte auf Ende fünfzig, im kritisch übergewichtigen Bereich, aber mit sympathischen Grübchen, wenn er lachte. Die Haare, die ihm auf dem Kopf fehlten, wucherten über seinen Augen und aus der Nase. Die schwarz gefasste Brille verlieh ihm etwas Künstlerisches.

»Was kann ich für Sie tun, Frau Stier?«

»Am Telefon hatte ich Ihnen gesagt, dass mich Ihre Arbeit interessiert und das, was Sie mit den ehemaligen Zechengeländen geplant haben. Im Rahmen meiner Recherche habe ich mich letzte Woche auch mit Herrn Röttgen unterhalten. Jetzt lese ich in der Zeitung, dass er ermordet worden ist.« Frederike zeigte ihr bestürztestes Gesicht und hoffte, Hartmut würde nicht amüsiert oder verwundert gucken.

»Ist das nicht schrecklich?«, fiel ihr der PR-Mann ins Wort. »Er war ein regelmäßiger Gast in unserem Haus. Wir kannten ihn – nicht alle, aber viele von uns. Ein überzeugter Kämpfer und gnadenloser Mahner.«

»Den Eindruck hat er wirklich gemacht. Ich mochte ihn sehr.« Frederike sah auf ihre gefalteten Finger im Schoß.

Nach einer kurzen Schweigeminute fragte Münsterländer: »Aber jetzt wollen wir über unsere Projekte und Maßnahmen im Ruhrgebiet sprechen?«

»Entschuldigen Sie. Natürlich. Der Tod von Herrn Röttgen beschäftigt mich sehr.« Frederike räusperte sich. »Sagen Sie, wenn jeder hier im Haus Herrn Röttgen kannte, dann haben Sie sich öfter getroffen?«

»Wir haben uns regelmäßig mit ihm zusammengesetzt, ja. Er war sehr an unseren Aktivitäten interessiert, und wir haben teils sehr lebhaft darüber diskutiert. Das war gut und sehr nachhaltig.«

Wenn Alexander über seine Treffen mit der BLAG berichtet hatte, hatte sie immer das Bild des zerbombten Ruhrgebiets vor Augen gehabt, Schuttberge, ausgebrannte Häuser, verzweifelte

Menschen. Entsprechend hatte sie eine ganz andere Reaktion erwartet.

»Aus seinen Erzählungen hätte ich gedacht, dass Sie den Bericht über seinen Tod nicht –« Sie wollte neu ansetzen.

»Wir sind alle bestürzt über das, was passiert ist. Herr Röttgen war ein sehr streitbarer und streitlustiger Mann. Ich sage: Er war herausfordernd. Bei aller Leidenschaft, die er an den Tag gelegt hat, blieb er aber stets fair und sachorientiert. Er wollte wirklich mit uns an Lösungen arbeiten und uns unterstützen.«

»Das hört sich nach einer anderen Seite von Herrn Röttgen an.«

»Ich sage Ihnen nur, wie ich ihn kennengelernt habe. Es wäre dennoch schön, wenn dieses Gespräch vertraulich bliebe. Herr Röttgen und wir hatten eine interne Übereinkunft. Wir zogen am gleichen Strang, nur mit unterschiedlichen Mitteln. Herr Röttgen sorgte für die Aufmerksamkeit in der Bevölkerung, und wir nutzten diesen Druck, um bei den politisch relevanten Stellen unsere Vorstellungen und Forderungen besser durchsetzen zu können. So haben wir gemeinsam gekämpft, aber unterschiedliche Waffen benutzt. Dass wir dabei manchmal von Herrn Röttgen unser Fett wegbekommen haben, haben wir verschmerzt.«

»So, wie soll ich sagen, verschlagen habe ich ihn nicht eingeschätzt.« Frederike wusste nicht, wo sie hinsehen sollte. »Das soll Alexander mitgemacht haben?« Sie sah zu Hartmut, der ebenfalls konsterniert war. »Womit haben Sie ihn gekauft?«

Münsterländer lachte. »Frau Stier, hier saßen erwachsene Menschen am Tisch. Wir alle wussten, wie das Geschäft läuft und dass man mit Gewalt nichts ausrichtet. Klar muss man auch einmal laut werden, um sich Gehör zu verschaffen, aber die Entscheidungen werden doch immer hinterher am grünen Tisch getroffen und nicht auf der Straße.«

»Wie oft haben Sie sich getroffen?«, fragte Hartmut.

»Mindestens einmal im Monat.«

»Wann das letzte Mal?«

Der Mann holte sein Smartphone aus der Tasche, drückte und schob und antwortete: »Letzte Woche Dienstag.«

Es trat eine betretene Stille ein. Frederike fühlte sich überrollt.

»Haben Sie auch darüber gesprochen, dass Herr Röttgen bedroht wurde?«

»Er hat gelegentlich von Anfeindungen gesprochen. Aber nichts, was ihn beunruhigt hätte.«

»Können Sie sich vorstellen, aus welchem Umfeld eine solche Tat kommen könnte? Welche Aktionen von Herrn Röttgen könnten solche Wellen schlagen, dass man ihn dafür ermordet?«

»Ich kenne mich mit Mord und den Motiven nicht so aus und möchte auch nicht spekulieren.«

»Noch einmal zurück zu der Zusammenarbeit mit Herrn Röttgen.« Frederike konnte es immer noch nicht glauben. »Sie haben seine Forderungen nicht für überzogen gehalten? Unrealistisch und weltfremd?«

»Ganz im Gegenteil.« Jetzt poppten auch die Grübchen auf seinen Wangen wieder auf. »Meinen Sie, wir wüssten nicht, was da unten liegt? Das müsste raus, keine Frage. Bei den Raubarbeiten der letzten Zechenstilllegungen haben wir bereits reagiert und alles aus den Schächten geholt, was möglich war. Aber wir können nicht das, was in der Vergangenheit versäumt wurde, rückgängig machen.«

Frederike klang das zu harmonisch. Alexander als verbündeten Mitstreiter der BLAG konnte sie sich beim besten Willen nicht vorstellen.

»Natürlich ging es ihm manchmal nicht schnell genug. Aber wir haben ihn stets informiert, auch über vertrauliche Sitzungen, sodass er genau wusste, was los war. Wir konnten ihn verstehen, dass er das Unmögliche wollte. Wir haben es aufgenommen, damit das Mögliche möglich gemacht wird. Er war ja nicht dumm. Aber er hat uns ständig angetrieben.«

»Und jetzt sind Sie froh, dass Sie wieder durchatmen können

und den Problemen die Zeit einräumen können, die sie brauchen, um gelöst zu werden?«

»Ich kann Ihnen versichern, dass wir alle, von der Geschäftsleitung bis zum Sachbearbeiter, sehr betroffen sind von dem, was passiert ist.«

»Auch wenn es nicht immer einfach mit ihm war.«

»So langsam habe ich das Gefühl, es geht Ihnen gar nicht um unsere Zukunftsprojekte. Die wir übrigens auch sehr ausführlich mit Herrn Röttgen diskutiert haben.«

»Doch. Auch. Da bei der Vorbereitung Herr Röttgen einen wesentlichen Beitrag geleistet hat, beschäftigt mich Ihre Zusammenarbeit auch. Ich gebe zu, dass er ein Freund geworden war, dessen Tod mich sehr mitnimmt.«

»Den Eindruck habe ich ebenfalls, und es tut mir auch sehr leid. Doch habe ich Ihnen schon mehr gesagt, als ich sollte.«

Frederike fühlte sich überfahren und unfähig, das Gespräch auf das eigentliche Thema, die aktuellen Projekte der BLAG, zu lenken. Nachdem sie ihren Kaffee ausgetrunken hatte, fragte sie dennoch. »Was sind Ihre aktuellen Projekte?«

Der PR-Mann faltete die Hände über seinem Bauch, lehnte sich zurück und wollte gerade loslegen. Doch eine Frage schien ihn brennender zu interessieren. »Wollen Sie wirklich darüber mit mir sprechen, Frau Stier? Sie wollen doch im Grunde nur wissen, ob wir, die BLAG, etwas mit dem Mord an Herrn Röttgen zu tun haben.«

Touché, dachte Frederike, setzte aber das jahrelang eingeübte und spontan abrufbare Pokerface auf. »Selbstverständlich bin ich daran interessiert. Deshalb bin ich hier. Es brannte mir nur aus persönlichen Gründen auf der Seele, nach Herrn Röttgen und Ihrer Verbindung zu fragen.«

Herr Münsterländer gab sich mit der Antwort zufrieden. Vermutlich, weil er selbst gerne über die Aktivitäten erzählen will, dachte Frederike. Er legte auch direkt los. »Um die Ewigkeit zu organisieren, darf man nicht müde werden. Im Moment ist die Schachtverwahrung von Prosper-Haniel ein großes Projekt. Wir müssen die Anlage sicher machen und verfüllen die Schachtöffnungen. Das geht bis Ende des Jahres. Wir erarbeiten ein Konzept für die Halden. Das ist ebenfalls ein wichtiges umweltpolitisches, aber auch touristisch nicht uninteressantes Thema. Und dann eben das normale Tagesgeschäft.«

»Wie läuft so eine Schachtverfüllung?« Sie griff dieses Stichwort auf, um das Gespräch am Laufen zu halten.

»Fahren Sie hin und sehen Sie es sich an. Wenn Sie möchten, informiere ich den Projektleiter, dann bekommen Sie eine qualifizierte Führung.«

»Danke.« Sie hob abwehrend die Hände. »Oder hast du Interesse?«, fragte sie Hartmut.

»Ich würde mich melden, wenn das geht«, antwortete er ausweichend.

»Jederzeit und gerne.« Schon hielt Hartmut eine Visitenkarte in der Hand.

»Aber jetzt muss ich leider los.« Der Mann sah auf die Uhr. »Melden Sie sich bitte, wenn Sie noch Fragen haben. Ich hoffe für uns alle, dass die Polizei den Mord schnell aufklärt.«

»Vielleicht noch eine Frage aus persönlichem Interesse, weil ich mittlerweile in Herrn Röttgens Umweltgruppe engagiert bin. Dort unten lagern eins Komma sechs Millionen Tonnen Sondermüll, alleine zwölftausend Tonnen PCB-belastete Hydrauliköle, wie wollen Sie diese sicher entsorgen? Oder was haben Sie damit vor?«

»Wir arbeiten hier in einer sehr engen Abstimmung mit den Behörden und den Sachverständigen. Gehen Sie davon aus, dass keinerlei Gefahr für heutige und zukünftige Generationen dadurch entsteht. Ich kann Ihnen Kopien der umfangreichen Gutachten zukommen lassen. Die sind sehr klar und eindeutig.« Sein Lachen war wirklich einnehmend. »Alle Wasseruntersuchungen zeigen, dass die Belastung der Gewässer fast nicht nachweisbar ist. Wir haben ein Monitoring geplant, um größtmögliche Transparenz zu schaffen. Wir haben noch eine erhebliche Anzahl von Umweltprojekten, die darauf ausgerichtet sind, das Ruhrgebiet noch attraktiver und umweltgerechter zu machen. Wir stehen im Dienst dieser Region und tun alles, um das Vertrauen, das man in uns setzt, zu rechtfertigen. Leider fehlt mir jetzt die Zeit, Ihnen das detaillierter zu erläutern. Nehmen Sie diese Unterlagen mit, und melden Sie sich, wenn noch etwas offen ist. Ich stehe Ihnen jederzeit zur Verfügung.«

Frederike überschwemmte dieser Buchstabenerguss mehr als jeder Regenschauer der letzten Tage.

»Sie fluten zurzeit auch die alten Schächte und organisieren die Wasserhaltung neu.«

»Das ist eine unserer zentralen Aufgaben.«

»Natürlich. Aber gibt es ein Katastrophenszenario? Falls durch ein Hochwasser Teile des Ruhrgebiets geflutet werden und die Schächte volllaufen sollten. Haben Sie dafür einen Plan?«

»Wollen wir den Teufel nicht gleich an die Wand malen, Frau Stier. Der Schutz des Ruhrgebiets ist unser vorrangiges Anliegen. Daher haben wir alle Maßnahmen sehr eng mit allen Behörden und Wissenschaftlern abgestimmt. Wir sind auf Wetterextreme vorbereitet.«

Frederike hörte aus den Formulierungen, dass er wusste, wie heikel das Thema war. Und dass er keine Antwort hatte. »Eine letzte Frage noch. Ich habe gelesen, dass man auch überlegt, das Grubengas zu nutzen. Durch das Fluten wird ja vermehrt Methan aus den Schächten gedrückt und entweicht teils unkontrolliert in die Städte im Ruhrgebiet. Was unternehmen Sie in der Richtung?«

»Wenn ich geahnt hätte, wie sehr Sie in die Tiefe gehen wollen, hätte ich mehr Zeit eingeplant. Nur kurz. Wir beschäftigen uns schon lange mit der Methan- oder Grubengasproblematik. Methangas ist klimapolitisch höchst problematisch, sodass ein vorrangiges Ziel ist, die freigesetzten Mengen drastisch zu reduzieren. Das erreichen wir, indem wir verhindern, dass das Grubengas unkontrolliert austritt. Durch das Absaugen der Grubengase können wir das Gas Verwertungsanlagen zuführen, die daraus Strom und Wärme gewinnen. Durch das Erneuerbare-Energien-Gesetz ist das für uns mittlerweile interessant. Andererseits trat das Grubengas teils unkontrolliert an die Oberfläche. Diese Oberflächen- oder Naturausgasstellen beobachten wir natürlich, da das Gas explosibel ist und eine Gefahr darstellen kann.«

Frederike erwischte ihn einfach nicht.

»Aber jetzt muss ich tatsächlich los. Es tut mir leid.«

»Eine Frage habe ich auch noch«, meldete sich jetzt Hartmut zu Wort. »Können Sie sich vorstellen, dass es im Bereich der ehemaligen Zechen zu Unregelmäßigkeiten kommen kann? Dass es Aktionen gibt, die auch außerhalb Ihrer Wahrnehmung stattfinden?«

»Was meinen Sie konkret?«

Eine Dame klopfte und schob die Tür auf. »Die Herren warten.«

Der PR-Mann stand auf, wandte sich ihnen aber noch einmal kurz zu. »Ich kann mir nicht vorstellen, dass es in unserem Verantwortungsbereich zu Unregelmäßigkeiten kommt. Es läuft reibungslos.« Damit fegte er aus dem Besprechungsraum. Frederike und Hartmut blieben zurück.

In der Eingangshalle ließ Frederike die offene grüne Atmosphäre auf sich wirken. Das viele Glas erweckte den Eindruck, als reichte der Wald bis hierher. Unterstützt wurde das Ganze durch die imposanten Pflanzen und die Naturaufnahmen an den Wänden. Alleine der Geruch eines Reinigungsmittels stach unangenehm in die Nase.

Als sie auf dem Parkplatz standen, sagte sie: »Der Mann ist sein Geld wert. Wie er um jede Klippe geschifft ist, verbindlich blieb und detailliert geantwortet hat, war ganz großes Kino. Glatt wie Hollywood-Mainstream.«

»Glaubst du, dass Alexander kaffeetrinkend mit der BLAG gemeinsame Sache gemacht hat? Hatte er zwei Gesichter? Oder erzählt dieser PR-Mann Märchen?« Hartmut war offenbar ebenso irritiert wie sie.

Was, wenn Alexander tatsächlich mit der BLAG einen Deal gemacht hatte und Thorsten und Kai sich hintergangen gefühlt hatten? Oder ein anderer aus der Gruppe. Wenn sie dachten, Alexander hätte sie an den »Feind« verraten?

Es war Zeit, sich in den Ohrensessel zu setzen, bei Don Camillo eine Portion Nudeln zu bestellen und mit dem besten Chianti die Ergebnisse zu analysieren.

Doch das musste warten.

19

Die Siebzehn-Uhr-Nachrichten starteten mit der Meldung, dass das Hochwasser Köln früher erreichen würde als gedacht. Die Welle trieb weiter nach Norden vor und träfe spätestens morgen in Düsseldorf ein. Dort würden die Vorbereitungen in der Altstadt ebenfalls auf Hochtouren laufen.

»Jetzt sollten wir doch über die Gummistiefel und das Schlauchboot nachdenken«, bemerkte Frederike.

Hartmuts Schweigen sprach Bände. Offenbar gingen ihm Alexanders apokalyptische Bilder durch den Kopf.

»Siehst du unseren Zechenbesuch am Samstag in den Fluten davonschwimmen?«, versuchte Frederike die Stimmung zu heben. In diesem Moment brach die Sonne durch die Wolken und ließ die Welt in Millionen funkelnder Tropfen erstrahlen. Sie blinzelte und hielt die Hand schützend über die Augen.

»Ich hoffe, das Frühstück fällt dann nicht auch ins Wasser.« Hartmut holte seine Sonnenbrille aus einem Fach und setzte sie auf.

Er hatte es noch eingeplant. Sie war sich nicht sicher gewesen, ob er mit ihr zur »ExtraSchicht« gehen wollte und danach mit zu ihr. Sie freute sich darüber.

Sie bat Hartmut, sie zum Jagdhaus Schellenberg zu fahren, wo sie sich mit Alexanders Ex treffen würde. Er setzte sie auf dem Parkplatz ab.

Wie von Zauberhand war der Himmel blank gewischt, kein Wölkchen trübte den herrlichen Juniabend. Sie verabschiedeten sich, und sie versprach, sich nach dem Treffen mit Frau Dahmen zu melden.

Dann stand sie alleine auf dem Parkplatz. Bis die Frau kam, konnte sie sich Gedanken zum Fall machen und die nächsten Schritte überlegen.

Doch zuerst rief sie Sandra an. Die beklagte sich über die

Polizei und darüber, dass sie immer noch nicht weitergekommen und von Alexanders Umweltaktionen als Motiv nicht überzeugt sei. Außerdem mache die Hitze die Schwangerschaft unerträglich. Der Papierkram und die ganze Lauferei zu den Ämtern und Behörden würden ihr den letzten Nerv rauben. Als sie den Termin beim Bestatter erwähnte, brach sie in Tränen aus und sagte, niemand würde sie unterstützen.

»Hattet ihr über dieses Thema einmal gesprochen?«, wollte Frederike wissen.

»Wir haben eine Familie gegründet. Da denkt man doch nicht an das Schlimmste.«

»Ich komme morgen zu dir. Dann reden wir in Ruhe, und ich helfe dir.«

Sandra bedankte sich und beendete schniefend das Gespräch.

Wenn Frederike das Telefon sowieso schon am Ohr hatte, konnte sie auch gleich noch Patrick anrufen. »Wie sieht es in der Ermittlungsgruppe aus?«, überfiel sie ihn.

»Wir stochern im Nebel und tragen alle möglichen Daten zusammen. Spuren gibt es so viele – wie bei Neuschnee auf dem Schulhof.«

Frederike verstand die Anspielung sofort. »War Kowalczyk auch bei Faßbender, dem Schulleiter?«

»Und wie er dort war. Wie hat er gesagt? ›Wenn ich den Namen Stier in der Ermittlung noch einmal höre, dann, aber dann …‹«

Frederike lachte. »Dann sollte er besser nicht noch einmal dort auftauchen.«

»So ungefähr. Er hat mächtig über dich abgelästert. Weiter sind wir deshalb trotzdem nicht. Wir suchen nach dem Motiv.«

»Habt ihr verwertbares Material am Tatort gefunden?«

»Natürlich haben wir Spuren dort gefunden. Wir können nur nichts zuordnen. Jetzt können wir beim Hund anfangen und die ganze Versammlung abarbeiten und Vergleichsmaterial einsammeln. Das Team überprüft die Alibis der Anwesenden, klingelt bei jedem Haus in der Straße, ob jemand etwas gehört hat. Du kennst das. Einer hat einen Streit gehört und von einem Dicken berichtet, der sich mit zwei Schmalen gefetzt hätte.«

»Röttgen mit Schumacher und Stoffels.«

»Genau.«

»Und die Auswertung der Daten? Handy, Konten, E-Mails?«

»Wir sind dran. Auf den ersten Blick aber nichts Auffälliges.«

»Was sagt Kowalczyk?«

»Der arbeitet seine Checklisten ab und wartet auf eine heiße Spur.«

So war Kowalczyk. Er arbeitete alles gewissenhaft ab, sorgfältig und eins nach dem anderen. Obwohl er wissen musste, dass das der lange, umständliche Weg war und nicht zwangsläufig zum Täter führen musste. Ihm fehlte schlicht die Kreativität, von eingetretenen Pfaden abzuweichen.

»Was stand denn in den Unterlagen, die du mir heute Morgen zeigen wolltest?«, kam Frederike auf ihren wichtigsten Punkt zu sprechen.

»Wir können nichts damit anfangen. In einem Ordner hat er Dokumente und Berichte von der Zeche Prosper-Haniel gesammelt. Deren Geschichte, die letzte Schicht, das große Brimborium mit dem Bundespräsidenten. Nichts, was uns hilft.«

»Das ist alles?«

»Wir sind noch nicht fertig.«

Ein solcher Ordner war im Bereich »Privat« abgespeichert? Obwohl sie sich wunderte, hakte sie nicht nach. *Trotzdem schade.* Frederike hatte sich mehr erhofft. Wobei sie noch immer nicht wusste, ob Patrick tatsächlich mit offenen Karten spielte oder ihr Informationen vorenthielt.

»Was gibt es bei dir Neues?«

»Wie du weißt, war ich in der Schule. Dort scheint es aber keinen Anhaltspunkt zu geben. Alexander ist bei Kollegen angeeckt, aber nicht mordverdächtig.« Sie überlegte, ob sie die weinenden Frauen erwähnen sollte. Es konnte nicht schaden.

»Bei zwei Kolleginnen hat sein Tod starke Emotionen ausgelöst. Das hat mich überrascht. Ich kann mir aber auch da nicht vorstellen, dass mehr dahintersteckt.«

»War dein Alexander ein Schwerenöter?«

»Von mir wollte er jedenfalls nichts.«

»Bist du deshalb sauer auf ihn?«

Sie lachte bitter. »Bestimmt nicht.«

»Lass uns das bei einer Pizza besprechen. Morgen um eins bei Casa Nostra?«

Hartmut würde das nicht gefallen, trotzdem sagte sie zu. Den Kontakt musste sie warmhalten.

Sie wünschten sich gegenseitig einen schönen Abend und legten auf. Jetzt konnte der Feierabend beginnen.

Natürlich war die Hölle los, bei gut dreißig Grad und keinem Regen in Sicht. Da trieb es alle in den Biergarten. Die Menschen lachten, riefen nach der Bedienung, stießen mit Weißbier, orangen Cocktails, Weißwein an, veranstalteten einen Lärm wie beim Volksfest. Es roch nach Sonnencreme und Mückenschutz, doch über allem lag der süße Duft von Müßiggang. Im Hintergrund funkelte der Baldeneysee spektakulär in der tief stehenden Sonne. Hier ließ sich ein harter Arbeitstag abschließen und das Leben genießen.

Frederike fühlte sich augenblicklich richtig hier und suchte einen freien Tisch. Ganz vorne an der Balustrade sah sie einen und steuerte ihn zielstrebig an. Kaum hatte sie die Hand an der Stuhllehne, als eine Bedienung sie auf das »Reserviert«-Schild hinwies.

»Tut mir leid«, sagte die Frau, »aber ab neunzehn Uhr dreißig ist der Tisch besetzt.«

Frederike sah auf das Schild und las »Dahmen«. »Ich bin mit Frau Dahmen hier verabredet. Mein Name ist Stier.«

Die Bedienung sah sie skeptisch an. Deshalb ergänzte Frederike: »Frau Dahmen wird es Ihnen dann bestätigen.«

Die junge Dame überlegte einen Augenblick und zog Frederike dann den Stuhl heraus. »Darf ich Ihnen schon etwas zu trinken bringen?«

Frederike bestellte einen Weißwein und eine Flasche Wasser. Dann setzte sie sich und ließ ihren Blick über den See und das Ruhrtal wandern. Sie fühlte sich wie im Urlaub. Fröhliche Menschen, bestes Wetter, jemand, der sie bediente.

Schöne Gefühle sind eine Seifenblase, dachte sie, als ihr bewusst wurde, warum sie hier war. Dabei wäre ein Abend in Urlaubsstimmung jetzt genau das Richtige gewesen.

Während sie über den Mord und den Täter nachdachte, beschloss sie, am nächsten Tag zu einem Wochenmarkt zu fahren. Vielleicht würde sie dort einen Bauern treffen, mit dem Alexander aneinandergeraten war. Sie rief diesen Sascha Fröhlich, den Schüler von vorhin, an, um nachzufragen, ob es einen speziellen Markt gab, bei dem Alexander seine Aktionen durchgeführt hatte.

Der Markt befand sich in Gelsenkirchen-Heßler. Sie suchte die Melanchthonstraße im Internet und notierte die Adresse sowie die Bahnverbindung dorthin.

Kurz darauf stand eine Dame in Rock und weißer Bluse am Tisch, das dezente Rot der Fingernägel harmonierte perfekt mit der gesunden Bräune, während die kurze Perlenkette ihre sportliche Eleganz unterstrich. Sie musste Ende vierzig sein, strahlte dabei aber eine dynamische Jugendlichkeit aus. Ein Duft nach Veilchen, Zitrone und etwas anderem ging von ihr aus.

»Sie können nur Frau Stier sein.«

»Dann müssen Sie Frau Dahmen sein.« Frederike stand auf und sah in ein Gesicht, in dem sich nichts regte. »Frederike Stier«, sagte sie und streckte die Hand aus.

»Ich weiß.« Katharina Dahmen musterte sie, wobei sie ihre Nase weiter nach oben schob. Dann setzte sie sich.

Frederike kämpfte mit sich. Sie fühlte sich von dieser Frau behandelt wie ein minderwertiges Flittchen, nichtsnutziger Abschaum, der nicht würdig war, an ihrem Tisch zu sitzen.

Das musste sie sich nicht bieten lassen. Auch wenn sie gerne Informationen von dieser Frau gehabt hätte.

»Dann wäre das Eis ja gebrochen«, versuchte sie es mit Charme und setzte sich ebenfalls wieder. »Ich war so frei und habe mir schon etwas bestellt.«

»Das ist doch ein Traum hier«, sagte Dahmen, ohne auf Frederikes Bemerkungen einzugehen. Als ein Ober vor ihr stand und fragte, ob es wieder ein Chablis und Wasser sein durfte, vervollständigte sich das Bild. Ganz Geschäftsfrau, warf sie zunächst einen Blick auf ihr Smartphone, tippte, las erneut und packte es wieder weg. »Jetzt ist für drei Stunden Feierabend.«

Der Ober brachte die Getränke. Das Weinglas war beschlagen, das Wasser still. Er schenkte davon ins Glas und legte die Speisekarte auf den Tisch.

Dahmen nickte und ließ dann ihren Blick über die Landschaft schweifen. Sie atmete mehrmals tief ein und aus. Dann nippte sie am Wein. »Das ist Leben.«

Frederike musste beinahe mit Gewalt ihren Mund wieder schließen. Die Frau wirkte mit ihrer energischen Ausstrahlung, als wüsste sie, was sie wollte und wie sie es bekam. Frederike meinte eine subtile Entschlossenheit wahrzunehmen. Wie hatten der Bär Alexander und diese zierliche Person nebeneinander ausgesehen?

»Danke, dass Sie sich die Zeit nehmen, um mich zu treffen«, startete Frederike einen neuen Versuch, ein Gespräch in Gang zu bringen.

Katharina Dahmen öffnete ihr Gesicht, und ein breites Lächeln überzog es, dass die Sonne im Hintergrund verblasste. Erst abweisend und unfreundlich und nun das. Ein Aprilgesicht.

»Ich wollte doch sehen, mit wem Alexander sein schwangeres Blondchen betrogen hat«, sagte seine Ex-Frau. Dabei taxierte sie Frederike von Kopf bis Fuß, bevor sie sich im Stuhl zurücklehnte.

»Um das direkt klarzustellen: Wir waren befreundet, haben uns gut verstanden, mehr nicht.« Und schob hinterher: »Wie kommen Sie darauf?« Sie schwankte immer noch zwischen Empört- und Amüsiertsein. Wobei der Spaß langsam vorbei war.

»Ich war mit Alexander verheiratet und kenne ihn. Was glauben Sie?« Frau Dahmen nahm die Speisekarte und überflog die erste Seite, klappte sie zu und hielt sie Frederike hin. Die verspürte gerade keinen Appetit.

»Sie überraschen mich, Frau Dahmen. Alexander war doch kein Frauenheld.«

Ihre Gesprächspartnerin lachte ansteckend, dass Frederike beinahe selbst glaubte, einen guten Witz erzählt zu haben.

»Wie lange kannten Sie Alexander?«

»Wir haben uns im März in der Reha kennengelernt.«

»Und da ist es Ihnen nicht aufgefallen? Alexanders Beuteschema umfasste alles, was die primären Geschlechtsmerkmale einer Frau aufwies. Er hat es bei jeder versucht. Und wenn sie nur den Funken einer positiven Erwiderung ausgesendet hat, drückte er ihr seine Visitenkarte in die Hand. ›Melden Sie sich, wenn ich etwas für Sie tun kann‹ war sein Standardspruch. Ich weiß nicht, wie er es gemacht hat, aber er war sehr erfolgreich.«

Frederike gingen verschiedene Situationen durch den Kopf, in denen Alexander tatsächlich seine Visitenkarte weitergegeben hatte. War sie so naiv, dass sie geglaubt hatte, es ginge dabei um seine Umweltinitiative?

»Wann haben Sie das herausgefunden?«

»Zu spät«, antwortete Katharina Dahmen und zog die Schultern hoch. »Na ja, so macht man seine Erfahrungen und zieht seine Konsequenzen.«

»Verzeihen kam nicht in Frage?« Das Gespräch hatte eine Dynamik angenommen, die Frederike dazu anstiftete, nicht lange über ihre Fragen nachzudenken.

»Die Situation war kompliziert, und es ging um mehr als verzeihen. Nachdem ich herausgefunden hatte, dass er mich betrog, war etwas kaputtgegangen, was nicht gekittet werden konnte. Außerdem hat er mir nicht das Gefühl gegeben, dass sich wirklich etwas ändern würde. Er hat das mit System betrieben. Er hat mir sogar vorgeworfen, es wäre ja auch meine Schuld gewesen, dass er Anerkennung bei anderen Frauen gesucht hat. Können Sie das glauben?« Sie nippte erneut am Weißwein. »Egal. Am Ende unserer Ehe hat er mir noch einiges gebeichtet. Weil das auf Zollverein war, habe ich ihn Doppelbock genannt: ein geiler Bock, der immer doppelt mit Frauen besetzt war.« Jetzt lachte sie bitter. »Er dachte, mit Offenheit würde er mich zurückgewinnen. Der Träumer. Wir haben uns verständigt, dass es keine Zukunft für uns gibt, und das war es dann. Den Rest haben die Anwälte besprochen, und wir haben unterschrieben.«

Sie schloss die Augen, bevor sie noch ergänzte: »Das alles hat mich verletzt, und einige schlaflose Nächte hat es mich auch gekostet. Die Gedanken, die mir damals durch den Kopf gegangen sind, darf ich einer Hauptkommissarin nicht sagen. Aber was nutzt das Trauern um etwas, das verloren ist? Ich habe ihn verdammt und verflucht, ihm die schlimmsten Namen gegeben und mich auf die Arbeit gestürzt. Das war gut so und hat mir geholfen, darüber hinwegzukommen.«

»Kein böses Blut, kein Streit um das Porzellan?«

»Wir waren beide berufstätig, hatten keine Kinder und waren vernünftige Menschen. Was sollen wir uns da um ein paar Cent Rente streiten?«

»Das muss schwer gewesen sein. Wie lange ist das her?«

»Dass der Richter uns geschieden hat, ist jetzt ungefähr fünf Jahre her. Genug Zeit, um neue Prioritäten zu setzen.« Frau Dahmen richtete sich auf und sagte: »Kein guter Einstieg für einen Abend. Genug jetzt.« Sie hielt nach einem Kellner Ausschau. »Sie essen nichts?«

Frederike schüttelte den Kopf.

»Sie waren bei der Kripo, habe ich gelesen«, wechselte Frau Dahmen unvermittelt das Thema.

Frederike wollte gerade selbst fragen, woher die Frau wusste, dass sie Kommissarin gewesen war.

»Nach Ihrem Anruf heute Nachmittag habe ich im Netz nach Ihrem Namen gesucht. Er war mir bekannt vorgekommen, und da wollte ich sehen, ob ich finde, woher ich Sie kenne. Sie sind berühmt.«

»Ich habe einen Mörder überführt und dabei Glück gehabt.«

»Das finde ich nicht gut, Frau Stier. Wenn man etwas erfolgreich zu Ende gebracht hat, dann kann man stolz darauf sein und das auch sagen. Bescheidenheit ist da fehl am Platz. Und Sie haben deutlich mehr gemacht, als nur den Mörder zu überführen. Das war eine herausragende Leistung.«

»Das war mein Job.« Frederike nahm einen Schluck Wein, um ihre Verlegenheit zu überspielen. Jetzt musste sie selbst das Thema wechseln. »Sie leiten eine Spedition, habe ich erfahren. Auch keine leichte Aufgabe, schätze ich«

»Eine kleine. Ich werde nicht reich, komme aber über die Runden.« Dahmen leerte ihr Wasserglas. »Wir fahren viel für die Lebensmittelindustrie. Wir haben einen stabilen Kreis an Stammkunden, die Wert auf eine seriöse Abwicklung, zuverlässige Fahrer und sichere Fahrzeuge legen. Wir bieten das.«

»Sie sagen ›Wir‹.«

»Meine Mitarbeiter und ich. Wir sind ein Team, eine eingespielte Mannschaft, die ein gemeinsames Ziel hat: Wir wollen überleben. Deshalb ziehen wir an einem Strang und sind dankbar für jedes Jahr, das wir erfolgreich wirtschaften.«

»Ich drücke Ihnen die Daumen.« Frederike prostete Frau Dahmen zu. Ihre Gedanken klebten weiterhin an der Information, dass Alexander ein notorischer Fremdgeher gewesen sein sollte. Sie beschloss, das Thema nicht noch einmal aufzugreifen.

Gut, dass das Gespräch auf ein neutraleres Gebiet schwenkte. Auch wenn ihr Frau Dahmen irgendwie sympathisch war, mit ihrer direkten Art, dabei herzlich und unkompliziert, gingen ihr das Kennenlernen und der Austausch von sehr Persönlichem etwas zu schnell. Besser, als sich über das Wetter oder die verrückten Politiker in anderen Ländern zu unterhalten. Frederike beschnupperte zuerst einen Menschen, bevor sie ihn wirklich an sich heranließ. Dafür musste sie ihn einige Male getroffen und vor allem für vertrauenswürdig befunden haben.

Katharina Dahmen beendete das kurze Schweigen mit der Frage: »Was interessiert Sie so an Alexander?«

Nun war Frederike dran mit Erzählen. »Ich fand ihn einfach gut als Typ. Wie er sich für sein Umweltthema engagiert und nicht lockergelassen hat. Wie er Leute motiviert hat, sich ebenfalls für die Umwelt einzusetzen. Sogar mich hat er eingefangen.« Sie lachte. »Unfassbar, worauf ich mittlerweile alles achte, beim Einkaufen, im Haushalt. Außerdem fließt immer noch Polizistenblut durch meine Adern. Das lässt mich nicht still zusehen, wenn ein Freund ermordet wurde. Da muss ich aktiv werden.«

»Ist unser Treffen dann Teil Ihrer Nachforschungen?« Jetzt legten sich skeptische Falten auf Dahmens Stirn.

»In gewisser Weise schon«, erwiderte Frederike wahrheitsgemäß. »Ich habe Alexander in der Reha kennengelernt. Wir haben uns gut verstanden und hinterher den Kontakt gehalten. Trotzdem habe ich noch kein vollständiges Bild von ihm. Deshalb möchte ich Menschen treffen, die mir sagen, dass es auch eine andere Seite bei ihm gab – oder nicht. Das haben Sie gerade getan. Eine, mit der ich wirklich nicht gerechnet habe. Auch wenn ich jetzt verschiedene Reaktionen zu verstehen beginne.« Frederike dachte zum wiederholten Male an die zwei weinenden Kolleginnen in der Schule. »Mir hilft es, wenn ich weiß, wie der Mensch gelebt hat, was er gedacht hat. Am besten aus unterschiedlichen Perspektiven.« Sie überlegte. »Deshalb bin ich Ihnen sehr dankbar, dass Sie so offen sind. Das hilft mir, realistischer an die Sache ranzugehen.«

Dahmen beugte sich vor, schaute nach rechts und links und fragte: »Sie wollen wirklich den Mörder finden?«

Frederike nickte. »Ich habe Sandra versprochen, mich auch ein wenig umzuhören.«

»Dann wünsche ich Ihnen viel Glück. Oder besser: viel Erfolg.« Sie stießen darauf an.

Danach plauderten sie über die Speditionsbranche und darüber, wie es war, ein Unternehmen zu führen. Als sie zu möglichen Urlaubsplänen und danach zu diesem schrecklichen Sommer kamen, beschloss Frederike, den Abend für beendet zu erklären.

Die Uhr zeigte schon elf Uhr. Die Kerzen in den Windlichtern auf den Tischen waren heruntergebrannt, die Bedienungen räumten bereits die Dekoration weg, wischten über die Tische und rückten Stühle.

Auch Frau Dahmen sah das offenbar als Zeichen, aufzubrechen, denn sie meinte: »Ich muss morgen wieder früh raus. Das war ein schöner Abend. Den können wir gerne wiederholen. Ich würde mich freuen.«

»Danke, gleichfalls«, sagte Frederike, und sie leerten ihre Gläser.

Anschließend tauschten sie noch ihre Telefonnummern aus und verabschiedeten sich.

Als Frederike auf dem Parkplatz auf ihr Taxi wartete, versuchte sie den Abend einzuordnen. War das der Beginn einer neuen Freundschaft oder Kasperletheater? Mal abwarten, dachte sie. Wenigstens bin ich nicht mehr bei der Polizei und muss keine Predigt über mögliche Befangenheit über mich ergehen lassen. Morgen standen neue Ermittlungen auf dem Programm, und dafür war es gut, ausgeschlafen zu sein.

20

Frederike saß im Taxi und rief Hartmut an.

»Hallo, Frederike.« Hartmut klang neutral. »Hattest du einen schönen Abend?«

Frederike kannte den Ton. Er hatte ihn, wenn er gegen seine Emotionen ankämpfte. Sie bemühte sich, entspannt zu bleiben. »Schön, dass du noch wach bist. Ich weiß, es hat länger gedauert. Wir haben uns sehr nett unterhalten und die Zeit vergessen.«

Er schwieg, fragte aber dann doch: »Hast du Neues erfahren?«

»Ja. Aber ich würde lieber morgen darüber reden. Hast du Lust, mit zu einem Markt in Heßler zu kommen?«

»Einkaufen oder ermitteln?«

»Beides. Alexander soll sich dort heftig mit einem Landwirt gestritten haben. Ich möchte versuchen, mehr darüber zu erfahren.«

Nach einer kurzen Pause antwortete er: »Wann?«

»Kannst du mich gegen acht Uhr abholen? Wir können auch mit der Bahn dorthin fahren.«

»Ich melde mich, wenn ich losfahre.«

»Danke. Schlaf gut.«

»Du auch.«

Irgendwie war ihre gute Laune nun doch verflogen, obwohl Hartmut ihretwegen und gegen seine Gewohnheit sehr früh aufstehen wollte.

Sie lehnte sich im Sitz zurück und dachte über die letzten Stunden nach. Hatten die sie weitergebracht? Alexanders Ex war eine nette Frau, oft verborgen hinter der geschäftsmäßigen Fassade. Aber Frederike erwärmte sich für ihre einnehmend spontane Art. Gleichzeitig überlegte sie, ob eine Ex nicht automatisch zum Kreis der Tatverdächtigen gehörte, auch wenn die Trennung so lange zurücklag. Wenn man mit einer schwangeren

Nachfolgerin konfrontiert wurde, waren Rachegedanken nicht auszuschließen. Andererseits leitete Dahmen eine Spedition, wirkte ausgeglichen und positiv. Warum sollte sie das Risiko eingehen und ihr Lebenswerk durch einen Mord riskieren, nur weil die neue Geliebte ein Kind erwartete?

Sie ließ die Antwort offen.

Frederike dachte ein wenig neidisch daran, wie Frau Dahmen von ihrer Spedition, ihren Mitarbeitern, den Herausforderungen der Branche erzählt hatte. Dabei lag das gleiche Feuer, die gleiche Passion in ihren Worten, die auch sie, Frederike, im Polizeidienst empfunden hatte und auch jetzt noch in sich trug. So war das, wenn man etwas mit Leib und Seele tat.

Heute fielen ihr die drei Stockwerke wieder schwerer. Sie pumpte wie ein Maikäfer, als sie oben ankam. Es dauerte einen Augenblick, bis sie die Tür aufschließen konnte. Drinnen streifte sie die Schuhe ab und freute sich darauf, direkt ins Bett zu gehen. Doch die Polizeisirene schallte aus ihrem Rucksack.

»Hartmut?«

»Das hab ich dir zu verdanken! Hör auf mit diesen bescheuerten Ermittlungen und überlass das der Polizei.« Der Anruf endete abrupt.

Sie drückte augenblicklich die Rückruftaste, doch es sprang die Mailbox an. Auch beim zweiten und beim dritten Mal. Unter der Festnetznummer ertönte das Besetztzeichen.

Seine Stimme hatte nicht einfach aufgeregt oder empört geklungen, sondern fast panisch. Dass sie ihn nicht erreichte, vergrößerte ihre Sorgen. Sie musste zu ihm. Auf dem schnellsten Weg. *Was* hatte er ihr zu verdanken?

Der Taxifahrer bremste zu viel und fuhr zu langsam. Endlich angekommen, sprang sie aus dem Auto und eilte zur Haustür.

Dort stand ein Uniformierter. Er stellte sich ihr in den Weg, als sie die Klingel drücken wollte.

»Ich kratz dir die Augen aus, wenn du mich nicht durchlässt.«

»Sind Sie Frau Stier? Dann darf ich Sie nicht hineinlassen.«

Sie wollte klingeln, doch der Kerl hielt sie zurück.

»Fass mich nicht an.« Sie schlug die Hand des Polizisten weg und ging einen Schritt zurück. »Hartmut!« Sie wusste, wie kläglich das klang.

Einen erneuten Versuch unterband der Polizist ebenso, wie er es ablehnte, drinnen Bescheid zu sagen, dass sie hier war. Dass kein Krankenwagen vor der Tür stand, musste nichts bedeuten. Der konnte schon weg sein. Ein Bereitschaftswagen deutete darauf hin, dass wahrscheinlich Kowalczyk anwesend war. Patricks Einsatzfahrzeug der Spusi machte sie nervös.

Sie wählte Hartmuts Nummer. Sie rief seinen Namen. Sie raufte sich die Haare.

Im Nachbarhaus ging das Licht an.

Durch den Glasschlitz in der Haustür sah sie, dass drinnen mehrere Menschen umherliefen. Kowalczyk und Patrick in Schutzanzügen. Ihr wurde schwindlig. Sie rief: »Patrick!«

Er hob den Kopf und kam zur Tür.

»Schlechter Zeitpunkt.«

»Hartmut hat mich angerufen. Lass mich rein.«

Patrick schüttelte den Kopf. »Tut mir leid. Jetzt noch nicht.«

»Dann sag mir wenigstens, was los ist.«

Er sah über die Schulter zu seinen Kollegen.

»Patrick, kommst du?« Kowalczyk stand in der Wohnzimmertür. »Wir müssen hier fertig werden.«

»Sag wenigstens Hartmut, dass ich da bin.«

Er schloss die Tür vor ihrer Nase.

»Hartmut!«, schrie sie gegen die geschlossene Tür.

Ihr nächster Anruf landete wieder auf der Mailbox. Sie schickte eine Textnachricht hinterher, ging aber davon aus, dass er sie nicht las.

Hartmut wohnte in einem Reihenhaus in einer ruhigen, von Bäumen gesäumten Seitenstraße. Frederike suchte nach einem Hinweis, was gerade hier los war. Aber nichts.

Die Haustür sprang auf. »Du kommst nicht rein«, sagte Kowalczyk und ging an ihr vorbei.

»Was ist passiert? Was ist mit Hartmut?«

»Willst du das wirklich wissen?«

»Mach den Mund auf!«

»Herr Lautenschläger will dich nicht sehen. Als man ihm eine tote Ratte mit einer Drohung vor die Tür gelegt hat, ist ihm offenbar klar geworden, dass eine Beziehung zu dir nicht gut für seine Gesundheit ist.«

»Wer –« Warum legte jemand Hartmut eine tote Ratte vor die Tür? Was hatte er denn getan? Erst im zweiten Schritt signalisierte ihr Gehirn, dass es Hartmut offenbar gut ging; den Umständen entsprechend.

»Gibt es da so viele Möglichkeiten?«

Natürlich kam die Ratte von Alexanders Mörder. »Was stand auf dem Zettel?«

»Dass er dich bremsen soll.«

»Sonst?«

»Frederike. Wenn dir dein Freund etwas bedeutet, kümmerst du dich mehr um ihn und überlässt den Profis die Ermittlung.« Er lachte. »Ich sag dir dann, wer's war.«

Kowalczyk hatte tatsächlich schon die boshafte Art wie Julian. Wenn er einen wunden Punkt entdeckte, legte er sofort den Finger drauf, den er vorher in Salz getaucht hatte. »Das finde ich lieber selbst heraus«, antwortete sie schließlich. »Ich weiß nicht, ob ich warten will, bis Profis den Fall übernehmen.«

Sie wollte ins Haus gehen, doch Kowalczyk legte ihr die Hand auf die Schulter. »Wir sind noch nicht fertig. Du kommst jetzt nicht zu ihm.«

Er lief zu einem Bereitschaftswagen und fuhr davon.

Frederike setzte sich auf die Treppenstufe und stützte den Kopf in die Hände. Sie konnte nicht weinen. Im Gegenteil. Sie war so wütend. Und es gab nichts und niemanden, an dem sie sie auslassen konnte. Wenn man etwas von ihr wollte, dann sollte man zu ihr kommen. Hartmut hatte mit der Sache nichts zu tun, ihm sollte man nicht drohen.

Die Erkenntnis, wie effektiv es war, einen unschuldigen

Hartmut zu bedrohen, um sie zu treffen und zum Einlenken zu bewegen, machte sie nur noch wütender. Doch sie weigerte sich, sich einschüchtern zu lassen. Wer immer das getan hatte, legte sich mit einer Stier an, die gerade gar nicht Frederike war.

Sie wählte Hartmuts Nummer. Mailbox.

Warum hatte er sie angerufen, wenn er sie hier auf der Straße sitzen ließ? Wie war er auf die blödsinnige Idee gekommen, Kowalczyk zu informieren? Wollte er sie auf diesem Weg von der Ermittlung abhalten?

Eine Textmitteilung kam an. »Ich kann jetzt nicht.«

»Wann dann?«, antwortete sie augenblicklich.

»Weiß nicht.«

Wenigstens bedeutete es, dass es ein anderes Mal geben würde. »Ich melde mich«, schrieb sie und wollte das Smartphone schon wegpacken, um eine eventuelle Erwiderung nicht lesen zu müssen. Doch ein kurzes Brummen signalisierte bereits die neue Nachricht. »Lass gut sein.«

Wie konnte sie das gut sein lassen? Maximal für heute.

21

Frederike fand keinen Schlaf. Sie drehte sich von rechts nach links, strampelte die Bettdecke weg, um sie sich im nächsten Moment wieder über die Schulter zu ziehen. Sie setzte sich auf, kontrollierte, ob nicht doch noch eine Nachricht von Hartmut gekommen war, nichts, und fand keinen Abschluss von dieser Demütigung.

Ein Blitz zuckte hinter dem Vorhang, fast zeitgleich zitterten die Scheiben vom Donner. Kurz danach klopften dicke Tropfen ans Fenster. Keine Chance, Schlaf zu finden.

Sie stand auf und lief zu ihrem Sessel im Wohnzimmer.

Es war kurz vor vier. Die Stehlampe verbreitete gerade so viel Licht, dass es in den Augen nicht wehtat. Es reichte aber aus, um Munchs »Die Einsamen« zu sehen, die am Strand standen und, jeder für sich, aufs Meer blickten. Wieder einmal fühlte sie sich genau so: alleingelassen, einsam.

Sie kramte ihren Trotz aus der hintersten Ecke hervor. Niemals würde sie diese Drohung einfach so akzeptieren. Niemals würde sie zusehen, wie Kowalczyk orientierungslos einen Mörder jagte. Niemals würde sie einknicken, nur weil ein Mörder so verzweifelt war, dass er einen unschuldigen Mann bedrohte. Ihr Herz zwang sie, etwas ruhiger zu trotzen als gewohnt. Aber das war allemal besser, als es gar nicht zu tun.

Blitz und Donner kamen zeitgleich. Sie hörte, wie der Wind die Bäume durcheinanderwirbelte. Sie ging zum Fenster und sah, wie Äste über die Straße gepeitscht wurden. Ein Taxi fuhr vorbei und ließ eine Wasserwand über die an der Seite parkenden Autos niedergehen. So musste sich der Weltuntergang anfühlen.

Sie kontrollierte vorsichtshalber, ob alle Fenster geschlossen waren. Sie nahm den Laptop aus der Küche mit und setzte sich in den Sessel. Im Suchfeld gab sie »Alexander Röttgen +

Mord« ein. Nur wenige Ergebnisse, kleine Notizen in der lokalen Presse, ein Verweis auf die Polizeiseite. Danach suchte sie Einträge zum Klimawandel, zu der Nachbergbauphase im Ruhrgebiet, Hochwassermeldungen.

Der Wecker ihres Smartphones bewahrte sie davor, den Vormittag zu verschlafen. So blinzelte ihr die Halb-sieben-Sonne durch die nasse Scheibe ins Gesicht. Sie setzte sich gerade hin und ließ ihren steifen Nacken kreisen. Dann suchte sie sofort nach einer Nachricht von Hartmut. Nichts. Sie wählte seine Nummer, auch wenn er ein Langschläfer war. Mailbox.

Sie wollte ihm so gern sagen, wie leid es ihr tat. Ihr schlechtes Gewissen beruhigen. Noch eine Textnachricht: »Melde dich bitte!«, ein letzter Blick auf das Display, dann schlich sie ins Badezimmer.

Sie fühlte sich wie gerädert. Zu wenige Stunden Schlaf und zu viele Dinge, die ihr durch den Kopf gingen. Die sie geradewegs unter das kalte Wasser trieben. Damit sie bald zum Markt kam. Sie hegte die Hoffnung, dass früh noch nicht zu viel los war und sie in Ruhe mit den Leuten reden konnte.

Ein wenig Leben spürte sie, nachdem sie im Bad fertig war, doch Appetit auf Frühstück verspürte sie gar nicht. So schickte sie Hartmut eine weitere Textnachricht, in der sie ihm einen guten Morgen wünschte und kundtat, dass sie sich auf eine Nachricht von ihm freute.

Sie packte ihre Sachen und ging zur Bahn. Was sie noch wissen musste, konnte sie auch dort suchen. Kaum saß sie, klappte sie den Laptop auf und ging auf eine Nachrichtenseite. Berichte zeigten, wie die Feuerwehr in Köln und Düsseldorf gegen die Fluten kämpfte, Menschen über Stege balancierten, Anwohner mit Schlauchbooten in Sicherheit gebracht wurden.

Der Wetterbericht versprach keine Besserung. Es sei eine stabile Wetterlage, die nicht von der Stelle kam. Die Unwetter seien überstanden, doch der erwartete Landregen könne noch etwas andauern und die Lage zuspitzen.

Ihr Postfach quoll fast genauso vor Werbung über wie ihr

Briefkasten im Hausflur. Sie überflog die eingegangenen Mails und sah eine ihr unbekannte Adresse: ruhri-essen@gmx.de. Sie klickte sie an. »Hallo Frederike, ich weiß, was Alexander herausgefunden hat. Muss dich dringend sprechen. Thorsten«.

Sie wählte umgehend seine Nummer. Wie sie es hasste, nur die Mailbox zu erreichen.

Ob es etwas mit den Landwirten zu tun hatte? Thorsten hatte ihr erzählt, dass Alexander auf diesem Markt vor aller Augen von einem Landwirt angegriffen worden war. Die Auseinandersetzung habe damit begonnen, dass Alexander dem Landwirt vorwarf, die Menschen mit seiner Gülle und seinen Pestiziden zu vergiften. Der Schlagabtausch danach sei der bekannte gewesen. Der Landwirt meinte, dass er schließlich die Menschen hier in der Gegend mit Lebensmitteln ernähre, die sowieso nicht bereit seien, Geld für ordentliches Essen auszugeben, worauf Alexander erwiderte, ob man deswegen die Menschen vergiften dürfe. Der Bauer konterte mit unsinnigen Verordnungen aus Berlin und Brüssel, die ihm keine andere Wahl ließen, wenn er überleben wolle, was Alexander mit aussterbenden Insekten, Missbildungen und Krebs abschmetterte.

Die Polizei musste die Streithähne schließlich trennen.

So war Alexander eben auch gewesen. Wenn man ihn provozierte oder – noch schlimmer – er seine Familie in Gefahr sah, konnte er jähzornig und fast schon bösartig werden.

Sie versuchte es erneut bei Thorsten, doch wieder erreichte sie nur die Mailbox. Eigentlich müsste er doch auf dem Weg zur Arbeit sein.

Sie wählte Kais Nummer, doch der drückte das Gespräch nach dem zweiten Klingeln weg. Sie bat ihn per SMS, sich möglichst bald bei ihr zu melden.

Als ihre Straßenbahn die Haltestelle Schloss Horst erreichte, stieg sie in den Bus um. Kurz nach acht hatte sie ihr Fahrziel erreicht. Der trutzige Turm der Heßlerkirche stand majestätisch über dem Platz, der von Platanen beschattet und noch von wenigen Menschen besucht war. Überall lagen Äste von der vergangenen Nacht, zudem gab es unzählige Pfützen.

Die Marktstände waren dennoch aufgebaut und die Auslagen verführerisch aufbereitet. Sie schlenderte über den Platz, blieb an jedem Stand stehen, lehnte jedoch vorerst die Angebote der freundlichen Menschen hinter den Auslagen ab.

»Sie sehen aus, als hätten Sie noch nicht gefrühstückt. Hier.« Ein pausbäckiger Mann hielt ihr einen Apfel hin.

Sie bedankte sich und betrachtete ihn skeptisch. Das war der Kerl, den sie bei Kalli in der Kneipe gesehen hatte. Vorgestern, vor dem Treffen.

»Pure Natur. Wenn Sie wollen, schneide ich ihn klein.« Der Mann nahm ihr den Apfel wieder ab, schnitt ihn blitzschnell in Viertel, entkernte sie und reichte ihr eines davon.

»Wirklich gut«, bestätigte sie.

»Eigener Anbau.«

»Ist alles aus eigenem Anbau?«, fragte sie.

»Das meiste, ja. Einiges kaufen wir zu.«

»Bio?«

»Hören Sie mir auf. Wir sorgen uns genug um die Natur, machen Sie sich keine Sorgen. Alles wird schonend und verträglich angebaut.« Er strahlte übers ganze Gesicht, als meinte er, was er sagte.

»Stimmt, man kann es auch übertreiben.«

Der Mann mit seiner grünen Schürze kam zu ihr. »Dass die heute alles so extrem machen müssen. Null oder hundert, wie der Computer: eins oder null, an oder aus. Als gäbe es dazwischen nichts.«

Wie er so vertraut neben ihr stand, reichte ein kurzes »Mhm« von ihr, und schon legte er richtig los, zog über Politiker, Verbraucher und die »Allerschlimmsten, diese Umweltschützer«, her. Er redete sich offenbar erst warm, denn er fand kein Ende.

Als er kurz Luft holte, meinte Frederike: »Hört sich an, als wären Sie in einer Zwickmühle. Gibt es denn hier vor Ort auch Anfeindungen?«

Der Mann beugte sich zu ihr. »Den Übelsten von allen gibt es nicht mehr.«

»Wieso?«

»Den haben sie umgebracht. Stand gestern in der Zeitung. Das war vielleicht ein Arsch. So 'n Oberschlauer. Jetzt gibt er Ruhe.«

»Und das finden Sie gut?«

Er nickte. »Ich weine ihm keine Träne nach.«

Frederike sah auf das Apfelstück in ihrer Hand. »Hier.« Sie hielt ihm das Stück hin. »Jetzt ist mir schlecht geworden.«

»Ach, Sie sind auch so eine?« Der Bauer stemmte die Hände in die Seite. »Hab ich mir doch gedacht, dass ich Sie schon einmal gesehen habe. Mit dem Finger auf uns zeigen und dann beim Discounter Billiggemüse kaufen.«

Frederike war gnädig und ließ ihn ohne weitere Bemerkung stehen. Gegen dummes Geschwätz gab es leider noch kein Gesetz. Und auch kein Kraut.

Das Gezeter des Bauern begleitete sie auf dem Weg zu einem Biostand. Sie blieb stehen und sah sich die appetitlich arrangierte Auslage an. »Ich möchte Obst und Gemüse kaufen.«

Eine nette junge Frau lächelte sie an. »Da sind Sie hier richtig.« Mit einem kurzen Blick zu dem Bauern meinte sie: »Der ist ein bisschen cholerisch. Fühlt sich von allen verfolgt und diskriminiert, als wäre er der ärmste Bauer hier im Land. Mit dem würde ich mich lieber nicht anlegen.«

»Kann er aggressiv werden?«, fragte Frederike halb lachend.

»Das kam hier schon vor. Mit dem Herrn, von dem Sie gerade gesprochen haben, mit dem hat er sich vor seinem Stand geprügelt. Sogar die Polizei ist angerückt. Seither geht kaum noch jemand zu ihm.«

»Hört sich schlimm an«, sagte Frederike, um das Gespräch in Gang zu halten.

»Ist es. Wir müssen uns alle umstellen, und am Ende ist es doch gut, wenn wir mehr auf unsere Nahrung achten und fragen, wo sie herkommt und wie sie erzeugt und behandelt wurde.«

Was sollte Frederike dazu noch sagen? Sie dachte zuerst an Alexander und dann an Don Camillo, ihren Lieblingsitaliener. Wenn er mit den besonderen Pastagerichten, den leckeren Pizzen und dem eleganten Chianti durch halb Essen fuhr, um sie zu beliefern, war das weniger ökologisch. Aber lecker. Sie seufzte.

Dann kaufte sie so gesund ein, wie sie es noch nie gemacht hatte, bekam Netze für ihre Einkäufe, weil sie ihre zu Hause vergessen hatte, und verließ den Markt mit Erdbeeren und Rhabarber, Salat, Gurken, schönem Maiwirsing. Wie sollte sie das alles verwerten? Sie bräuchte ein Kochbuch. Am besten eins für Dummies. Kochdummies.

Sie setzte sich auf eine dieser Metallbänke und ließ die Atmosphäre des Marktes auf sich wirken. Die Menschen wurden freundlich bedient, meistens sogar mit Namen angesprochen, man palaverte über die kleinen Katastrophen in der Nachbarschaft und der Welt, diskutierte über Politik und tauschte Rezepte aus. Mit ihren vollgepackten Taschen fühlte sich Frederike als Teil von dieser Welt. Beinahe hätte sie vergessen, warum sie hier war und was noch alles heute anstand.

Bevor sie zum Bus ging, wollte sie sich für diesen Einkauf belohnen. Sie stand vor einem Bäckereistand und kampfte. Der Streuseltaler sah verführerisch aus, auch die Berliner. Sie überlegte und machte es dann doch ganz anders. Sie kaufte sich ein Bund Pfingstrosen, sog den herrlichen Duft tief ein und ging.

So oft hatte sie ihren inneren Schweinehund noch nie besiegt. Und wie sie ihn kannte, würde seine Rache grausam werden.

Im Bus ging ihr die Diskussion mit dem Bauern durch den Kopf. Kein Wunder, dass die Fetzen flogen, wenn zwei solche Hitzköpfe aneinandergerieten. Warum ihr dabei Sumoringer einfielen, schob sie auf die böse Ecke in ihrem Gehirn.

Sie wollte zuerst nach Hause fahren, um die Lebensmittel zu verstauen. Danach könnte sie Sandra besuchen.

Um die Zeit im Bus zu nutzen, rief sie noch einmal bei Kai und Thorsten an. Keinen erreichte sie. Sollte sie Hartmut anrufen? Sie wagte es und hörte im nächsten Moment tatsächlich seine Stimme. Endlich.

»Wollen wir uns heute sehen? Ich würde mich sehr freuen.« Frederike fragte kleinlaut, weil ihr schlechtes Gewissen sie ziemlich plagte.

»Das war ein Schock. Diese Ratte mit durchgeschnittenem Hals an der Haustür und die Drohung, dass es mir genauso gehen wird, wenn ich dich nicht stoppe.«

»Das tut mir unendlich leid.«

»Was machst du jetzt?«

»Ich war in Heßler auf dem Markt. Ich fahre jetzt heim und verstaue meine Einkäufe.«

»Frederike, du weißt genau, was ich meine.«

»Können wir uns treffen? In Ruhe darüber reden?«

»Ergebnisoffen?«

»In der Rüttenscheider?«

»Bin ich dir denn gar nichts wert?«

»Ich kann nicht schlafen deinetwegen! Ich zermartere mir das Hirn, wer so skrupellos ist und dich mit hineinzieht. Glaubst du, ich stecke das so weg?« Sie sollte ihren Puls beruhigen. Und ihre Lautstärke drosseln. »Ich sitze in der Bahn, und die Leute gucken schon. Können wir uns nicht treffen?«

Schweigen. Wenigstens erteilte er ihr nicht sofort eine Abfuhr.

»Schaffst du es in einer Stunde?«, fragte er schließlich.

Sie überlegte. »Gib mir anderthalb. Ich muss wie gesagt noch in meine Wohnung und will nicht hetzen müssen. Mein lieber Freund ermahnt mich immer, auf mein Herz aufzupassen.«

Es wäre so viel einfacher, wenn Hartmut mir nicht so sehr am Herzen liegen würde, dachte sie.

22

Reinhold Messner konnte sich nicht anders gefühlt haben, als er zum ersten Mal den Mount Everest ohne Sauerstoffmaske bestiegen hatte. Frederike setzte sich auf die oberste Treppenstufe und rang nach Atem. Zu wenig kam durch Mund und Nase. Sie war sicher, wenn sie gleich aufstehen würde, hätte sich eine Pfütze unter ihr gebildet, so lief der Schweiß über ihren Körper.

Das war doch nicht normal.

Endlich spürte sie wieder Kraft in den Beinen, richtete sich auf und ging in die Wohnung. Schwer wogen die Taschen an ihren Armen. Sie wuchtete sie auf den Küchentisch. Die Flasche Wasser trank sie in großen Schlucken halb leer. Dann ließ sie sich in den Sessel fallen.

Ihr Smartphone klingelte. Patrick. Sie hatte zwar keine Lust, nahm das Gespräch aber trotzdem an.

»Wir haben Herrn Stoffels gefunden. Erstochen. Am Castell. Kommst du?«

Thorsten!

»Wann?«

»Wir wurden heute Morgen von einem Spaziergänger informiert. Das muss letzte Nacht passiert sein.«

»Warte.« Frederike öffnete ihren Laptop und suchte im Mailprogramm nach Thorstens Nachricht. Er hatte sie kurz vor Mitternacht geschickt. »Nach zwölf heute Nacht.«

»Wie kommst du darauf?«

Sie erklärte es. Patrick würde sowieso kurzfristig Thorstens Laptop checken und im Ausgang die Nachricht an sie finden.

»Und was genau war Herr Röttgen auf der Spur?«

Wenn sie das wüsste. Auf jeden Fall wusste gleich auch Kowalczyk, dass er eine »Sauerei« suchen musste. Er würde bei ihr anrufen, um sie dazu zu befragen. Wie gut, dass sie keinem Ärger, sei er noch so unnötig, aus dem Weg ging.

»Ich komme«, sagte sie und sah den nächsten bereits aufziehen.

»Hallo, Hartmut. Können wir uns auch auf Zollverein treffen? Ich habe Sandra versprochen, gleich noch zu kommen, und dann läge das auf meinem Weg.«

Sie verabredeten sich im Café.

Frederike sah zur Decke. So konnte sie nicht weitermachen: Hartmut belügen und halbherzig die Freundschaft zu ihm köcheln lassen; versuchen, Alexanders Mörder zu finden; ihr Herz vernachlässigen. Entweder machte sie eine Sache richtig, oder sie ließ es bleiben.

Während der Bahnfahrt nach Zollverein ging sie Alexanders Festplatte durch. Es konnte nicht sein, dass er irgendeiner üblen Sache auf der Spur war und keine Unterlagen dazu gespeichert hatte.

Sie durchforstete die Dateien unter der Rubrik »Umwelt«. Danach rief sie den Ordnerbaum unter »Schule« auf. Am wahrscheinlichsten war, dass sie etwas im Bereich »Erdkunde« finden würde. Ordentlich, wie er war, waren die Ordner nach Schuljahren und dann nach Klassen benannt. Er hatte eine Zwölf im Leistungskurs unterrichtet. Ihr fehlte die Zeit, um systematisch vorzugehen. Also öffnete sie diesen Ordner. Danach rief sie Sascha Fröhlich an.

»Ihr habt mit Herrn Röttgen eine Exkursion zur Zeche Prosper-Haniel gemacht. Worum ging es dabei?«

Sascha dachte nach. »Stimmt. Das habe ich ganz vergessen. Das war cool. Er wollte uns zeigen, wie es aussieht, wenn eine Zeche geschlossen wird; wenn der Deckel auf den Pütt kommt. Wir durften zusehen, wie die Verfüllung der Schächte vorbereitet wurde, damit die sicher sind und nichts passieren kann. Wir haben mit einem gesprochen, der das organisiert hat. Irgendein Manager von der BLAG. Der hat gezeigt, wie viel Material, Maschinen, Leitungen hochgeholt wurden, wie das neue Wasserkonzept funktioniert und wie das Gelände zukünftig genutzt werden soll.«

»Ist damals irgendetwas passiert? Gab es einen Zwischenfall? Etwas, was du als ungewöhnlich empfunden hast?«

»Das ist einige Wochen her. Herr Röttgen hat zwischendurch einige Filmaufnahmen mit seinem Smartphone gemacht. Er fand das auch ziemlich spannend. Hat überall hingeguckt, hat jeden interviewt, wollte alles ganz genau wissen.«

»Hattest du den Eindruck, dass er gut mit den Leuten ausgekommen ist? Gab es Ärger? Schlechte Stimmung?«

»Nein, überhaupt nicht. Das war wirklich klasse, was wir gesehen haben. Im Ruhrgebiet haben wir nicht mehr oft die Gelegenheit zu sehen, wie die Raubarbeiten, also das Freiräumen des Bergwerks, sowohl über als auch unter Tage ablaufen. Das war sehr spannend.«

Frederike bedankte sich und versank im Sitz. So einen Lehrer hätte sie auch gerne gehabt. Sie waren nur in den Zoo gefahren oder in ein Museum. Weshalb sie an diesen Tagen dann lieber krank im Bett gelegen hatte.

Sie klappte den Laptop zu und verstaute alles im Rucksack. Die Hitze machte ihr zu schaffen, und die feuchte Luft raubte ihr das bisschen Energie, das sie noch hatte. Bald würde sie auf Reserve laufen, und ab dann zählte nur noch der Wille.

Wie vertraut der Anblick war, als sie um die Ecke bog und das abgesperrte Castell auf der Wiese sah. Eigentlich sollte das eine Befestigungsanlage sein, Schutz bieten. So wie es aussah, gab es hier bereits den zweiten Toten innerhalb von zwei Tagen. Und wieder war sie dabei. Sie ging nicht so weit, in Letzterem eine Verbindung zu sehen, fragte sich aber trotzdem, was jetzt der beste Schutz für Hartmut war.

»Ich wusste, dass du kommst.« Patrick streckte ihr die Hand hin und schüttelte sie, als wollte er ihr den Arm ausreißen.

»Habt ihr bei Thorsten eine tote Ratte gefunden?«

Patrick sah sie erstaunt an. »Woher …?«

»Was stand auf dem Zettel?«

»Verräter sind Ratten.«

»Wie ist er getötet worden?«

»Mit einem größeren Messer. Zwei Stiche. Einer in die Nieren und einer in die Brust.«

Frederike stellte sich den Tathergang vor und sah überrascht zu Patrick. »Von hinten und von vorne?«

»Sieht so aus.«

»Gibt es Spuren?«

»Wir räumen gerade auf. Aber bei dem Regen wäre es ein Zufall. Trotzdem, nichts, was uns direkt aufgefallen wäre.«

Frederike überfiel eine Niedergeschlagenheit, so unerwartet und heftig, dass sie sich am liebsten an eine Zigarette geklammert hätte. Hartmut zuliebe wollte sie aber nicht mehr rückfällig werden.

»Wenn du Farbe im Gesicht hast, siehst du gesünder aus, Frederike.« Patrick legte ihr den Arm auf die Schulter.

»Dabei kann ich nicht lachen.« Der Arm um ihre Schulter gab ihr dennoch das Gefühl, dass kurzfristig keine neuen Probleme dazukommen konnten.

Die Sonne bekam ausnahmsweise mal wieder Ausgang und nutzte ihn, um ihr unangemessen in die Augen zu stechen. Sie hielt die Hand abschirmend an die Stirn. »Verflucht.«

»Das war auch einer von euch?«

Er wusste, wer Thorsten war. Schließlich hatten er und Kai im Zentrum der Ermittlung gestanden. Wer im Streit mit dem Opfer auseinandergeht, der wird befragt und befragt und befragt.

Hatte Thorsten kurz davor gestanden, zusammenzubrechen und die Tat zu gestehen? Warum sollte ihn jemand ermorden, nur weil er wusste, was Alexander entdeckt hatte? Sie schlug sich mit der schattenspendenden Hand an die Stirn. Im Polizeidienst hätte sie solche dämlichen Fragen nicht gestellt.

»Sagst du mir Bescheid, wenn ihr etwas findet?« Sie wollte gehen, doch ihre Gedanken blieben hängen. »Ich frage mich, wer ihn mitten in der Nacht hierherlocken konnte.«

Offenbar wusste jemand, dass er noch wach war. Sie konnte

sich nicht vorstellen, dass er die E-Mail an sie abgeschickt und danach zufällig ermordet worden war. Das bedeutete aber auch, dass womöglich jemand die Nachricht gelesen hatte. Der bei ihm gewesen war oder seinen Rechner gehackt hatte.

»Habt ihr schon sein Handy gecheckt?«

»Wir haben keins gefunden.«

Das konnte eigentlich nicht sein. »Ich muss nachdenken. Das ist jetzt auch für mich ein bisschen viel.«

Zog sich gerade die Schlinge enger um ihren Hals? Gestern die Drohung gegen Hartmut. Dann die Ermordung von Thorsten, der ihr etwas sagen wollte. Wer war so nah an ihr dran, dass er über alles informiert war?

»Danke, Patrick, dass du mich gerufen hast.« Sie ließ ihn stehen.

Der Einzige, den sie kannte und der eng mit Thorsten befreundet war, musste etwas wissen. Sie kramte ihr Handy hervor und wählte.

»Kai. Was ist passiert?«, fragte sie ohne Begrüßung.

»Was …«

»Kai! Was wusste Thorsten und musste dafür sterben?« Sie wollte ihm keine Luft lassen, keine Zeit, lange zu überlegen. »Raus damit!«

Sie hörte im Hintergrund eine Hupe und das Aufheulen eines Dieselmotors. »Wo bist du? Wann können wir uns treffen?«

»Nachher«, krächzte er nach einer gefühlten Ewigkeit.

»Wann?«

»Ich muss noch arbeiten. Gegen neunzehn Uhr. Bei Kalli.« Damit beendete er das Gespräch.

Ein Ansatz. Sie konnte nur hoffen, dass Kowalczyk nicht schneller war und ihn abfing. Oder der Mörder ihr auch bei ihm zuvorkam. Oder war er …?

Frederike fühlte sich unendlich müde. Fast wie in der Zeit vor ihrer Krankenhauseinlieferung und der Reha. Erstaunlich, dass sie es trotzdem bis zum Zechengelände schaffte. Sie ging über die Gleise neben dem Gebäude, in dem das Ruhr Museum

Platz gefunden hatte, und kam zur Rolltreppe. Das orange Band stieg steil an. Wieder das Bild, wie Freistein hier neben der Plakatwand gelegen hatte, die Drahtschlinge um den Hals, die Augen überrascht aufgerissen.

Damals war es bitterkalt gewesen, und es hatte geregnet.

Sie riss sich gewaltsam von den Erinnerungen an ihren letzten Fall im aktiven Polizeidienst los.

Die Schiebetür zur Passage öffnete sich. Sie trat ein. Gleich links sah sie die mit Zeitungen abgeklebten Schaufenster von Frau Marschalls ehemaliger Galerie. Ihr lief ein Schauer über den Rücken, als sie an die Ereignisse im Keller dachte. Wie man sie hochgeholt hatte, wusste sie nur aus Erzählungen.

Gegenüber stand Herr Engelhardt vor seiner Galerie. Sein freundliches Gesicht tat ihr gut. »Geht es Ihnen wieder besser?«

»Ich schlage mich durch. Danke. Und Ihnen? Wie laufen die Geschäfte mit den wunderschönen Bildern?«

»Luft nach oben gibt es genug.«

Sie lachten und wünschten sich noch einen schönen Tag.

Frederike verließ die Passage und ging ins Café.

Hartmut saß bereits an einem Tisch. Als er sie sah, sprang er auf. »Geht es dir nicht gut?«

So gerne wollte sie den Kopf an seine Brust legen und losheulen. »Lass uns gehen. Bitte.«

Bevor Hartmut etwas erwidern konnte, war sie bereits wieder draußen. Ein paar Meter vor der Rauminstallation »Primavera« blieb sie stehen. Sie war noch nie in diesem ehemaligen Kohleaschebunker, an dem die Nummer 13 angebracht war, gewesen. Eine Künstlerin, Maria Nordman, hatte diesen wenig spektakulären Ort für ihre Skulptur gewählt. Es sei ein Ort des Zwischenzustands von Energie.

»Die Energie von vor Millionen von Jahren abgestorbener Pflanzen wird in Kohleform gespeichert, verbrannt und verbraucht, bevor sie in Form von Asche als Dünger wiederum dem Wachstum neuer Pflanzen dient.« So hatte sie es in der Broschüre »Kunstführer Zollverein« einmal gelesen. Die Passage über den dritten Raum im Gebäude war ihr noch immer gegenwärtig: »Man ist sich selbst, dem Raum und dem natürlichen Licht ausgeliefert. Nichts lenkt ab, alles, was man hört, sind die eigenen hallenden Geräusche, die man durch das Bewegen oder Atmen verursacht.« Gruselig fand sie das und machte deshalb lieber einen Bogen um dieses Haus. Sie hatte zwar auch gelesen, dass man zur Ruhe und Besinnung käme, was sie in diesem Moment gut gebrauchen könnte, aber mit sich selbst konfrontiert zu werden, das wäre zu viel.

»Was ist denn los?« Hartmut kam ihr hinterhergelaufen.

»Sie haben Thorsten erstochen.«

»Was? Warum?«

»Das werde ich herausfinden.« Was sollte sie sonst sagen?

Genauso selbstverständlich und spontan antwortete Hartmut: »Das wirst du nicht.«

Es nicht gut finden durfte er. Ob er dachte, er könnte sie davon abhalten, wollte sie ihn lieber nicht fragen.

»Hartmut, wenn hier jemand so panisch reagiert, müssen wir ihm sehr nahe gekommen sein. Uns fehlt nur noch ein kleiner Schritt, dann haben wir den Täter.«

»Die Polizei wird ihn haben.«

»Willst du warten, bis er noch mehr Menschen umbringt?«

»Ich will mich nicht als nächstes Opfer bewerben. Obwohl es aussieht, als hätte ich gute Chancen.«

»Das werde ich verhindern.«

»Dann hörst du mit deinen Ermittlungen nicht auf?«

»Ich werde ihn schnappen, bevor er wieder zuschlagen kann.«

Hartmut schüttelte den Kopf. Als er ihr in die Augen sah, erkannte sie seine Enttäuschung und seine Fassungslosigkeit. »Denkst du denn immer nur an dich? Sind dir alle anderen egal?«

Sie tat das nicht für sich. Jemand bedrohte Hartmut. Ihn musste sie beschützen. Außerdem galt es, einen Mörder dingfest zu machen. Das war ihr Job. Zumindest empfand sie es noch so. Es durfte niemand herumlaufen, der andere ermordete oder drohte, es zu tun. Nicht gestern, nicht heute. Nie.

»Du bist mir alles andere als egal, Lieber. Ich möchte mit dir zusammen sein. Ehrlich.«

»Aber?«

»Ich habe das Gefühl, so wie ich bin, bin ich nicht bei dir willkommen.«

»Jetzt wird es makaber, Frederike. Du meinst, es ist meine Schuld? Ich …« Hartmut rang nach Atem.

»Ich hätte es schön gefunden, wenn wir einen Modus gefunden hätten, wie wir das hier gemeinsam durchstehen.« Sie richtete sich auf und sah Hartmut an, denn was sie nun sagen würde, kam aus ihrem tiefen Inneren. »Ich lasse nicht zu, dass jemand dich oder einen anderen Menschen, der mir nahesteht, bedroht. Ich überlasse es nicht anderen, denjenigen zu finden. Ehrlich. Das ist viel schlimmer, als würde er mich bedrohen.«

Es war sinnlos, sie sah es an seiner Reaktion. Er würde sie nicht verstehen, selbst wenn sie noch stundenlang weiterredete.

»Frederike, ich verstehe, dass du noch nicht loslassen kannst und dir die Polizeiarbeit fehlt. Dass du hehre Motive vorgibst, um dein Engagement zu rechtfertigen.«

»Rede nicht weiter. Du würdest zu viel kaputtmachen.« Sie senkte den Kopf. Zerschlugen sie gerade ihr Porzellan? »Es wäre schön, wenn wir am Samstag trotzdem hierherkommen und vielleicht diese Woche vergessen können.«

Hartmut warf den Kopf in den Nacken. Er war kurz davor zu explodieren, so bebte er. Trotzdem blieb er beneidenswert ruhig und überlegt. »Ich bin ehrlich. Im Moment kann ich es mir nicht vorstellen. Aber lass uns am Samstag telefonieren.« Er machte einen Schritt auf sie zu und drückte ihr einen Kuss auf die Stirn. »Pass auf dich auf. Mich lässt du ja nicht.«

Sie wollte nicht wieder von vorne anfangen. Sie brauchte keinen Aufpasser. »Dafür passe ich auf dich auf.«

Er nickte nur.

»Übrigens«, sagte er, »ich soll dich von Sandra grüßen. Ich war vorhin, als du angerufen hast, bei ihr.« Er hob die Hand und trottete davon.

Ihre Schwindelei war aufgeflogen.

23

Frederike setzte sich auf eine Bank im Garten hinter der Skulptur. »Ein Platz zum Verweilen, wo man Energie zuführen konnte«, so wurde er beschrieben. Das Gegenteil war gerade der Fall. Alle saugten die Energie aus ihr heraus.

Die Uhr zeigte kurz vor achtzehn Uhr. Am liebsten wäre sie jetzt nach Hause gefahren und hätte sich in die Badewanne gelegt. Sie fühlte sich ausgelaugt und elend. Wieder lief ihr der Schweiß über den Rücken. Sie musste sich beruhigen.

Sie rief Sandra an und fragte, ob sie vorbeikommen könne. Fünfzehn Minuten später saßen sie im Garten, mit einem Glas Wasser in der Hand.

Sandra nahm die Nachricht von Thorstens Tod fast stoisch auf. Zu sehr litt sie unter dem Wetter, der Schwangerschaft, dem Tod ihres Mannes. Frederike nahm sie in den Arm und hoffte, dass mit den Tränen auch sehr viel Last ausgespült wurde.

Doch schnell überkam Frederike wieder eine Unruhe, und sie musste Fragen klären. »Was könnte Alexander herausgefunden haben, dass man ihn dafür erschlägt? Und auch Thorsten?«

»Ich habe keine Idee. Mit mir hat er nur sehr wenig über seine Umweltthemen gesprochen. Ich war zwar bei den Versammlungen dabei, aber was er sonst gemacht hat, mit wem er sich getroffen hat, hat er nur selten erzählt. Nur wenn ich den Müll falsch getrennt hatte, zu viele Plastiktüten im Haus waren oder ich schnell beim Discounter Butter gekauft habe, ist er ausgerastet. Aber ich wollte von seinen Aktionen nichts wissen. Zumindest in letzter Zeit nicht mehr.« Sandra suchte nach Worten.

»Er hat es übertrieben, oder?«

»Ja, in letzter Zeit fehlte ihm das rechte Maß. Es hört sich blöd an, aber je dicker mein Bauch wurde, umso aggressiver ist er vorgegangen. Ich hab das nicht verstanden. Als müsste er die Welt rechtzeitig zur Geburt komplett umgekrempelt haben. Dabei muss ihm klar gewesen sein, wie wenig er ausrichten kann. Auch wenn er eine Gruppe Leute um sich hatte.«

»Hat das eure Ehe belastet?« Sandra schien sich etwas zu öffnen, und Frederike wollte den kleinen Spalt nutzen, bevor er sich ohne Vorwarnung wieder schloss.

»Ziemlich, ja. Er hat nicht mehr unterscheiden können, wann es um seine Familie ging und wann um die Umwelt. Wer Freund und wer Feind war, wurde nur anhand des Mülls definiert, den jemand produzierte.«

»Das kann anstrengend werden.«

»Das sag ich dir. Aber wir hatten seit einiger Zeit getrennte Schlafzimmer, sodass ich mich dorthin zurückziehen konnte, wenn ich Ruhe brauchte.«

Zum Glück sprach Sandra das Thema an. »Ich kann mir vorstellen, dass einem bei ständigen Streitereien die Lust vergeht.«

Sandra verdrehte die Augen.

»Wie ist Alexander damit umgegangen?«

Als Sandra Tränen über die Wangen liefen, musste sie nicht weiter fragen. Sie nahm Sandra in den Arm. Doch die drückte sie weg. »Er hat mit anderen Frauen rumgemacht, während ich hier saß mit seinem Kind im Bauch. Kannst du dir das vorstellen?«

»Weiß Matze davon?«

»Natürlich! Das ist mein –« Sandra schaute sie entsetzt an. »Nein, Frederike, nicht Matze! Auf keinen Fall!«

»Ich will gar nichts damit sagen oder ihm unterstellen. Aber wenn die Polizei das herausfindet, wird sie dich darauf ansprechen.«

»Du bist aber nicht die Polizei.«

»Nein. Ich soll nur schneller und besser sein als die Polizei.« Frederikes Nerven waren auch angespannt. Das Gespräch, das sie gerade mit Hartmut geführt hatte, lastete noch schwer auf ihr, sie schlief schlecht und zu wenig, wurde nur noch angefeindet, und ständig sollte sie sich für ihre Handlungen rechtfertigen.

»Lass uns morgen noch einmal darüber sprechen. Es wäre gut, wenn du eine Idee hättest, was Alexander entdeckt haben könnte. Er hat es als ›große Sauerei‹ bezeichnet.«

»Für den war doch alles eine ›große Sauerei‹. Von dem Gift in den Schächten bis zu den Wattestäbchen im Badezimmer. Ich habe mich kaum noch getraut, etwas einzukaufen, weil ich Angst haben musste, dass die Sachen nicht nach irgendwelchen Umweltschutzstandards hergestellt worden waren.«

Frederike stand auf. »Wir sehen uns morgen.«

»Ja. Grüße Hartmut von mir.«

Offenbar sagte ihr Gesicht mehr als tausend Worte.

»Oh Gott. Was ist mit euch?«

»Alles ist gut. Ich habe im Moment nur wenig Zeit für ihn. Das ist nicht so schön. Aber es ist alles gut.«

Das war vielleicht einmal zu viel »alles gut«, aber eins war für Sandra und eins für sie selbst. Sicherheitshalber bestätigte sie noch einmal: »Nein wirklich. Alles ist gut.«

Es war Zeit für ihr Treffen mit Kai. Danach würde sie heimfahren, sich in die Badewanne legen, einen Rotwein aufmachen, eine Kerze anzünden und wie in alten Tagen eine Pizza bei Don Camillo bestellen oder Nudeln.

Im Moment fühlte sie sich nur noch erschlagen. Sie eilte von einem Treffen zum nächsten, ohne dass sie Ruhe fand und nachdenken konnte.

Happy Ruhestand.

24

Kallis Kneipe brummte. Im Biergarten waren alle Tische besetzt, und drinnen gab es auch nicht mehr viele freie Plätze.

Frederike begrüßte Kalli und fragte: »Ist Kai schon da?«

»Er sitzt draußen. Bremse ihn bitte.« Kalli kippte sich ein imaginäres Bier hinter die Binde.

Sie bestellte vorsorglich ein alkoholfreies Bier und ging draußen auf die Suche.

Auf seinem Tisch standen mehrere Bier- und Schnapsgläser. Kai saß da, den Kopf in die Hand gelegt. Doch der rutschte ständig ab.

Armer Kerl, dachte Frederike und ging zum Tisch. »Freut mich, dass du gekommen bist.«

Kai sah hoch zu ihr. Frederike vermutete, dass er sich gerade fragte, woher er die Frau kannte und warum sie sich freute. Er trug eine abgeschnittene Jeans und ein schwarzes T-Shirt, mitten auf der Brust das Signet von Zollverein, den Doppelbock.

»Du musst mir helfen«, raunte er und sah nervös nach rechts und links. »Die Polizei steht vor meinem Haus.«

Das war mal eine Begrüßung. »Bin gleich wieder da.«

Sie machte auf dem Absatz kehrt und ging Richtung Toiletten, um wenigstens kurz durchatmen zu können. Dort wusch sie sich das Gesicht, trocknete es ab und überlegte, ob sie überhaupt noch einmal rausgehen sollte.

Natürlich würde sie.

Doch gerade ging ihr die Luft aus. Dass es jeden Tag um die dreißig Grad sein mussten und die Luftfeuchtigkeit nahe hundert Prozent lag, belastete sie und ihr Herz mehr, als ihr lieb war. Nirgendwo gab es einen Ort, der kühl war und Erholung versprach. Und ständig unterwegs sein, sich mit Leuten auseinandersetzen und keine Ruhe finden.

Nachdem sie sich genug bei sich und über sich beschwert hatte, ging sie wieder zu Kai.

Inzwischen stand auch das Bier an ihrem Platz. Mit dem ersten Schluck leerte sie das Glas zur Hälfte. Nach dem zweiten orderte sie ein weiteres.

»Jetzt erzähl, was ist passiert?« Sie rückte näher an Kai heran, damit der leise berichten konnte.

»Mein bester Kumpel ist tot! Das ist passiert!«

Sie legte ihm die Hand auf den Arm, um ihn zu beruhigen.

Er begann, unkoordiniert mit den Armen zu wedeln, wie man das in Filmen oft sah. »Und jetzt steht die Polizei vor meiner Tür. Mit Blaulicht und Hupe. Da geh ich doch nicht hin. Bin doch nicht blöd.«

Frederike hatte gehofft, bei ihrem Treffen einen Hinweis zu bekommen, der sie weiterbrachte. Doch das würde ein Schuss in den Ofen werden.

»Warum willst du nicht mit der Polizei reden?«

»Weil es die Polizei ist. Denen geh ich lieber aus dem Weg. Puff und tschüs.«

»Hast du etwas damit zu tun?«

»Spinnst du?«

»Was war gestern Abend?«

»Wir haben nichts angestellt. Ehrenwort.« Er bekräftigte das mit erhobenem Daumen, Zeige- und Mittelfinger, als wäre es wichtig, ihr das mit einem Schwur zu verdeutlichen. »Wir waren hier, haben ein paar Bier getrunken, gequatscht, uns überlegt, wie es jetzt weitergehen soll.«

»Und wie sollte es weitergehen?«

»Pscht.« Er sah sich um, als würden sich alle Gäste für ihr Gespräch interessieren. Dann beugte er sich halb über den Tisch und tuschelte: »Am Samstag beim Zechenfest wollen wir –« Er stockte – anscheinend war etwas durch den Nebel in seinem Gehirn gedrungen –, dann leerte er sein Bier. »Scheiße.«

»Was hattet ihr geplant?«

»Wie wir Alexanders Erbe würdig weiterführen können. Die

Sache. Der Dreck im Schacht. Das Klima. Guck dir doch die Hitze an. Und den Regen. Ständig der Regen.«

Kai hielt inne, schwieg eine Weile, schüttelte träge den Kopf. Dann sprach er weiter. »Ich hab von der Arbeit erzählt. Er von seiner. Über das Wetter, die Hitze und wie unerträglich es im Schlafzimmer ist.«

»Was arbeitest du eigentlich?«

»Ich fahre Lkw.«

»Für wen?«

»Was interessiert dich das jetzt?« Er ging nicht weiter darauf ein.

»Deine Frau arbeitet auch?«

»Halbtags. Ihre Mutter passt auf die Kleine auf.«

Frederike musste sich das meiste zusammenreimen, was als Genuschel und mit reichlich Spucke garniert aus Kais Mund kam.

»Thorsten hat mir letzte Nacht noch geschrieben, dass er weiß, hinter welche große Sache Alexander gekommen ist. Was war das?«

»Keine Ahnung.«

»Kai, ihr wart dicke Freunde. Da wird Thorsten doch mit dir darüber gesprochen haben, wenn er eine Vermutung hat, was hinter dem Mord an Alexander steckt.«

»Hat er nicht. Ich schwöre.« Wieder hob er die drei Finger.

Das konnte sie nicht glauben. »Wann seid ihr nach Hause gegangen?«

»Nach elf. Viertel nach vielleicht.«

»Thorsten ist auch nach Hause gegangen, oder wollte er noch wohin?«

»Nee, nee, wir sind bis zu ihm gegangen.«

»Worüber habt ihr dabei gesprochen?« Sie hoffte immer noch auf ein Stichwort, das Thorsten den Hinweis geliefert hatte.

»Maloche. Was heute so ansteht.«

»Und was stand heute an?«

Er grinste: »Maloche.«

Sie übersah etwas. Wenn sie nur eine Idee hätte, was das sein oder wie sie es erkennen könnte. »Erzähl mir von eurem Gespräch.«

»Ich hab ihm erzählt, dass die Chefin gerade total Druck macht, weil es zu langsam geht. Die hat –«

Schritte knirschten auf dem Kiesboden und näherten sich. Frederike sah hoch. Das konnte nicht sein.

»Ich hätte es mir denken können.« Kowalczyk, die Hände an der Hüfte, den Brustkorb aufgebläht, stand neben dem Tisch. »Haben wir dir nicht klar gesagt, dass du dich aus der Ermittlung heraushalten sollst? Sind dir die –«

»Kevin, hör zu. Du magst ein ordentlicher Beamter sein. Du machst einen guten Job, und Julians Stiefel sind sicherlich so geleckt wie in den letzten fünfundzwanzig Jahren nicht. Aber hier geht es um mehr.«

»Verarsch mich nicht.«

Frederike konnte sich ein schiefes Grinsen nicht verkneifen.

»Und Sie kommen mit. Wir haben Fragen an Sie.«

Kai stand auf, hielt sich am Tisch fest. Gläser kippten um.

»Du weißt, dass du mit seiner Aussage nichts anfangen kannst. Er hat getrunken.«

Kowalczyk sah zu Kai. »Dann soll er seinen Rausch bei uns ausschlafen, und morgen früh kann er Fragen beantworten.«

»Hast du einen Grund, ihn mitzunehmen?«

»Den erklär ich ihm und nicht dir.«

Frederike wandte sich an Kai. »Ab jetzt sagst du kein Wort mehr. Egal, was er dich fragt. Kein Wort. Hast du mich verstanden?« Sie hielt den jungen Mann am Arm fest. Der sah sie mit großen Augen an.

»Kommen Sie.« Kowalczyk packte ihn.

Sie nickte ihm zu. »Ich kümmere mich um Hilfe.«

»Frederike, ich glaube, du solltest jetzt besser still sein, bevor du unsere Arbeit noch weiter behinderst.«

»Das machst du doch schon selbst, da brauchst du mich nicht für.«

Selbst im schummrigen Licht des Biergartens sah man Kowalczyks Kopf rot anlaufen.

»Entschuldige«, sagte sie leise und meinte es ernst. Es waren bereits zu viele Augen auf sie drei gerichtet. Da wollte sie den Streit nicht auch noch weiter eskalieren lassen.

Zu Kai sagte sie: »Geh mit ihm. Aber sag nichts.«

An der Tür, die von der Kneipe in den Biergarten führte, sah Frederike einen Uniformierten stehen, der seine Hand auf der Pistole liegen hatte. Großes Aufgebot, dachte sie. Um so ein kleines Licht zu befragen.

Als Kowalczyk gegangen war und die Leute sich wieder um ihren Kram kümmerten, ging sie zu Kalli in den Schankraum. Der wischte mit einem Lappen gerade die Theke ab. »Was wollten die?«, fragte er.

»Fragen stellen. Wegen Thorsten.«

»Wäre das nicht weniger dramatisch gegangen?«

»Bei ihm nicht.«

Frederike erzählte von der Zusammenarbeit mit Kowalczyk. Doch ihr ging die Sache nicht aus dem Kopf, von der nun auch Thorsten gewusst hatte. »Hat Alexander mit dir darüber gesprochen, dass er irgendeiner Sache auf der Spur war? Er hat von einer ›Sauerei‹ gesprochen, aber niemand weiß, was das sein könnte.«

Kalli kratzte sich am Bauch. »Bei Alexander war alles eine Sauerei. Die Gülle, das Grubenwasser, der viele Regen, der Preis für ein Pils.«

»Es muss mehr gewesen sein.«

Kalli holte eine Flasche Mineralwasser aus einem Kühlfach unter der Theke und schenkte ein Glas voll.

»Weißt du, bei wem Kai arbeitet?«

Kalli hob nur die Schultern.

Jetzt war es doch später geworden. Das gemütliche Schaumbad konnte sie streichen. Frederike ging zur Bahn. Auf dem Zechengelände arbeiteten immer noch Männer an der Vorbereitung des Festes. Aber auch hier ging der Tag zu Ende, und das Werkzeug wurde eingepackt. Lichter wurden gelöscht, man wünschte sich eine gute Nacht.

Frederike sah in die verschwitzten Gesichter und roch das Ergebnis harter körperlicher Arbeit. Als sie an der Halle 5 vorbeiging, versuchte sie sich den Geruch vorzustellen, wenn Freisteins Ausstellung mit den vielen Schweinehälften bei dieser Hitze stattgefunden hätte.

In der Bahn döste sie vor sich hin. Sie versuchte, Ordnung in ihre Gedanken zu bringen, doch es gelang ihr nicht. Stattdessen stand die Gülle plötzlich in ihrem Wohnzimmer, das Grubenwasser speiste einen Springbrunnen auf dem Forum vor dem Doppelbock, und Alexander schwamm lachend mit einer Schar Frauen in einer Brühe, die blubberte und dampfte.

Wo sollte das nur hinführen?

25

Zuerst sah sie den weißen Zettel an der Haustür. Dann die Krallen. Die spitze Nase zeigte nach oben.

Ihr Herz krampfte sich zusammen. Dann entwich die letzte Energie in einem tiefen Seufzer. Mit beiden Händen hielt sie sich am Geländer fest und schloss die Augen.

»Verdammt!« Gestern Hartmut, heute ich. Wut stieg in ihr auf. Was für ein Mörder war das, der so lächerliche Drohungen ausstieß?

Sie riss die Ratte vom Haken, an den sie im Winter so gerne einen Kranz hängte, und schloss die Tür auf. Die Ratte warf sie ins Waschbecken. Nachdem sie sich gewaschen und umgezogen hatte, fühlte sie sich in der Lage, die Nachricht zu lesen.

»In Ihrem Umfeld wird gestorben. Hören Sie auf!«

Sie packte den Zettel in einen Beweismittelbeutel, von denen sie immer einige in Reserve in der Schublade aufbewahrte für Situationen wie diese.

Schwer atmend stellte sich Frederike ans Küchenfenster. Mit einem Blick nach draußen wollte sie sich ablenken. Im Haus gegenüber wurde ein Vorhang zugezogen. Ein Schatten entfernte sich, dann wurde es dunkel. Ihr Blick wanderte über die Fassade des Hauses, über dunkle Scheiben, offen stehende oder von zuckendem Fernsehlicht erleuchtete Fenster. Ihr kam der Vergleich zu einem Gesicht in den Sinn. Manchmal kannst du darin lesen, in die Seele blicken, und manchmal ist es dunkel und verschlossen. Was sich dahinter abspielt, kannst du nur erahnen, wirst davon überrascht, oder es bleibt dir immer verborgen.

Ihr Blick wanderte weiter. An der Straßenbahnhaltestelle wartete eine Gruppe Jugendlicher. An der Hirtsieferstraße sprang die Ampel auf Grün. Autos fuhren an, einer kam um die Ecke geschossen. Er bremste scharf, dass die Reifen quietschten, denn ein Fußgänger wollte ebenfalls bei Grün die Altendorfer Straße überqueren. So schnell passierte etwas.

Gegenüber parkten Autos am Straßenrand. Ein roter Golf blinkte und fuhr los. Sofort belegte ein weißer Toyota die Lücke.

Abends um halb zehn in Essen.

Frederike schloss das Fenster und ging ins Wohnzimmer.

Wozu die Ratten?, fragte sie sich und beobachtete von ihrem Sessel vorbeifliegende Tauben. Ratten waren als Boten eines bevorstehenden Unglücks bekannt, standen für Tod und Verderben. Aber sie waren auch sozial, fruchtbar und intelligent. Oder sollten sie nur ekeln und schockieren und auf diese Weise Angst einjagen?

Die Drohungen waren eindeutig formuliert und die Verbindung zu Alexanders Tod klar. Da stand kein Symbol dahinter, keine versteckte Botschaft.

Bevor sie sich ganz ihren Gedanken hingab, musste sie noch Patrick informieren. »Kannst du noch einmal vorbeikommen?«

»Brauchst du einen Rat wegen deinem Freund?«

Sie brauchte einen Moment, bis sie den Gedanken verstanden hatte. »Nein. Bei mir hing auch eine Ratte an der Haustür, mit einer Drohung.«

»Glaubst du, dass es dringend ist?«

»Hast du was Besseres zu tun?«

Sein Schweigen reichte als Antwort.

»Schon in Ordnung. Ich dachte, ein weiteres Beweismittel interessiert dich. Habt ihr welche, die mich interessieren könnten?«

»Ich schicke morgen einen Kollegen vorbei. Pack die Ratte bis dahin in eine Tüte und in den Kühlschrank. Schlaf gut.«

Bevor sie ihn noch einmal auf die verschlüsselten Dateien ansprechen konnte, war das Gespräch beendet.

Was sie am nächsten Morgen im Spiegel sah, war nicht gut für einen nüchternen Magen.

Die Dusche weckte wenigstens ihre Lebensgeister. Der Kaffee tat ein Übriges. Sie ging ins Wohnzimmer, fiel in den Sessel und fuhr den Laptop hoch. Ein Ritual, das ihr half, in den Tag zu finden. Zuerst die Lage im Ruhrgebiet, danach die der Welt checken.

Die Situation an den Flüssen nahm bedrohliche Ausmaße an. Überall wurden die Deichanlagen überprüft, Sandsäcke wurden von Hundertschaften gefüllt und verteilt, es gab Evakuierungspläne, die ins Netz gestellt worden waren. Ein Artikel war überschrieben mit »Die Grenzen des Menschen«. Wenn die Natur die Krallen ausfuhr, stand der Mensch wehrlos daneben und guckte zu. Es ging dann nur noch um Schadensbegrenzung und nicht mehr um Vermeidung.

Sie brauchte keine weiteren deprimierenden Nachrichten zum Start in den Tag. Wen konnte sie anrufen, der nicht so negativ ihr gegenüber eingestellt war? Patrick schuldete ihr noch Informationen, also war er dran.

»Weißt du, wie früh es ist?«

»Nein.« Das stimmte. Sie war ganz selbstverständlich aufgestanden, weil es draußen hell war, und hatte nicht auf die Uhrzeit geachtet.

»Sieh nach und ruf später wieder an.«

Halb sechs war in der Tat keine Zeit, um ehemalige Kollegen anzurufen.

Frederike holte ihren Rucksack und legte sich das Notizbuch auf den Schoß. Dann begann sie, alles aufzuschreiben, was gestern Fallrelevantes passiert war. Das Gespräch mit Hartmut konnte sie weglassen, bei Sandra hatte sie auch nichts erfahren, auch nicht von Kai. Was hatte Thorsten herausgefunden? Irgendwo musste in alldem ein Hinweis versteckt sein. Und wie wichtig sollte sie die Ratte nehmen?

Sie schlug eine leere Seite im Notizbuch auf.

Ihre Analyse stockte schon bei der Frage, welches Motiv hinter den Taten steckte. Sollte sie es im Bereich der Umwelt oder seiner Frauengeschichten ansiedeln? Oder gab es noch etwas ganz anderes?

Zufälle kamen zu selten vor. Stünde ein gehörnter Ehemann hinter dem Mord, wäre er wahrscheinlich nicht so strukturiert vorgegangen.

Was würde sie tun, wenn Hartmut eine andere hätte? Sie würde fragen: »Warum?«, wäre wütend, enttäuscht. Rachegedanken oder gar körperliche Gewalt waren ihr fremd.

Wie passte der Mord an Thorsten in ein solches Eifersuchtsszenario? Er könnte den Gehörnten kennen oder den Mord selbst beobachtet haben. Aber dann wäre er zu ihr gekommen, das bezweifelte sie nicht. Und die Drohungen gegen Hartmut und sie selbst? Die ergaben hier keinen Sinn; jedenfalls fiel ihr keiner ein.

Sie notierte also »Umwelt«.

Wenn das Motiv in Alexanders politischen Aktivitäten zu suchen war, stellte sich die Frage, in welchen? Der jähzornige Landwirt? Der hätte Alexander eine Heugabel in die Brust gerammt, aber keinen Plan entwickelt, wann er ihn wo finden könnte und wie er dann mit Drohungen die Nachforschungen behindern würde. Andererseits war er immerhin zu Kalli in die Kneipe gekommen, um Alexander zu treffen. Dazu musste er sich über Alexander informiert haben.

Gab es einen Umweltskandal im Bereich der Landwirtschaft? Sie suchte im Netz nach einem Hinweis und fand einen Bericht über den Skandal der Wasserwirtschaft im Ruhrgebiet. Das Ruhrgebiet war die einzige Region in Deutschland, deren Wasserwirtschaft nicht von den Kommunen, sondern von Privatunternehmen organisiert wurde. Ein Abteilungsleiter für die Wasserwirtschaft wollte Anfang der 2000er eine Verbesserung der Trinkwasseraufbereitung durchsetzen. Da damals nicht die neueste Technik verwendet wurde, konnten Verunreinigungen im Trinkwasser nachgewiesen werden. Doch sein Ansinnen stieß bei den verantwortlichen Unternehmen auf taube Ohren. Das Thema kochte hoch und endete schließlich in einer Schmutzkampagne gegen den Abteilungsleiter. Ganze Heerscharen von Polizisten wurden damit beauftragt, Beweise zu ermitteln, die diesen Mitarbeiter diffamieren konnten. Dafür wurden Unterlagen gesammelt, gefälscht oder unterschlagen, Telefone abgehört, Kollegen befragt. Vierhundertdreißigtausend Dokumente wurden hinterher ausgewertet. Bis endlich ein verantwortlicher LKA-Sachbearbeiter die Vorwürfe als »Unfug« bezeichnete und der Mitarbeiter im Umweltministerium vollumfänglich rehabilitiert wurde, nachdem auch der Generalstaatsanwalt die Ermittlungen gestoppt hatte.

Es gab sie also nicht nur in der Kriminalliteratur, die Herrschaften, die aktiv wurden, wenn man ihnen auf die Füße trat. Dann fuhren sie große Geschütze auf – oder Ratten?

Warum sollten sie es bei Alexander nicht auch gemacht haben? Würden sie so weit gehen und sich gegebenenfalls professionelle Hilfe kaufen, um den Störenfried Alexander aus dem Weg zu räumen?

Die Tat war geplant gewesen. Der Täter kannte Alexanders Gewohnheiten, seinen Tagesablauf, seinen Terminplan. Das könnte ein Profi herausgefunden haben, war aber auch kein Problem für jemanden aus Alexanders Umfeld oder der Umweltgruppe.

Auf jeden Fall musste sich der Täter so von Alexander bedroht gefühlt haben, dass Mord für ihn eine Option wurde. Und kräftig genug sein, um Alexander mit einem Schlag zu töten. Er war offensichtlich gut informiert, wusste auch über sie und Hartmut Bescheid und kannte die Adressen. Zumindest ihre stand in keinem Telefonbuch.

Ihre Gedanken kreisten noch eine Weile um diese Fragen. Ein Profi würde sich nicht mit Drohungen aufhalten, da war sie sicher. Er wurde für einen Job engagiert, bezahlt und verschwand.

Was muss bedroht sein, dass man tötet? Die Familie. Das eigene Leben. Es wurde auch schon wegen zehn Euro gemordet.

Sie sah aus dem Fenster. Die Morgensonne färbte den Himmel. Sollte es ein guter Tag werden? Sie wünschte es sich.

Frederike holte sich noch einen Kaffee aus der Küche. Dann öffnete sie die Seite der Kripo Essen und ging in den Bereich der Pressemitteilungen. Dort fand sie den Hinweis, der sie hellwach werden ließ: »Neue Erkenntnisse im Mordfall Alexander Röttgen«. Sie las den Artikel. Julian würde am Vormittag in einer Pressekonferenz den Abschluss der Ermittlungsarbeiten verkünden.

Was verschwieg ihr Patrick? Jetzt musste er ausgeschlafen haben. Sie ließ ihm keine Chance für einen normalen Gesprächseinstieg. »Habt ihr aus einem betrunkenen Halbstarken ein Geständnis geprügelt? Was für einen Mist produziert ihr eigentlich?«

»Ganz ruhig, Frederike. Gar nichts ist passiert. Kowalczyk hat gestern Abend noch die Einschätzung der Rechtsmedizin verkündet, dass man nicht von Fremdeinwirkung ausgehen kann und es offensichtlich ein Unfall war. Röttgen soll ausgerutscht und mit dem Kopf auf den Stein aufgeschlagen sein.«

Patricks verschlafene Stimme klang genervt, und es kostete Frederike viel Konzentration, ihn zu verstehen.

»Und das glaubt ihr?«

»Warum sollten wir das nicht glauben?«

»Du bist doch sonst nicht so.«

»Hör zu, Frederike. Das ist die offizielle Meinung zu diesem Fall. Es gibt keine andere.«

»Doch. Es gibt noch deine persönliche.«

»Die gibt es jetzt und hier auf keinen Fall.«

»Wann und wo dann?«

»Ich melde mich.«

Konnte das wirklich sein? Kowalczyk musste längst erfahren haben, dass Alexander etwas entdeckt hatte und es Leute gab, die deswegen nervös geworden waren. Wenn er trotzdem aus dem Mord einen Unfall machte, dann sollte sie die Ratte sehr ernst nehmen. Oder war es Ermittlungstaktik?

Ihr nächster Gedanke galt Hartmut. Sie sah die Gefahr für ihn real und größer werden. Wer solchen Einfluss auf die Ermittlungsarbeit der Polizei hatte, der war sehr gefährlich. Doch deswegen ihre Ermittlung einzustellen kam für sie nicht in Frage. Im Gegenteil. Wenn die Polizei nichts mehr tun würde, musste sie umso mehr unternehmen. Vielleicht wäre es für Hartmut am besten, wenn er ein paar Tage wegfuhr.

Wie würde Sandra reagieren? Ihr Vorurteil wäre bestätigt, dass man Alexander nicht wichtig nahm. Frederike wollte sich ihre Verzweiflung nicht vorstellen, wenn sie davon erfuhr. Wenn der Fall für die Polizei abgeschlossen war, gab die Rechtsmedizin Alexander frei. Eine neue Baustelle für Sandra.

Sie musste ihr zur Seite stehen.

Frederike merkte, wie ihre Gedanken davoneilten und sie traurig und ratlos zurückließen.

Alexander hatte es nicht verdient, dass man ihn nun opferte, um die politischen Wogen zu glätten oder erst gar keine aufkommen zu lassen.

Sie raffte ihre Sachen zusammen und verließ das Haus. Ihr Ziel war das Castell. Einen Anhaltspunkt, einen Spaziergänger, sie würde dort etwas finden, was sie weiterbrachte. Ihre vier Wände waren zu eng.

26

Dreißig Minuten später stand Frederike mit geschlossenen Augen zwischen den Steinblöcken. Sie fühlte sich traurig und verlassen.

Dann schickte sie ihre Gedanken auf die Reise. Zwei Freunde waren hier zu Tode gekommen. Gewaltsam. Hinterhältig. Die Polizei gab die Suche nach dem Verantwortlichen auf. Er würde ungestraft davonkommen. Ihr Gehirn schmückte die Vorstellung aus, fügte Bilder dazu, Sandra, die Beisetzung, ein lachender Bauer.

Sie spürte mit jedem Gedanken das Adrenalin in ihre Adern schießen, den Zorn, die Entschlossenheit. Das alles würde nicht passieren. Nicht, solange das Herz in ihrer Brust schlug.

Sie riss die Augen auf und fühlte sich gestärkt. Deshalb war sie hierhergekommen. Sie musste die Tragödie wieder fühlen, den Ort sehen und spüren, an dem die Verbrechen verübt wurden. Die Gewissheit erlangen, dass sie das Richtige tat.

Es war noch früh, die Vögel stritten mit lautem Gezeter, erste Hummeln flogen durch die Luft, und sie atmete den Geruch feuchter Erde.

Wo Alexander gelegen hatte, standen zwei Grablichter. Daneben lagen weiße Nelken in Zellophanpapier, mehrere rote Rosen, ein gerahmtes Foto des demonstrierenden, eine Faust in den Himmel streckenden Alexander.

Sie drehte sich in alle Richtungen. Innerhalb der vier L-förmigen Steinblöcke war man weitestgehend vor Blicken geschützt. Außer man war über eins neunzig groß. Draußen hinter den Quadern hätten sich problemlos Helfer verstecken können, die Alexander erst bemerkt hätte, als er bereits in der Falle saß.

Sie ging in die Hocke und sah sich um. Aufgeweichter Boden, Pfützen, Unkraut, ein Bonbonpapierchen. Sie bemerkte einen

Reflex unter dem Steinquader, vor dem sie kniete. Ein Knopf. Wenn er aus der Tatnacht stammte, hätte Patrick ihn gefunden. Wenn er danach hierhergelangt war, dann von einem Besucher oder jemandem, der etwas hier abgelegt hatte. Wahrscheinlich wertlos. Dennoch steckte sie ihn ein. Es war an der Zeit, jeden noch so kleinen Stein umzudrehen.

Sie verließ den Innenraum und ging um das Castell herum. Den Blick auf den Boden gerichtet, schritt sie langsam und bedächtig, dennoch fand sie nichts. Sie tat es auch mehr, um sich auf das anstehende Gespräch mit Sandra einzustimmen, als in der Hoffnung, Patrick hätte etwas übersehen.

Sandra öffnete im Bademantel. Ihr blasses Gesicht, verweinte Augen, die dunklen Ringe darunter, alles sagte, dass sie eine schreckliche Nacht hinter sich hatte.

Frederike nahm sie in den Arm. »Bald ist es vorbei.«

»Was ist vorbei?«

»Dass es so wehtut, du nachts wach liegst und dir den Kopf zermarterst, wie es weitergehen soll. Dass du nur zurückschaust.«

»Wie soll ich nach vorne schauen? Da ist doch nichts.«

»Da ist jemand ganz Wichtiges in deinem Bauch. Sie braucht dich, mit allem, was du zu bieten hast.« Frederike lächelte aufmunternd.

Sie gingen ins Wohnzimmer, wo eine zerknüllte Decke und jede Menge Papiertaschentücher auf dem Sofa lagen. Ein Teebeutelfaden hing aus einem dampfenden Becher.

»Gestern Abend wurde ich informiert, dass der Fall eingestellt wird. Offiziell ist es ein Unfall gewesen und kein Mord.«

Frederike verstand nicht richtig. »Wer hat dich informiert?«

»Ein Freund.«

»Hat der Freund einen Namen?«

»Ein Freund. Er hat gestern Abend angerufen.«

Die Information kam nicht von Kowalczyk? Das musste sie klären.

»Wer ist dieser geheimnisvolle Freund, der über Polizeiinterna Bescheid weiß und dich informiert?«

»Ein Freund von Alexander, der mich angerufen hat. Warum musst du hinter allem etwas Schlimmes vermuten?«

»Weil ich bei der Polizei war. Aber es geht nicht um schlimm. Nur weiß ich, dass das meiste nicht einfach so passiert.« Lag es nur an ihr, dass sie bereits nach zwei Sätzen Sandras Aggression auf sich zog? Zu gerne hätte sie ihrem Ärger Luft gemacht. Alexander hatte einen Freund bei der Polizei gehabt, und sie wusste nichts davon?

»Sandra, arbeitet dieser Freund bei der Polizei?«

»Das ist doch unerheblich.«

»Kennst du diesen Mann?«

Sandra nickte.

»Du hast also einen Kontakt zur Polizei und erzählst mir nichts davon. Findest du das in Ordnung?«

Sandra antwortete nicht, aber es flossen wieder Tränen.

»Dann sag mir wenigstens, wer das –«

Plötzlich begriff sie. Dieser Freund hatte auch ihr die Information gegeben. Nur dass sie es damals nicht verstanden hatte.

Sie stellte sich vor das große Fenster. Der Garten gereichte jedem Biotop zur Ehre. Um ihren Ärger verrauchen zu lassen, ließ sie ihren Blick über den ungemähten Rasen, die wuchernden Heckenrosen, den kleinen Teich wandern. Wer war sie denn, dass man sie auf Mörderjagd schickte, ihr vorwarf, dass sie nicht genug unternahm, um den Täter zu finden, und ihr dann Informationen vorenthielt?

Sie durfte nicht weiter darüber nachdenken.

Um sich abzulenken, versuchte sie den Grund zu erahnen, warum Kowalczyk die Ermittlung einstellte. War es tatsächlich vorstellbar, dass die Politik oder sonst wer sich in eine laufende Ermittlung einmischte? Dass Julian Potthoff aus ermittlungstaktischen Gründen eine Falschmeldung an die Medien platzierte, konnte sie sich genauso wenig vorstellen. Wenn der

Staatsanwalt dahintersteckte, war die Dimension von Alexanders Entdeckung wirklich groß.

Sandra weinte still vor sich hin.

»Soll ich weitermachen?« Für Frederike war das keine Frage. Sie wollte nur wissen, wie Sandra das sah.

Die hob die Schultern.

Frederike fasste einen Entschluss. »Dann höre ich jetzt auf. Wenn alle davon ausgehen, dass es ein Unfall war, dann will ich mich nicht dagegenstellen.« Sie drehte sich zu Sandra um. »Hat dir die Polizei die Unterlagen zurückgegeben, die sie aus Alexanders Büro mitgenommen hat?«

»Sie wollen nachher alles bringen.«

Frederike überlegte, ob sie die Gelegenheit nutzen sollte, um Kowalczyk zu fragen, was ihn ritt, den Mord als Unfall abzutun. Sie konnte es wirklich nicht verstehen. Zur Ablenkung fragte sie Sandra: »Wollen wir etwas unternehmen, damit du mal auf andere Gedanken kommst?«

Sandra sah sie an, als hätte sie in einer fremden Sprache gesprochen. »Alexander kommt heute ins Beerdigungsunternehmen. Glaubst du, da denke ich an Ablenkung? Hast du überhaupt eine Vorstellung, was ich alles tun muss? Bei welchen Behörden, Banken, was weiß ich alles ich eine Unterschrift leisten muss?«

»Ja, das weiß ich«, sagte Frederike bestimmt. »Deshalb dachte ich, dass es gut wäre, zwischendurch an etwas anderes zu denken als ausschließlich an Tod und Beerdigung. Ich wollte auch nicht sagen, dass wir Spaß haben sollten.«

Sandra zog die Knie an und zog sich die Decke über die Schultern. Die Kälte musste von innen kommen.

Es klingelte an der Haustür.

Lass es nicht Kowalczyk sein, dachte Frederike. Sandras Blick bat sie, die Tür zu öffnen.

»Guten Morgen.« Sascha, der Schüler, den Frederike befragt hatte, stand vor der Tür. Sie lächelte ihm stumm entgegen.

»Was gibt es?«

»Die Polizei schläft wohl nie«, begrüßte er sie mit breitem Grinsen.

»Solange der Täter noch nicht geschnappt ist, nein.« Sie überlegte. »Willst du reinkommen?«

»Eigentlich nicht.« Er trat unruhig von einem Fuß auf den anderen. »Ich hatte Alexander meine Kamera geliehen. Er hat sie für irgendwas gebraucht. Na ja, ich dachte, ich könnte sie zurückkriegen. Wenn das kein Problem ist.«

»Wieso hat sich Alexander deine Kamera geliehen?«

»Die hat ein lichtstarkes Objektiv, mit dem man gute Nachtaufnahmen machen kann. Er wollte an der Emscher fotografieren. Nachdem die dort den neuen Kanal für die stinkenden Abwässer in Betrieb genommen haben, wollte er Bilder machen, wie sich die Natur die Emscher und ihre Auen zurückholt. Vögel und Pflanzen und so. Und da wollte er auch nachts raus.«

»Klingt spannend.« Frederike hatte Alexander nie davon reden gehört. Aber er musste ihr auch nicht alles erzählt haben.

»Ich frage Sandra. Aber komm doch rein.«

Gemeinsam gingen sie ins Wohnzimmer. Wie er sich die Hände an der Hose trocken rieb, die Haare zur Seite strich, sich ans Ohr fasste, zeigte, dass er lieber gerade woanders wäre.

»Hier ist Sascha, ein Schüler –«

»Hallo, Sascha, wie geht's dir?«

»Danke. Es tut mir sehr leid, was –«

»Schon gut«, unterbrach ihn Sandra. »Was kann ich für dich tun?«

Frederike bemerkte, dass die beiden vertraut miteinander redeten. Offenbar war er nicht zum ersten Mal hier.

Er erklärte nochmals sein Anliegen.

»Wenn sie oben in seinem Arbeitszimmer war, dann hat die Polizei sie bestimmt mitgenommen«, bemerkte Frederike.

»Wo könnte sie sein, wenn sie nicht oben lag?« Patrick hätte eine Kamera auf jeden Fall eingepackt.

»Vielleicht hier in einer Schublade oder im Flur in der Kommode.« Sandra zeigte auf die Regalwand, die vollgestopft war mit Büchern, Urlaubsandenken, Fotos und sonstigem Kram. Die untere Reihe beherbergte fünf Schubladen.

»In welcher?«, fragte Frederike, um nicht jede durchwühlen zu müssen.

Sandra sah sie nur an.

Frederike fing links an, Sascha rechts. Was keinen Platz in der Wohnung gefunden hatte, aber zu schade zum Wegwerfen war, war offenbar in diesen Schubladen gelandet. Befände sich die Kamera in einer, würde sie wohl obenauf liegen und wäre sofort zu sehen. Aber hier war sie nicht. Mit Sascha ging sie in den Flur und zog die obere Lade des Garderobenschranks auf. Nichts. In der zweiten lag etwas, was wie eine Fototasche aussah.

»Das ist sie«, reagierte Sascha auch direkt und atmete erleichtert auf.

»Die muss ich beschlagnahmen«, sagte Frederike mit ernster Miene.

»Und Sie zeigen mir Ihren Dienstausweis«, schoss Sascha zurück.

»Du lernst zu schnell für mich.«

Er lächelte.

»Warte hier.«

Frederike ging ins Wohnzimmer. »Ich habe gleich einen Termin. Hinterher melde ich mich bei dir.« Bevor sie das Zimmer verließ, drehte sie sich noch einmal um und sagte: »Das kriegen wir hin.«

Sandra winkte ab.

»Tschüs, Sandra«, rief Sascha vom Flur aus und ging mit Frederike nach draußen.

»Ich muss mir die Fotos wirklich ansehen. Können wir das gemeinsam machen?«

Sascha sah auf die Uhr. »Ich habe gerade zwei Freistunden. Ein bisschen Zeit hätte ich also.«

»Aber bevor ich es vergesse«, Frederike schob die Hand in ihre Hosentasche, »ich denke, das hast du vorhin verloren.« Sie hielt Sascha den Knopf hin, den sie am Castell gefunden hatte.

Er blickte an sich hinab, um die Knopfreihe seines Hemdes zu überprüfen, und meinte: »Das hab ich gar nicht gemerkt. Wo …?«

»Das lernst du bei der Kripo.«

Sie gingen zur Zeche, einen Weg, den Frederike in den letzten Tagen für ihren Geschmack viel zu oft gegangen war. Als sie am Castell vorbeikamen, zeigte Sascha auf einen Strauß Blumen, der an den Steinquadern lehnte. »Den hab ich gerade von uns Schülern hingelegt.«

Auf Zollverein war noch alles geschlossen. Sie gingen über das Gelände, vorbei an der Kohlenwäsche, unter dem Doppelbock durch zum Ehrenplatz bis zum Restaurant »Casino«, vor dem Bänke standen.

Sascha holte die Kamera aus der Tasche. Er drehte sie um und begann, die gespeicherten Fotos aufzurufen.

»Da kann man kaum etwas erkennen«, bemerkte Frederike enttäuscht, als sie auf das Display auf der Rückseite der Kamera starrte.

»Doch, das ist Prosper-Haniel. Ich erkenne den Förderturm dort. Und die ganzen Sandhaufen und den Betonmischer und diese Baucontainer. Die standen alle da, als wir die Zeche besucht haben.«

Frederike strengte sich an, drehte die Kamera in verschiedene Richtungen, bis sie Männer mit Helmen erkannte, Schläuche, die in der Erde verschwanden, Lkw mit runden Tanks, die ihre Ladung ebenfalls in die Grube füllten. Die Aufnahmen waren grobkörnig, an manchen Stellen sehr hell, wenn ein Flutlicht zu direkt in die Kamera strahlte.

»Kannst du mir die Fotos zuschicken? Ich muss mir die auf meinem Computer ansehen.« Auf dem kleinen Display fand sie es zu anstrengend, etwas zu erkennen. »Hast du eine Idee, warum er nachts die Arbeiten fotografiert hat?« Der künstlerische Wert hatte mit Sicherheit nicht im Vordergrund gestanden. War hier das Geheimnis zu finden, die »Sauerei«?

»Keine Ahnung. Ich wusste nicht, dass Alexander dort aktiv war. Mit mir hat er nicht darüber gesprochen.«

Frederike erinnerte sich, einen Ordner auf der Festplatte gesehen zu haben, der einige Dokumente zur Zeche Prosper-Haniel enthielt.

Sascha ging die Fotos weiter durch. Als sie zu einer Aufnahme kamen, die groß das Nummernschild eines Lkw zeigte, merkte sie auf.

»Kannst du mir die Bilder direkt zuschicken? Noch bevor du in die Schule gehst?«

Er nickte, holte einen Laptop aus seiner Umhängetasche, verband die Kamera über ein Kabel, das im Seitenfach der Kameratasche steckte, damit und übertrug die Bilder. Dann nutzte er sein Smartphone als Hotspot, und schon ging es los. Sie diktierte ihm ihre E-Mail-Adresse, und der Computer fing an zu senden. Es waren bestimmt zwanzig Aufnahmen, und die beanspruchten einige Zeit, bis sie endlich versendet waren.

»Du hast etwas gut«, sagte Frederike und legte Sascha die Hand auf die Schulter. »Ich glaube, das war wichtig.« Sie stand auf und räusperte sich. »Wenn du mit irgendwem darüber sprichst, verhafte ich dich. Ich sorge dafür, dass du in der JVA vergammelst.«

Er lachte. »Schon gut. Ich schweige wie ein Grab.«

Dann wurde ihm offenbar die Verbindung zu den Vorkommnissen bewusst, und er fuhr sich mit der Hand durch die Haare.

»Du sprichst mit keinem darüber. Das ist wirklich wichtig.«

»Kein Problem.«

Sie sah in seinen Augen, dass er verstanden hatte, worum es ging.

»Patrick, warum hast du mir nicht gesagt, dass du mit Alexander befreundet warst?«

»Weil ich nicht wollte.«

»Du hast mich benutzt.«

»Mach mal halblang. Ich hab dir nicht alles erzählt. Das ist ein Unterschied.«

»Dann sag mir, was in dem gesicherten Ordner ist.«

Patrick schien mit sich zu kämpfen. »Seine Frauengeschichten.«

»Du hast davon gewusst?«

»Er hat kein Geheimnis daraus gemacht.«

Sie wollte sich aufregen, erkannte aber, dass es sinnlos wäre. »Das ist alles?«

»Was willst du hören?«

»Eine ehrliche Antwort.«

»Ich hab dich nie angelogen.«

»Nur nicht die ganze Wahrheit gesagt.«

Pause.

»Warum legt ihr den Fall zu den Akten?«

Patrick lachte.

»Was oder wer steckt dahinter? Du weißt, ihr alle wisst, dass das kein Unfall war. Also, wer verantwortet das?«

»Da fragst du am besten den leitenden Kommissar, der an dem Fall arbeitet.«

»Ich frage dich.«

»Da fragst du leider den Falschen.«

»Pizza?«

»Mein Schreibtisch läuft leider über. Ein anderes Mal gerne.«

»Und in dem Ordner war wirklich nichts anderes?«

»Ich würde es dir sagen.«

Sie überlegte. »Eine letzte Frage. Hat Alexander mit dir darüber gesprochen, hinter welcher Sauerei er her war?«

»Nein. So eng waren wir nicht mehr.«

»Patrick!«

»Ich weiß wirklich nichts.«

»Kannst du wenigstens ein Autokennzeichen für mich prüfen?«

»Du weißt, dass ich das nicht kann und darf.«

»Ich hatte auf die neuen Zeiten gehofft.«

»Du kennst den Dienstweg. Vor zehn Jahren war das noch einfach.«

»Tschüs.«

»Bis dahin.«

So ein Depp!

Frederike hätte es sich denken können. Aber sie brauchte ihn nicht. Ihr Geist war schon immer unabhängig, genau wie ihr Arbeitsstil.

Sie ging zur Straßenbahnhaltestelle an der Gelsenkirchener Straße. Auf der gegenüberliegenden Seite stand ein roter Golf. Sie hätte ihn nicht bemerkt, ständen nicht weiße und schwarze Wagen davor oder dahinter. Hinter dem Steuer erkannte sie einen Kopf mit Baseballkappe und Sonnenbrille. Gleich zeigt er mir eine Ratte, dachte sie.

Zurück in ihrer Wohnung nahm sie den Laptop, um sich Alexanders Fotos anzusehen. Hier konnte sie besser erkennen, was er aufgenommen hatte. Offensichtlich hatte er die nächtlichen Raubarbeiten, die abschließenden Arbeiten der Zechenstilllegung, auf der Zeche Prosper-Haniel festgehalten. Überall lagen Müll, alte Maschinenteile und Leitungen herum. Über ein Förderband floss Sand in ein Silo, ein zweites mischte ein anderes Material dazu. Der Schlauch, der unten angeschlossen war, führte in den Schacht, vermutete sie. Die Verfüllung des Schachts lief auf vollen Touren nach Aussage des Herrn von der BLAG. Auf einer anderen Aufnahme sah sie, wie vier Lkw in einer Schlange vor dem Schacht standen. Der fünfte pumpte seine Ladung über einen Schlauch ebenfalls in den Schacht. Alexander hatte das Kennzeichen dieses Lkw fotografiert, als der vom Zechengelände fuhr: BO-KD 1357.

Zu gerne hätte sie Patrick gefragt, wem sie dieses Kennzeichen zuordnen konnte. Die Tanks auf den Lastwagen trugen keine Aufschrift der Spedition, für die sie fuhren. Auch auf den Türen befand sich kein Aufdruck. Eigentlich ungewöhnlich, da doch sonst alle auf diese Weise Werbung machten.

Klar war, dass Alexander das alles nicht dokumentiert hatte, weil ihn der Fortschritt dieser Arbeiten interessierte. Auch wenn das Gelände ein Teil des neuen Planungskonzepts »Freiheit Emscher« darstellte, das er mit kritischer Distanz verfolgte, musste es ein anderes Motiv geben.

Wie man manchmal spürt, dass sich der Blick eines Menschen in den Rücken bohrt, und man deshalb den Kopf dreht und ein verlegenes Kopfwegdrehen sieht, so stand Frederike auf und ging ans Küchenfenster. Der rote Golf stand wieder auf der gegenüberliegenden Straßenseite.

Leider konnte sie auch dieses Mal kein Kennzeichen erkennen. Die Baseballkappe war die gleiche.

Nach kurzem Überlegen entschloss sie sich nachzusehen. Sie stieg die Treppen nach unten, verließ das Haus und ging zielstrebig auf den Golf zu. Sie erreichte die Straßenbahnhaltestelle, die die Straße auf halbem Weg teilte, als der Motor aufheulte und der Wagen mit durchdrehenden Reifen davonraste. Natürlich war das Kennzeichen so verdreckt, dass sie es nicht lesen konnte.

Wenigstens wusste sie jetzt, dass sich der Golf nicht zufällig in ihrer Nähe aufhielt.

Sie sah ihm noch versonnen nach, bevor sie zurück zum Haus ging. Während sie die Stufen eine nach der anderen hinaufstieg, überlegte sie, wer ihr helfen könnte, den Halter des Lkw zu finden. Sie hatte die letzte Stufe noch nicht erklommen, als sie die Ratte sah. »Letzte Warnung!« stand in großen fetten Lettern auf dem Zettel.

Dann stand der Golf nur dort, um sie aus dem Haus zu locken? Wie hinterhältig war das denn? Wer dachte sich so etwas aus? Und wem war sie auf den Fersen, dass man sie jetzt derart bedrohte? War das am Ende doch eine Nummer zu groß für sie allein?

Wie auch immer, jetzt musste sie erst mal Dampf ablassen, und dafür musste jetzt eine gutmütige Seele herhalten. Ohne Umschweife platzte sie los. »Hartmut, kannst du dir das vorstellen? Die glauben tatsächlich, dass ich aufhöre, wenn sie mir eine tote Ratte an die Tür nageln. Wenn die so gut informiert wären, müssten sie mich doch kennen.«

»Frederike, um was geht es?«

»Gerade habe ich die zweite Ratte von meiner Tür genommen. Die glauben, sie würden mir damit Angst machen. Wenn ich ängstlich wäre, wäre ich damals nicht zur Kripo gegangen. Die können mich mal.«

»Warum riskierst du das? Wenn du den Mörder findest, den die Polizei nicht mehr finden will, dann beweist du gar nichts. Du bringst nur dich und andere in Gefahr.«

»Und wenn tatsächlich ein Skandal dahintersteckt? Wenn Alexander etwas entdeckt hat, was alle unter den Teppich kehren wollen? Meinst du, das interessiert die Bevölkerung nicht? Das ist es doch, was sie wollen. Unbehelligt und im Dunkeln ihre Verbrechen durchziehen und dabei über Leichen gehen. Das akzeptiere ich nicht.«

»Was willst du jetzt von mir hören? Unterstützen kann ich dich nicht. Auch wenn es mir leidtut, aber das geht nicht.«

Frederike schnaufte. Sie wollte ihm sagen, dass er ein Feigling war. Weil er genau wie sie wusste, dass es um üble Machenschaften von größerem Ausmaß ging, aber er sich raushalten wollte. Sie verkniff es sich. »Danke, dass du mir zugehört hast. Entschuldige, wenn ich dich gestört habe.«

»Lass uns doch –«

Sie brach das Gespräch ab. Auch Hartmuts Rückruf nahm sie nicht entgegen. Seine Nachricht würde sie später abhören. Sie war gerade zu aufgebracht, als dass ein weiteres Telefonat sie beruhigt hätte. Sie wollte auch gar nicht beruhigt werden.

Sie musste weitersuchen. Ansätze gab es genug.

»Hallo, Kai. Können wir uns treffen?«

»Ich hatte gedacht, du hilfst mir, wenn ich verhaftet werde. Dass du zusiehst, wie mich die Polizei vor versammelter Mannschaft abführt, und danebensitzt, hat mich schockiert.«

»Ich bin nicht mehr dabei.«

»Du hättest dich wenigstens bemühen können.«

»Können wir darüber reden?«

»Ich muss arbeiten.«

»Später?«

»Gerade dann.«

Dann eben nicht.

Warum hatte Kowalczyk gestern Abend noch so einen Aufstand gemacht, wenn er in der Nacht noch verkündet hatte, dass es ein Unfall war? Oder hatten Julian und er sich nicht abgestimmt? Kai könnte das beantworten.

Oder hatten sie Kai vernommen, weil die Verlautbarung, dass der Mord ein Unfall gewesen sein soll, Ermittlungstaktik war?

Frederike lief fassungslos durch ihr Wohnzimmer. Lag es am Wetter, dass alle unsinnig handelten?

Spontan wählte sie die Nummer von Katharina Dahmen. »Hätten Sie heute Abend Zeit und Lust, mit mir noch einen Wein zu trinken?«

Dahmen zögerte, meinte: »Ich schaue kurz in meinen Terminkalender«, und als es offenbar keinen Eintrag gab, verabredeten sie sich für neunzehn Uhr im Biergarten oberhalb des Baldeneysees.

27

Wie so oft in einem Fall suchte Frederike nach Häufigkeiten. Das Stichwort Zeche Prosper-Haniel war mehrmals gefallen. Bei der BLAG, bei Alexanders Schulklasse und auf den Fotos aus Saschas Kamera. Für sie war es daher naheliegend, sich selbst ein Bild zu verschaffen, was es dort so Spannendes gab.

Sie suchte eine schnelle Verbindung mit den Öffentlichen nach Bottrop. Es war mühsam, mit einigem Umsteigen und Fußmärschen verbunden. Nach über einer Stunde stand sie im strömenden Regen vor dem Gelände, das weit außerhalb auf dem Land lag. Sie hatte sich gegenüber der Zufahrt postiert, direkt an der Einmündung einer kleineren Straße, und verschaffte sich einen ersten Überblick. Sie fühlte sich an einen Ameisenhaufen erinnert bei diesem Gerenne und Gefahre auf dem Gelände.

Das Areal selbst war mit Zäunen abgesichert. Die Zechengebäude lagen dunkel und verwaist ein paar Meter entfernt. Hinweisschilder standen noch da, zeigten den Weg für Besucher, zum Direktionsgebäude, für Anlieferungen. In den weiß-grün verkleideten Gebäuden hatten wahrscheinlich früher die Kumpel ihre Schicht begonnen und beendet. Im Hintergrund ragte der Förderturm in den Himmel.

Sie musste auf das Gelände, um näher zu den Arbeitern zu gelangen. Das hieß, sie musste an dem Wachmann vorbei.

Sie überquerte die Landstraße und ging zur Einfahrt. Dort stand der Wachposten und redete mit einem Lkw-Fahrer. Es wirkte vertraut, dann gab er dem Fahrer seine Papiere zurück, hob grüßend die Hand und ließ ihn aufs Gelände fahren. Nachdem er das Tor wieder geschlossen hatte, ging Frederike zu ihm. »Hab ich eine Chance, auch auf das Gelände gelassen zu werden, um mir die Arbeiten aus der Nähe anzusehen?«

»Da hast du dir aber das schönste Wetter ausgesucht, um hierherzukommen«, meinte der Posten jovial und lachte.

»Die Hoffnung stirbt zuletzt. Ich hätte besser nach oben gesehen als auf meine Füße.«

»Aber schön sind sie«, meinte er, als er die klobigen Treter an ihren Füßen betrachtete.

»Wenigstens sind sie für den Matsch dort passend.« Sie deutete auf das verschlammte Zechengelände. »Komm ich denn rein?«, bohrte sie nach.

»Eigentlich nicht. Nur angemeldete Besucher und Lkw.«

»Wenn du mir einen Helm gibst, seh ich aus wie ein Besucher.«

»Du bist mir aber eine.«

Frederike überlegte, ob sie auf die kumpelhafte Tour einsteigen sollte. Sie wählte einen neutralen Ton. »Wenn ich falschliege, sag es.«

»Was willst du denn wissen?«

»Ich würde nur gerne sehen, was hier gearbeitet wird. Wie das funktioniert mit dem Leerräumen der Anlage.«

»Das meiste ist ja schon draußen. Die fangen jetzt mit der Verfüllung an. Du siehst die Anlage da?« Er zeigte auf die Sandhalde und den Betonmischer. »Der läuft quasi rund um die Uhr und kippt das Betongemisch in den Schacht. Bis der voll ist. Dann kommt der Deckel drauf.«

Wie konnte sie jetzt den Bogen zu den Lkw schlagen, die nachts hier ankamen? Sie überlegte fieberhaft.

»Und der Sand und Kies, der reicht für die gesamte Zeit?«, fragte sie dann.

Wieder lachte er. »Was glaubst du? Wir kriegen regelmäßig Nachschub.«

»Tag und Nacht?«

»Natürlich nicht. Das reicht, wenn hier tagsüber Material angeliefert wird. So eifrig sind wir dann auch nicht.«

»Und wenn nachts der Sand leer ist?«

»Das passiert nicht. Dafür ist gesorgt.«

»Da drücke ich euch die Daumen. – Nachts wird gar nichts angeliefert?«, fragte sie zur Sicherheit noch einmal nach.

»Glaub mir. Nachts ist hier kein Verkehr.«

Frederike wollte sich gerade auf den Weg machen, als ein roter Golf vorbeifuhr. Litt sie an Verfolgungswahn?

»Den ganzen Rückbau organisiert die BLAG?«

»Liebchen, was steht dort auf dem Förderturm?«

Sie sah hoch. Richtig. Dort prangte weithin sichtbar das Logo der BLAG. Sie lachte. Der Mann lachte mit.

»Aber wenn du auf das Gelände willst, dann ruf doch dort an.« Er zeigte auf ein Schild, das am Zaun befestigt war und auf dem eine Telefonnummer der BLAG stand. Sie fotografierte das Schild, bedankte sich und drehte sich um.

Der Golf parkte ein Stück weiter am Straßenrand. Sie ging in die entgegengesetzte Richtung davon. Hoffentlich kam gleich der Bus. Sie sah auf die Uhr. Fünfzehn Minuten musste sie warten.

Wenigstens hatte es aufgehört zu regnen. Wenigstens das.

Für diese wenigen Informationen war sie den ganzen Weg hierhergefahren? Das Gelände war weitläufig. Ein Marsch drum herum würde zu lange dauern. Ständig sah sie Lkw zur Zeche fahren. Alle mit Bergen von Sand beladen, mit Kies, mit sonstigem Baumaterial. Oder leere, die das Gelände verließen.

Sie schaute hoch zu der Fußgängerbrücke, die die Landstraße überspannte. Ob es eine Möglichkeit gab, sie zu betreten?

»Die ist gesperrt«, rief der Wachmann, der offenbar ihren Blick gesehen hatte. Sie hob zum Dank die Hand.

Dann rief sie sich Alexanders Aufnahmen ins Gedächtnis, wartete auf den nächsten Lkw. Dick und fett stand der Name des Unternehmens auf der Beifahrertür und auf der Klappe des Aufliegers.

Ein leerer Lkw fuhr vorbei. Sie beobachtete ihn. Ging wieder Richtung Eingang. Kurz danach lud ein Kran Müll auf die Ladefläche. Als sie noch etwas näher gekommen war, fiel ihr die Aufschrift auf der Seite des Lkw auf: »Dahmen Trans«. Hatte Katharina Dahmen hier einen Auftrag an Land ziehen können? Was da von unten heraufgeholt wurde, war Sondermüll, passte also überhaupt nicht zu den Lebensmitteltransporten.

Versonnen sah sie zu, wie der Lkw Stück für Stück in die Federn gedrückt wurde. Als sie sich schon abwenden wollte, fiel ihr das Kennzeichen auf: BO-KD 713.

Heute Abend konnte sie Katharina Dahmen danach fragen. Allerdings waren es nicht ihre Initialen, die Frederikes Aufmerksamkeit erregt hatten. Irgendetwas hatte ihr Gehirn irritiert. Aber was?

Sie kam nicht weiter, also beschloss sie, zum Lokal zu fahren, in dem sie sich mit Katharina Dahmen treffen würde. Der rote Golf war verschwunden.

Endlich kam der Bus. Unterwegs dachte sie weiter über die mysteriösen Nachtlieferungen nach.

Als sie den Parkplatz des Restaurants erreichte, blieb sie wie versteinert stehen. Der rote Golf stand dort in der hinteren Reihe. Woher konnte der Fahrer wissen, dass sie hierher unterwegs war?

Jetzt reichte es. Sie marschierte auf den Wagen zu. Niemand war zu sehen. Sie rüttelte an der Fahrertür. Mit den Händen schirmte sie ihre Augen ab, um ins Innere blicken zu können. Leere Coladosen und Verpackungen eines Fast-Food-Restaurants lagen verstreut im Fußraum des Beifahrers und auf der Rückbank. Die Sitzbezüge waren durchgescheuert. Auf dem Beifahrersitz entdeckte sie die Baseballkappe.

Wenigstens konnte sie sich das Nummernschild notieren. Der Wagen war in Essen zugelassen, die Kombination »KS 1983« ließ sie stutzen. Sie sollte doch ihre Kontakte zur Kripo auffrischen, damit sie solche Informationen schneller abfragen konnte.

Frederike rief bei der Einsatzzentrale an und hoffte auf ein bisschen Glück.

»Hier ist Frederike Stier. Hallo.«

Es dauerte einen Moment, bis der alte Kowalczyk eins und eins addiert hatte, aber dann sagte er erfreut: »Frederike, das ist ja schön, dass du dich meldest. Wie geht es dir?«

Mit Kowalczyk senior hatte sie immer gut zusammengearbeitet. Er war ein sympathischer Kollege, unkompliziert und stets hilfsbereit. Sie erzählte ein bisschen von ihrem Rentnerleben, den Veränderungen, der Langeweile. Dann kam sie zum Punkt. »Hör zu, bei mir parkt jemand meine Ausfahrt zu. Könntest du vielleicht nachsehen, wer das ist? Das Kennzeichen ist Essen Konrad Siegfried eins neun acht drei. Dann hatte ich Ärger mit einem Lkw, der mich mit dem Fahrrad geschnitten hat. Ich möchte mich an seine Spedition wenden. Ich hab da leider auch nur das Kennzeichen.«

Sie wartete.

»Ich würde dir wirklich gerne helfen, Frederike. Aber du weißt, wie das heute ist.«

»Du hast doch deine Kontakte. Kannst du es nicht doch versuchen? Es wäre eine große Hilfe.«

»Hat es etwas mit dem Unfall von diesem Röttgen zu tun?«

»Wie kommst du darauf?« Das war die Kehrseite der Intelligenz. Sie machte es deutlich schwerer, Menschen hinters Licht zu führen.

»Du fährst seit Jahren nicht mehr Auto und hast keine Ausfahrt. Und dass du Fahrrad fährst, kann ich mir nicht vorstellen.«

»Ich soll mich mehr bewegen nach meinem Infarkt.«

»Mit dem Fahrrad?«

»Das andere Kennzeichen ist: Bochum Kaufmann Dora eins drei fünf sieben. Es wäre super, wenn du etwas machen könntest.«

Sie sah ihn förmlich mit sich kämpfen.

»Ich muss sehen, was ich tun kann. Kann ich dich unter der Nummer anrufen?«

Sie bedankte sich überschwänglich, versprach ihm, einmal auf einen Kaffee vorbeizukommen, und beendete das Gespräch.

Sie hatte ihr Pulver verschossen.

28

Frederike ging in den Biergarten, fragte nach dem reservierten Tisch von Frau Dahmen und setzte sich wieder an die Balustrade. Der Baldeneysee glitzerte in der Sonne.

Sie bestellte ein alkoholfreies Bier und dachte über den Tag nach. Sie war sauer. Wer verfolgte sie? Wer war so verrückt, sie herauszufordern?

Sie konnte sich immer noch nicht vorstellen, dass eine pensionierte Polizistin ins Fadenkreuz irgendwelcher Krimineller geraten war. Während ihrer Dienstzeit hatte es so etwas nicht gegeben. Klar hatte auch einmal ein Festgenommener gedroht, ihr an die Gurgel zu gehen, wenn er wieder auf freiem Fuß wäre. Aber das waren Sprüche. Das hier fühlte sich anders an.

Ein Signalton meldete den Eingang einer Textnachricht. »E-KS 1983 – Kai Schumacher, BO-KD 1357 – gefälschtes Kennzeichen«.

Sie wollte sich bedanken, doch die Absendernummer war unterdrückt. Sie tippte trotzdem »Danke!« in ihr Smartphone und verschickte die Nachricht. Patrick hatte ihr einmal erklärt, wie man nicht zurückverfolgbare Nachrichten versenden konnte. Sie ging daher davon aus, dass Kowalczyk senior das auch wusste, ihr Dank also nicht ankäme.

Kai? Warum sollte Kai sie verfolgen? Am besten fragte sie ihn direkt. Doch sie erreichte nur seine Mailbox. Ob er sie zurückrufen würde? Eher nicht. Und ein Lkw fuhr doch nur aus einem Grund mit einem gefälschten Kennzeichen durchs Ruhrgebiet.

Sie sah wieder zum See hinunter und schirmte ihre Augen gegen das gleißende Licht. Wie sich die Sonne im Wasser spiegelte. Da fiel der Groschen. Alle Lkw, die heute auf die Baustelle gefahren waren, waren alte, verbeulte Fahrzeuge gewesen. Die Farbe war zum Teil abgesprungen und kaum noch zu erkennen.

Die Lkw, die Alexander fotografiert hatte, waren stahlglänzend und wie frisch geputzt. Was also wurde darin transportiert, dass man andere Fahrzeuge einsetzte?

Eine Brise fegte durch die Bäume, das Rauschen übertönte die Stimmen im Biergarten. Eine allgemeine Unruhe kam auf.

Frederike sah zum Himmel. Eine Front zog auf und baute einen gewaltigen Amboss aus Gewitterwolken auf. Die Kellner begannen, zum Schutz gegen den drohenden Regen die großen Sonnenschirme zu öffnen. Der anschwellende Wind machte ihnen deutlich, dass die Aktion sinnlos war. Erste Tropfen klatschten auf den Boden. Eine Böe blies die Dekoration von den Tischen. Viele Gäste flüchteten bereits nach drinnen. Die Ober räumten hektisch die Tische leer.

Frederike war es mittlerweile gewohnt, nass zu werden, sodass sie keine Eile verspürte. Sie nahm ihr Bier und ihren Rucksack und ging ebenfalls in den Gastraum. Für die letzten Schritte beeilte sie sich doch.

Ein Ober wies ihr einen Platz direkt an der Fensterfront zu, den Katharina Dahmen offenbar in weiser Voraussicht parallel zu dem draußen reserviert hatte.

Heute kam die Geschäftsfrau fünfzehn Minuten zu spät. »Tut mir leid. Ich kam nicht los. Gut, dass Sie sich schon etwas bestellt haben.«

Frederike musterte die Frau, die in einer edlen Jeans, blau gestreifter Bluse und hochhackigen Schuhen neben dem Tisch stand. Wieder die kurze Perlenkette, dazu ein Reif in den Haaren.

Frederike stellte ihr Bierglas ab und erhob sich für die Begrüßung.

»Hatten Sie einen anstrengenden Tag?« Katharina Dahmen klang besorgt.

»Das muss am Licht hier liegen.« Frederike wollte sich ablenken und nicht über ihren schrecklichen Tag reden.

»Läuft es nicht gut?«, bohrte die Frau nach.

»Alles in Ordnung. Die Hitze und diese Feuchtigkeit in der Luft sind nicht gut für mein Herz.«

Frau Dahmen hob verstehend die Augenbrauen – vielleicht war es Skepsis – und bestellte einen Weißwein und einen Salat. Frederike eine Bratwurst mit Pommes.

»Frustessen?«

»Heute muss es sein«, erwiderte Frederike und beugte sich vor.

»Wollen Sie erzählen?« Dahmens Blick ruhte interessiert auf ihr, sodass sie es tatsächlich erwog, sich den ganzen Frust von der Seele zu reden.

Der Ober kam und stellte die Getränke auf den Tisch. Sie prosteten sich zu. Frederike nutzte die Unterbrechung dankbar, um ein anderes Thema anzusprechen. »Ich habe heute einen Ihrer Lkw gesehen. Auf Prosper-Haniel.«

»Ja. Dort konnten wir einen interessanten Auftrag an Land ziehen. Wir entsorgen die ganzen belasteten Abbauten aus den Schächten und bringen sie zu einem Recyclingunternehmen.«

Frederike speicherte diese Information in ihrem Hinterkopf, bevor sie fragte: »Haben Sie alle Ihre Lastwagen mit dem Bochumer Kennzeichen ›KD‹ angemeldet?«

»Wie kommen Sie jetzt darauf?« Dahmen zeigte wieder ihr amüsiertes Lächeln, das man als einnehmend, aber auch als herablassend empfinden konnte, je nach Situation und Stimmung. »Ja, den Luxus habe ich mir gegönnt und bezahle auch dafür. Aber wieso fragen Sie das?«

»Nur weil ich den Lkw mit dem Kennzeichen gesehen habe. Da habe ich mich gefragt, ob es Zufall ist«, wiegelte Frederike ab.

»Wäre ein ziemlich großer Zufall.« Dahmen trank von ihrem Wein. »Aber Sie wollen doch mit mir keinen Wein trinken, um über meine Spedition zu plaudern. Am Telefon klangen Sie, als würden Sie gerne über etwas Bestimmtes mit mir reden.«

Frederike seufzte. Eigentlich hatte sie vor allem rausgewollt aus dem Käfig ihrer Wohnung. Nein, das stimmte so nicht. Die

Wohnung war nicht der Käfig. Was sie nach draußen getrieben hatte, war das Grübeln im Kreis, die gefühlte Passivität.

»Ich hab Zeit und kann gut zuhören«, sagte Katharina Dahmen in das Schweigen hinein.

Also entschied sich Frederike, das Angebot für eine alte Ermittlungstaktik zu nutzen. Scheinbar beiläufiges Unterhalten in der Hoffnung, dass das Gegenüber sich sicher fühlt und aus dem Nähkästchen plaudert. Als Einstieg seufzte sie erneut und erzählte dann davon, dass der Mord an Alexander jetzt als Unfall gehandelt wurde, über die Drohungen mit den Ratten und das Rätsel bei der Zeche in Bottrop sagte sie nichts.

»Den roten Golf heute kann ich erklären«, warf Dahmen ein. »Das war Herr Schumacher, der auf Prosper-Haniel einem Fahrer den Frachtbrief bringen musste, den er vergessen hatte. Danach brachte er den Golf hierher, da mein Wagen heute Nachmittag eine Panne hatte und in die Werkstatt musste. Er war so nett, mir seinen zu leihen.«

»Kai Schumacher?«, fragte Frederike ungläubig.

»Nein, Jan Schumacher, ein Fahrer von mir. Kennen Sie ihn?«

»Ich kenne einen Kai Schumacher. Er war auch in Alexanders Umweltgruppe.« Schumacher war nun auch kein seltener Name.

»Aber Sie kriegen doch bestimmt einen Leihwagen von der Werkstatt?«, kam Frederike auf das ursprüngliche Thema zurück, wobei sie den zugemüllten Golf und die Frau in der schicken Bluse vor sich sah und beides nicht zusammenbringen konnte.

»Ich hätte einen bekommen, natürlich. Aber ich hatte einmal Ärger, weil mir auf einem Parkplatz ein Wagen eine Beule in den Kotflügel gefahren hat. Das hat mich tausend Euro Selbstbeteiligung gekostet. Seither verzichte ich darauf, wenn es irgendwie geht.«

Das war eine Menge Geld, auch für eine Unternehmerin.

»Es klingt, als wollten Sie weiter einen Mörder suchen, den es für die Polizei nicht mehr gibt.«

Frederike ignorierte die Anmerkung. »Darf ich Sie was fragen? Haben Sie mit Herrn Kowalczyk von der Kripo gesprochen?«

»Gestern Nachmittag.«

»Hatten Sie den Eindruck, er sucht nachhaltig nach dem Mörder?«

Nach einer kurzen Pause antwortete Katharina Dahmen: »Ja, das hatte ich. Er hat sehr genau wissen wollen, wie die Trennung abgelaufen ist, ob Alexander und ich noch Kontakt hatten, ob es andere Berührungspunkte in letzter Zeit gegeben hat. Er war sehr hartnäckig, fast schon unverschämt penetrant. Ich habe ihm aber klargemacht, dass ich mit Alexander abgeschlossen habe und ich ihm aus dem Weg ging. Ich wollte wirklich nichts mehr mit ihm zu tun haben.«

Offenbar hatte Kowalczyk doch intensiver ermittelt, als sie ihm zutraute.

»Wenn Alexander tatsächlich durch einen Unfall gestorben ist, wäre es doch eine gute Gelegenheit, sich etwas mehr um Ihren Hartmut zu kümmern und vielleicht doch den Ruhestand in Betracht zu ziehen?« Frau Dahmen sah sie herausfordernd an.

Frederike lachte. »Ruhestand. Das ist etwas für alte Leute. Und Männer etwas für mutige.«

Jetzt lachte auch Frau Dahmen und hielt Frederike ihr Glas hin. »Auf die immerwährende mutige Jugend.«

Übertreiben wollte es Frederike nun nicht, stieß dennoch mit ihrem leeren Bierglas an.

»Aber im Ernst: Was werden Sie nun machen?«

»Wenn ich das wüsste. Früher hatte ich ein Team, mit dem ich diskutieren konnte und das nicht müde wurde, bis der Täter gefasst war. Jetzt bin ich alleine. Hartmut hat die Hosen voll, und von den ehemaligen Kollegen kann ich keine Hilfe erwarten.«

»Hm. Sie glauben nicht an die Theorie mit dem Unfall?«

»Ich sträube mich noch«, antwortete Frederike ausweichend. »Zu viel passt nicht zusammen, dass es am Ende *nur* ein Unfall gewesen sein soll. Außerdem ergibt sonst der Mord an Thorsten keinen Sinn. Warum musste er sterben, und zwar in dem Moment, als er mir etwas erzählen wollte?«

»Wissen Sie, was er Ihnen mitteilen wollte?«

»Alexander muss auf etwas gestoßen sein, von dem ich keinen blassen Dunst habe, was es sein könnte. Angeblich irgendeine große Sache. Und Thorsten wusste offenbar mehr.«

»Auch Thorsten hat Ihnen nichts gesagt?«

Frederike hob die Schultern.

»Ich gebe Ihnen recht: Das müsste ein sehr großer Zufall sein, wenn dieser Thorsten in dem Augenblick ermordet wird, in dem er Ihnen etwas sagen wollte.«

»Ja, das ist fast schon unheimlich. Als würde mein Telefon abgehört oder jemand Daten von mir abzapfen.«

»James Bond im Ruhrgebiet.« Dahmen lachte.

»Als hätte es das nicht schon gegeben.« Frederike bestellte einen Rotwein. Die Bratwurst, die der Ober zwischendurch gebracht hatte, war mittlerweile schrumpelig. Die Pommes lagen schlapp daneben. Sie stocherte mit der Gabel darin herum und schob den Teller weg.

»Ist Ihnen der Appetit vergangen?« Frau Dahmen schob die letzte Garnele in den Mund und tupfte sich anschließend die Mundwinkel sauber. Sie lehnte sich zurück und griff nach ihrem Weinglas. »Lassen Sie uns das grausige Thema beenden. Wie geht es Ihnen mit Ihrem Freund? Ist es etwas Längerfristiges?« Während sie das fragte, legte sie die Hand auf Frederikes Arm.

Frederike nickte und verzog gleichzeitig das Gesicht. »Wenn ich das so genau wüsste.«

Draußen ging inzwischen ein heftiges Sommergewitter nieder. Blitze erleuchteten den Himmel, wenn es donnerte, zog jeder instinktiv den Kopf ein. An den Scheiben liefen kleine Bäche herunter.

»Ob die Deiche halten?« Frederike zeigte nach draußen. »Alexanders Schreckensszenario? Der Rhein läuft über und überflutet das gesamte Ruhrgebiet? Wir alle fahren mit Booten durch die Gegend, und um uns herum schwimmt das Gift, das aus den alten Schächten hochgespült wird.«

Katharina Dahmen klang amüsiert, während ihr Gesicht zeigte, dass sie den Gedanken für lächerlich hielt. »Ich gehe fest davon aus, dass die Deiche halten. Ich sehe da nicht schwarz. Andere Frage: Gehen Sie am Samstag zum Zechenfest?«

»Wenn es bei dem Wetter überhaupt stattfindet.«

»Ein bisschen Regen hält doch den Ruhri nicht ab. Da müsste schon mehr passieren.«

»Merken Sie die Auswirkungen des Hochwassers in der Spedition?«

Nun verzog Katharina Dahmen das Gesicht, und sie klagte darüber, dass einige ihrer Lagerhallen bereits unter Wasser standen und die Fahrer aufgrund gesperrter, überfluteter oder durch umgestürzte Bäume blockierter Straßen ständig Umwege fahren mussten. Zum Glück habe es bei ihr noch keinen direkten Schaden gegeben. Kollegen hätten allerdings berichtet, dass bei ihnen Lieferfahrzeuge in Mitleidenschaft gezogen worden seien. Zudem belastete sie es, dass die Schifffahrt auf dem Rhein-Herne-Kanal und dem Rhein selbst eingestellt worden war. »Hier fallen etliche Fahrten aus, weil die Ware nicht gelöscht oder verladen werden kann.«

»Dieser ständige Überlebenskampf in Ihrer Branche ist auch kein Zuckerschlecken.«

»Ganz und gar nicht.« Trotzdem zeigte sich ein Lächeln auf ihrem Gesicht. »Aber das ist mein Unternehmen. Ich habe es aufgebaut und werde dafür sorgen, dass es auch durch schlechte Zeiten kommt. Für meine Mitarbeiter setze ich mich ein, ich fühle mich verantwortlich für sie. Wir sind eine richtig kleine Familie. Es läuft für alle ordentlich.«

»Aber Sie verlangen ihnen auch etwas ab?«

»Wir müssen alle unseren Beitrag leisten und sehen, dass es morgen auch noch Aufträge gibt.«

Frederike konnte es sich nicht vorstellen, so einen Beruf auszuüben. In der Sorge zu leben, immer ausreichend Aufträge an

Land zu ziehen, um die Mitarbeiter auslasten zu können. Genug Ware transportieren zu können, dass die Lkw sich rechneten, die Verordnungen der EU, die Diskussionen um die Verlagerung der Logistik auf die Schiene. Da kam es ihr fast schon einfacher vor, einen Mörder zu finden.

»Wie groß ist Ihr Fuhrpark?«

»Wir haben fünfzig Lkw. Die sind nicht immer alle im Einsatz, aber zum größten Teil.«

»Finden Sie immer Fahrer?«

»Eigentlich schon. Ich zahle ordentlich, und ich habe nicht so viele Fahrten ins Ausland. Daher sind die Arbeitszeiten einigermaßen geregelt.«

Katharina Dahmen blätterte in der Speisekarte. »Ich hätte Lust auf ein Dessert. Wie sieht es bei Ihnen aus?«

Frederike lehnte ab. Bald stand ein Besuch bei ihrem Kardiologen an, wo die Blutwerte unter besonderer Beobachtung standen. Daher wollte sie es nicht übertreiben.

»Sie haben meine Frage noch nicht beantwortet: Gehen Sie zum Zechenfest?«

»Ich hatte geplant, mit Hartmut hinzugehen. Wie es gerade aussieht, wird daraus nichts. Und alleine gehe ich nicht hin.«

Sie sprachen über das Alleinsein, das Idealbild eines Partners und die Tristesse der Realität.

»Das Leben ist ein Kompromiss«, sagte Frau Dahmen. »Da musst du für dich entscheiden, wie viel von deinem jetzigen Leben du für eine Partnerschaft aufgeben willst. Aber auch, wie viel du für das Ungewisse bereit bist zu investieren. Eine Partnerschaft ist nichts für Feiglinge. No risk, no fun.«

Das nahm Frederike Dahmen sofort ab. Die sprang auch einmal ins kalte Wasser, um hinterher sagen zu können, dass sie das kein zweites Mal brauchte. Sie selbst war anders.

»So mutig bin ich nicht. No risk, no pain wäre passender für mich.«

Katharina Dahmen drückte ihre Hand. »Ich weiß für mich, dass ich nicht alleine alt werden will. Den Ruhestand solo erleben kann ich mir nicht vorstellen. Da muss vorher etwas passieren.«

Frederike dachte darüber nach. »Wissen Sie, einen alten Baum verpflanzt man nicht mehr. Ich habe keine Lust, mich groß zu ändern. Und ich glaube nicht, dass es einen Mann gibt, der mit meinen Marotten zurechtkommt. Schlechte Voraussetzungen.«

»Auch ein alter Baum kann neu austreiben, wenn man ihn pflegt und vielleicht auch einmal stutzt.«

»Wollen Sie mich etwa zurechtstutzen?« Frederike lachte.

»Natürlich nicht.« Frau Dahmen sagte das in einem Ton, dass man auch das genaue Gegenteil ihrer Worte verstehen konnte.

»Jetzt ist es doch wieder halb zwölf geworden. Es ist eine kurzweilige Zeit mit Ihnen.« Katharina Dahmen rief einen Ober, und sie bezahlten.

Frederike packte ihre Sachen und orderte ein Taxi. Sie wartete, bis Katharina Dahmen von der Toilette zurückkam.

Draußen war die Luft frisch, ein würziger, fast modriger Geruch kam vom umliegenden Wald, von den Bäumen fielen noch dicke Tropfen. Auf dem Parkplatz standen nur noch eine Handvoll Autos.

Es war Frau Dahmen, die den Abschluss fand. »Lassen Sie uns wegen Samstag noch einmal telefonieren. Die letzten Jahre war das Fest immer sehr schön. Wenn wir zusammen hingehen, überlege ich mir eine Überraschung für Sie.«

»Ich melde mich«, versprach Frederike.

»Das hoffe ich doch.«

Als Katharina Dahmens Wagen vom Parkplatz rollte und sie zum Abschied aus dem geöffneten Fenster winkte, fragte Frederike sich, warum Kai noch nie einen Bruder erwähnt hatte. Und warum Frau Dahmen glaubte, sie mit einer Überraschung motivieren zu können.

Während der anschließenden Fahrt im Taxi ging ihr der Abend weiter durch den Kopf. Sie mochte diese dynamische, überzeugte Frau. Sie war nahe dran, ihr das Du anzubieten, doch etwas hielt sie ab. Konnte sie sich selbst nicht vertrauen, was den Umgang mit anderen Menschen betraf? Oder war es ihre Angst vor Nähe und davor, zu viel von sich selbst aufzugeben und preisgeben zu müssen?

No risk, no fun, hatte Dahmen gesagt. Aber das stimmte nur, wenn das Risiko kalkulierbar war.

29

Als Frederike am nächsten Morgen am Frühstückstisch saß, lag eine weitere kurze Nacht hinter ihr. Sie fühlte sich dennoch ausgeruht und bereit.

Es war mittlerweile Donnerstag, und außer vagen Vermutungen und aufgewirbeltem Staub kreisten um den Fall noch jede Menge Fragen.

Sie öffnete das Küchenfenster und fragte sich beim Anblick des roten Golf, ob sie dem Fahrer einen Kaffee bringen sollte. Wie der Wagen in der Nacht noch zurück zu Kais Bruder gelangt war, wunderte sie zwar, aber mittlerweile nahm sie es gelassener.

Sie griff nach ihrem Telefon und wählte Kais Nummer. Wieder einmal nur die Mailbox. »Ruf mich an. Ich brauch die Nummer von deinem Bruder.« Sie hatte die Nase voll von diesem Kinderkram.

Während sie ihre Müsliflocken in der Schüssel nach Farbe sortierte, ging ihr nicht aus dem Kopf, dass dieser Golf gestern noch von Katharina Dahmen gefahren worden war. War sie doch in den Fall verwickelt? Ihr Name tauchte einfach immer wieder auf.

Sie schob das Müsli zur Seite.

Wie sie es vermutet hatte, berichteten die Zeitungen auf den hinteren Seiten, dass sich der vermeintliche Mord an dem Umweltaktivisten Alexander Röttgen als Unfall herausgestellt hatte und die Ermittlungen eingestellt wurden. Von dem Mord an Thorsten hatte sie am Folgetag vereinzelt eine Meldung gelesen, danach nichts mehr.

Es ärgerte sie maßlos, dass der Tod zweier Menschen im Sande verlaufen sollte. Dieser Ärger reichte, um ihren Kreislauf warm laufen zu lassen.

Ihr Finger wollte bereits Hartmuts Telefonnummer wählen, da sah sie die Uhrzeit. Halb sieben. Stattdessen öffnete sie wieder einmal die Datei mit Alexanders nächtlichen Fotos von Prosper-Haniel. Es musste mehr darauf zu sehen sein als ein gefälschtes Kennzeichen.

Wäre Dahmen so naiv und würde ein Kennzeichen fälschen, das direkt auf sie verwies? Eher würde man einen Mitbewerber vermuten, der sie in Verdacht bringen wollte. Andererseits: Was, wenn sie einen Lkw mit einem Kennzeichen hatte wie BO-KD 1356 oder 1358? Dann könnte der Fahrer bei der Kontrolle an der Zufahrt zur Zeche sagen, dass es sich wahrscheinlich um einen Tippfehler in den Frachtpapieren handelte, was bei der Ähnlichkeit der Kennzeichen möglich wäre.

Oder doch jemand, der den Verdacht ablenken wollte? Ihr fiel Hartmuts Bemerkung zum komplizierten Denken ein. Dachte sie jetzt zu kompliziert, oder hatte der Täter um die Ecke gedacht?

Sie starrte auf die Bilder. Als sie zu flimmern begannen, rieb sie sich die Augen.

Regenwolken türmten sich draußen. Dass das kein Ende nahm. Wenigstens wehte der damit verbundene Wind den Mief aus ihrer Wohnung hinaus.

Sie begann von vorn.

Nach einer halben Stunde kannte sie die Bilder auswendig und hätte sie nachzeichnen können. Den entscheidenden Hinweis hatte sie dennoch nicht entdeckt. Was machte sie so sicher, dass es einen Hinweis gab? War es nur, weil sie sonst nichts hatte?

Sie rief wieder Kai an. Eine gehetzte Stimme meldete sich. »Ich hab keine Zeit«, sagte er ohne Begrüßung.

»Dann nimm sie dir«, blaffte sie ihn an. »Wir müssen uns treffen. Jetzt.«

»Geht nicht.«

»Doch. Ich komm bei dir vorbei.«

»Ich hab gesagt, dass es nicht geht.«

»In einer halben Stunde bin ich da.«

»Aber ich nicht.«

»Kai. Deine zwei besten Freunde wurden ermordet. Da solltest du daran interessiert sein, wer dahintersteckt.«

Er schwieg. Dann meinte er: »Alexander war kein guter Freund. Außerdem komme ich gerade von der Arbeit. Ich muss zuerst ins Bett.«

»Verschieb es noch ein bisschen. Ich bitte dich. Ich beeile mich auch.«

Kai grummelte unverständliche Worte ins Telefon und sagte schließlich: »Bis gleich.«

Um ihr Versprechen wahr zu machen, bestellte sie ein Taxi.

Als sie klingelte, öffnete er sofort. Die dunklen Ringe unter seinen Augen und die wirren Locken um seinen Kopf zeigten deutlich, dass er noch nicht geschlafen hatte. Auch der Schatten um seinen Bart und das zerknitterte und riechende T-Shirt ließen vermuten, dass er zuerst ins Bett wollte, bevor er sich gesellschaftsfähig machte.

Im Flur streifte Frederike an Jacken vorbei, die an Haken hingen, stieg über Spielzeug, kurvte um Schuhe. Im Wohnzimmer stellte Kai einen Korb mit Bügelwäsche vom Sofa, damit sie sich setzen konnte. Als er die benutzten Gläser in die Küche brachte, fragte er, ob sie einen Kaffee wolle. Doch gleich darauf korrigierte er sich, dass der ausgegangen sei.

»Danke, kein Kaffee heute«, rief sie in die Küche. Sie hörte, wie er ein Glas spülte und Wasser aus dem Hahn hineinfüllte.

»Meine Frau ist mit der Kleinen beim Arzt«, sagte er, als er ihr das Glas hinstellte. »Der Hautausschlag ist schlimmer geworden. Diese verdammten Umweltverschmutzer.« Kai kratzte sich am Arm und polterte weiter. »Vergiften unsere Luft und denken nicht darüber nach, was sie damit anrichten.«

»Du hast mir gar nicht gesagt, dass du einen Bruder hast.« Jetzt wollte sie endlich wissen, was hinter der Verfolgung steckte.

»Wie kommst du jetzt darauf?«

»Er verleiht dein Auto, und er verfolgt mich.«

»Ach das.« Er stand auf und ging ans Fenster. »Deshalb musstest du mit mir reden?«

»Was heißt ›Ach das‹? Mehr fällt dir dazu nicht ein, dass er mir seit Tagen hinterherfährt?«

»Da musst du selbst mit ihm reden.«

»Wie kommt er dazu? Wer hat ihn beauftragt?«

»Ich habe keine Ahnung.«

Frederike glaubte ihm kein Wort. »Dann ruf ihn an und frag ihn.«

Keine Reaktion.

War das seine Rache, weil sie Kowalczyk nicht daran gehindert hatte, ihn mitzunehmen? »Sag mir wenigstens, wie ich ihn erreiche. Wo wohnt er?«

»Irgendwo in Bochum.«

»Ich muss mit ihm reden. Gib mir seine Telefonnummer und die Adresse.« Frederike spürte, dass etwas nicht stimmte.

»Ich muss jetzt wirklich ins Bett. Die Nachtschicht war lang und anstrengend.«

»Was arbeitest du?«

»Frederike, bitte.«

»Kai, was stimmt nicht? Fährst du den Lkw mit dem Kennzeichen BO-KD 1357?« Manchmal folgte sie einer inneren Eingebung und schoss ins Blaue.

Kai blickte zur Seite, dann kurz zu ihr, dann auf den Boden.

Alles klar.

»Wie kommst du auf diese blöde Idee?«

»Wie geht es dir, nachdem dein Freund ermordet worden ist? Wir haben danach gar nicht mehr miteinander gesprochen«, wechselte sie unvermittelt das Thema.

»Wie soll es mir gehen? Das ist eine verdammte Kacke. Wer macht so was? Das ist doch nicht normal.«

»Da gebe ich dir recht.« Sie überlegte. »Hat er mit dir darüber gesprochen, was er herausgefunden hat? Mir gegenüber hat er nur eine Andeutung gemacht.«

»Nein.«

»Aber ihr habt doch noch am Abend ein Bier zusammen getrunken, bevor es passiert ist. Was hat er entdeckt?«

»Ich hab keine Ahnung.«

»Kai, was steckt dahinter? Red doch endlich.«

»Ich bin müde. Lass mich.«

»Wirst du bedroht? Hat man dir auch eine Ratte an die Tür gehängt?«

»Was für eine Ratte?«, fragte Kai, ohne zu zögern, und verließ das Wohnzimmer. »Mir wird das zu viel. Ich bin zu müde und kann dir nicht mehr folgen.«

Frederike erhob sich und ging ihm hinterher. Er stand an der Wohnungstür und öffnete sie, als er sie kommen sah.

Frederike sah ihm in die Augen. Versuchte es zumindest, doch er wich ihr ständig aus. »Ich komme sowieso dahinter. Also sagst du es mir lieber direkt, bevor die Polizei wiederkommt und dich dann für lange Zeit mitnimmt.«

»Frederike, lass es doch gut sein. Warum willst du Sachen wissen, die niemanden interessieren? Es war ein Unfall. Mach es gut.« Er öffnete die Tür.

»Nicht bei Thorsten. Er wurde brutal ermordet. Dein Freund.« Sie wartete einen Moment, doch es kam nichts. »Du machst einen Fehler. Ich weiß nicht, wo du hineingeraten bist. Aber du machst einen Fehler.«

»Was für ein Fehler soll das sein?«, fragte Kais Frau, die die letzten Stufen zur Wohnung heraufstieg und offenbar die letzte Bemerkung gehört hatte.

»Das sagt er Ihnen vielleicht selbst. Bewahren Sie ihn davor, eine Dummheit zu begehen. Sagen Sie ihm, dass er mit mir reden soll, damit er Ihre Zukunft nicht aufs Spiel setzt.«

»Sie wissen das?«, fragte sie spitz.

»Ja, das weiß ich. Sehr sicher weiß ich das.« Frederike verließ die Wohnung und ging an Frau Schumacher vorbei die Treppen nach unten. Noch bevor sie das Haus verließ, wusste sie, was sie bei ihrem Zechenbesuch irritiert hatte.

Sie rief bei der BLAG an. Der nette Herr Münsterländer nahm sich Zeit für sie, und so machte sie sich quer durch die Stadt auf den Weg dorthin.

»Dass wir uns so schnell wiedersehen, hätte ich nicht gedacht.« Er schien sichtlich erfreut zu sein, Frederike wieder begrüßen zu dürfen.

»Das sind komplizierte Zeiten.«

Sie setzten sich in einen Besprechungsraum, Frederike wurde mit Kaffee und Keksen bewirtet, und in der klimatisierten Luft ließ es sich gut aushalten.

»Ich will direkt zur Sache kommen. Wird Ihre Baustelle auf der Zeche Prosper-Haniel von der Sicherheitsfirma auch per Video überwacht? Können Sie alle Aktivitäten dort nachverfolgen?«

»Warum fragen Sie das? Stimmt etwas nicht?«

»Gibt es Aufnahmen?«, fragte sie unbeirrt.

Münsterländer musterte sie. »Wollen Sie uns in Ihrem Artikel etwas vorwerfen, wofür ich Ihnen die Beweise liefern soll?«

Frederike kam nicht drum herum, einen Teil der Wahrheit auf den Tisch zu legen und Münsterländer über ihre Nachforschungen zu informieren. »Herr Röttgen war ein lieber Freund, und ich kann und will es nicht akzeptieren, dass er durch einen Unfall gestorben sein soll. Dafür war ich zu lange bei der Polizei.«

»Das habe ich gehört«, sagte Münsterländer vielsagend. »Der Fall wurde doch abgeschlossen, wenn ich das richtig gelesen habe. Glauben Sie, die Polizei macht ihre Arbeit nicht?«

»Wenn ich Sie richtig interpretiere, scheuen Sie eine Antwort, was schon wieder eine Antwort ist.«

»Ich gebe zu, dass ich das nicht weiß. Mit diesen Details bin ich nicht vertraut. Das läuft über andere Abteilungen.«

»Wer kann mir dazu Auskunft geben?«

»Frau Stier, bitte. Wir haben die Ausschreibung über die Arbeiten auf Prosper-Haniel ordnungsgemäß verschickt, bewertet und nach bestem Wissen und Gewissen die Unternehmen ausgewählt. Wenn es dort etwas zu beanstanden gibt, sagen

Sie mir bitte, worum es geht, und ich werde mich darum kümmern.«

»Können Sie Ihren Kollegen fragen, der die Ausschreibung und Auftragsvergabe verantwortet hat?« Frederike spürte, dass sie nicht weiterkam.

»Sie fragen, weil Sie etwas vermuten. Können Sie mir sagen, worum es geht? Dann kann ich sehen, wie ich helfen kann.«

»Ich weiß nicht, ob ich einem Phantom hinterherlaufe oder es einen realen Hintergrund gibt. Bevor ich Gerüchte in die Welt setze, wäre eine Antwort auf meine einfache Frage, ob es eine Videoüberwachung auf der Zeche gibt, sehr hilfreich.«

Münsterländer sah sie kritisch an. »Sie sind tatsächlich so hartnäckig, wie man Sie mir beschrieben hat.«

»Eilt mir ein Ruf voraus?«

»Wenn ich es richtig verstanden habe, ist Donnerhall ein Flüstern dagegen.«

»Wie Sie sehen, bin ich stets bemüht, diesen Ruf zu rechtfertigen.«

»Erfolgreich.«

»Könnten Sie trotzdem bei der Sicherheitsfirma anrufen?«

Münsterländer nahm sein Telefon und hatte nach internen Nachfragen und Suchen von Nummern schließlich den richtigen Ansprechpartner bei der Sicherheitsfirma in der Leitung.

»Ja, die Baustelle wird rund um die Uhr überwacht«, berichtete der PR-Mann Frederike.

»Fragen Sie, ob die Aufzeichnungen gespeichert werden und, wenn ja, wie lange.«

Münsterländer fragte, hörte zu und sagte dann: »Eine Woche.«

»Wo kann ich die Aufnahmen ansehen?«

Münsterländer lachte, fragte aber dennoch nach. Nach einer kurzen Pause hörte er offenbar konzentriert zu und schüttelte den Kopf.

»Er schickt mir einen Link, unter dem ich mir gleich die Aufnahmen ansehen kann«, sagte er zu Frederike und konnte selbst nicht glauben, dass das möglich war.

»Man muss die Leute nur fragen, wenn man etwas wissen will. Ganz häufig bekommen Sie eine Antwort, die Ihnen weiterhilft.«

Kurz darauf erhielt er die angekündigte E-Mail. Er klickte den Link an und fand eine Liste mit den Aufzeichnungen, fein säuberlich nach Datum und Uhrzeit sortiert.

Frederike stand hinter Münsterländer und sah ihm über die Schulter.

»Wonach suchen Sie eigentlich, Frau Stier?«

»Ich weiß es selber nicht. Aber wenn ich es sehe, merke ich, dass ich es gefunden habe. Ich will nur sichergehen, dass ich nicht einen Ansatz außer Acht gelassen habe«, log sie. »Ich kann das auch alleine machen. Sie müssen nicht Ihre wertvolle Zeit verschwenden. Ich melde mich gleich wieder bei Ihnen.«

Münsterländer überlegte. »Meinen Laptop kann ich Ihnen nicht hierlassen.« Auf einem Sideboard stand ein anderes Gerät, das offenbar zur Ausstattung des Besprechungsraums gehörte. Er fuhr den Computer hoch, tippte die Adresse des Links ein, und schon saß Frederike am Bildschirm und konnte die Aufnahmen sichten.

Sie hätte nicht gedacht, dass man es ihr so einfach machen würde. Schon nach zehn Minuten war sie fertig. In jeder zweiten Nacht des Aufzeichnungszeitraums, also der letzten Woche, wurde um dreiundzwanzig Uhr ein Standbild angezeigt, das um fünf Uhr durch die Liveaufnahmen abgelöst wurde.

Bingo! Dort wurde etwas verheimlicht. Etwas, was niemand sehen sollte. Sie war auf dem richtigen Weg.

Herr Münsterländer zeigte sich überrascht, dass sie so schnell fertig geworden war. Frederike erklärte ihm, dass sie die Aufnahmen im Schnelldurchlauf gecheckt habe, aber keinen Hinweis habe finden können. »Ich habe mich wohl geirrt«, meinte sie mit gesenktem Kopf.

»Das tut mir leid. Andererseits bin ich auch erleichtert, dass wir nicht unwissentlich in etwas hineingezogen worden sind.«

Sie bedankte sich für die Unterstützung, versprach, sich

wieder zu melden, wenn es noch weitere Fragen gab, und verabschiedete sich.

Wenn die Zweifel einmal im Kopf waren, dann fiel es schwer, überhaupt noch jemandem zu vertrauen. Wie jetzt Münsterländer. Wusste er wirklich nichts, oder war er ein guter Schauspieler? Wenn er etwas geahnt hätte, dann wäre er nicht so hilfsbereit gewesen. Oder war er auf ihre Reaktion gespannt? Oder hatte gehofft, sie würde nichts bemerken?

Es war ein Teufelskreis.

Frederike ging nach draußen. Auf dem Vorplatz blickte sie in die Baumkronen. Die Sonne lachte ihr ins Gesicht, frech und aus einem blauen Himmel.

Sie sah auf ihr Smartphone. Nichts.

Vielleicht hatte Patrick noch eine Information.

»Frederike, ich kann jetzt nicht.«

Wenn er keine Zeit hatte, dann sollte er doch gar nicht erst abnehmen. »Sag mir wenigstens, was ihr im Mordfall Thorsten Stoffels habt.«

»Es war eine große Klinge, vermutlich Küchenmesser. Zuerst in die Niere, danach ins Herz. Keine verwertbaren Spuren, keine Hinweise auf seinem Computer. Sein Mobiltelefon haben wir nicht gefunden. Die Verbindungsdaten haben wir angefragt. Bei der Befragung von diesem Kai Schumacher hat Kowalczyk erfahren, dass sie noch, eine halbe Stunde bevor er ermordet wurde, telefoniert hatten. Sie hatten sich vorher getroffen und sich für den nächsten Tag verabredet. Schumacher musste den Termin verschieben. Was dir Stoffels sagen wollte, dazu haben wir keinen Hinweis gefunden. Schumacher weiß es auch nicht.«

Frederike kochte. Hatte Kai der Polizei mehr erzählt als ihr? Sie konnte es nicht glauben. »In welche Richtung ermittelt ihr?«

»Nachdem sein Kumpel, dieser Kai Schumacher, ein glaubwürdiges Alibi vorweisen kann, treten wir im Moment auf der Stelle.«

»In welche Richtung ermittelt ihr?«

»Raubmord. Wir haben kein Portemonnaie bei ihm gefunden.«

»Dass er mir etwas berichten wollte, ist kein stichhaltiges Motiv?«

»Die zeitliche Nähe kann Zufall gewesen sein.«

Patrick wich ihr aus. Irgendwas lief da.

»Im Fall Alexander habt ihr tatsächlich den Deckel draufgemacht?«

»Haben wir.« Patrick sagte das in einem Ton, dass auch ihr klar war, wie er das fand.

»Dann lass uns gemeinsam den Mörder finden. Du weißt doch auch, dass Alexander nicht gestürzt ist. Jeder weiß das.«

»Ich will nicht in den Ruhestand versetzt werden.«

Frederike schnaubte innerlich auf. »Wer steckt dahinter?«

»Potthoff hat das verkündet, und da frag ich nicht nach.«

Sie verkniff sich eine Bemerkung. »Dann belassen wir es dabei.«

Frederike packte ihr Smartphone weg und spürte endlich wieder den Kampfgeist, den sie glaubte eingebüßt zu haben. Sie war überzeugt, dass sie stichhaltige Hinweise besaß, die nur in die richtige Reihenfolge oder die richtige Zuordnung gebracht werden mussten. Auch wenn es im Moment nicht so aussah, sie würde eine Lösung bekommen.

Der Plan war schnell gemacht. Zuerst wollte sie bei Sandra vorbeischauen, dann zur Spedition Dahmen fahren. Sie wollte sich ein Bild davon machen. Wie das Speditionsgeschäft ablief und was dort los war.

In der Bahn war es brütend heiß. Zum Glück nutzten nur wenig Menschen dieses Transportmittel, sodass sie sitzen konnte. Ihre Beine klebten auf den Plastiksitzen, und am Rücken bildete sich sofort ein Schweißfilm. Bald fielen ihr die Augen zu, also döste sie eine Weile vor sich hin.

Wie es Hartmut wohl ging? Würde er ihr verzeihen, sie verstehen? Sie glaubte nicht daran. Als er in die Schusslinie geraten war, merkte er, dass Mörderjagen kein Spiel war.

Auf der anderen Seite musste sich auch der Täter überwunden haben. Es musste viel passieren, bis man das Leben eines anderen Menschen gewaltsam beendete. Beim einen mehr, beim anderen weniger, aber letztlich war es ein Gewaltverbrechen, das voraussetzte, dass jemand die ihm eigene Tötungshemmung überwand.

Deshalb glaubte sie nicht, dass Hartmut in Gefahr war. Er war unbeteiligt, in welches Wespennest Alexander auch gestochen haben mochte. Und sie.

Wenn sie selbst aber weiter auf Alexanders Spuren wandelte, dann drohte ihr vielleicht die gleiche Gefahr wie ihm.

30

Sandra war heute noch schlechter gelaunt als sonst, was sie, wie immer seit Alexanders Tod, an Frederike ausließ. Sie selbst empfand es als respektlos, wie Sandra mit diesem schutzbedürftigen Wesen in ihrem Bauch und mit ihr umging. Auch wenn ihr die letzte Phase vor der Geburt sehr zusetzte, musste Sandra nicht alles am Umfeld auslassen. Matze stand wie ein getretener Hund daneben und wartete offenbar auf ein Stichwort, um etwas tun zu dürfen.

Nachdem Sandra ihre Befindlichkeiten abgeladen hatte, fragte Frederike: »Hast du eigentlich mal Alexanders Ex-Frau kennengelernt?«

»Diese Zicke?«

»Ist sie das?« Sie hätte es sich denken können.

»Und wie sie das ist. Kennt nur ihre Spedition. Als wären ein paar Lkw und ihre Fahrer etwas Heiliges. Die sollte sich untersuchen lassen.«

»Sie ist mit ihrer Spedition doch ziemlich erfolgreich.«

»Hör mir auf. Die angelt sich immer irgendwo einen, der ihr die großen Aufträge zuschustert. Alexander hat mir davon erzählt.«

Jetzt musste sie vorsichtig sein, um nicht selbst in die Schusslinie zu geraten. »Das ist doch aber nicht verboten. Netzwerken gehört dazu und ist gang und gäbe in der Wirtschaft, soweit ich weiß.«

»Willst du mich so früh am Morgen schon ärgern, oder warum sprichst du die ganze Zeit von der?«

»Ich war nur neugierig«, wiegelte Frederike ab. Ihr reichte die Dosis Sandra für den Moment. »Ich muss dann auch wieder los. Kann ich etwas für dich tun? Brauchst du Hilfe?«

Sandra schüttelte den Kopf. »Matze ist da.«

Frederike sah zu ihm hin. Sein Blick verkündete laut und

deutlich, dass er lieber woanders wäre. »Melde dich bitte, wenn ich dich bei irgendetwas unterstützen kann«, sagte sie zum Abschied.

Sandra signalisierte mit einer erhobenen Hand, dass sie verstanden hatte und sich dafür bedankte.

Frederike nahm sie noch einmal in den Arm und ging. An der Haustür fragte sie beiläufig: »Hat sich Hartmut bei dir gemeldet?«

So schnell, wie sich Sandra ans Ohr fasste, schien ihr die Frage peinlich zu sein. »Wir haben gestern telefoniert. Nur kurz«, betonte sie.

Frederike weigerte sich, nicht kompliziert zu denken.

Auf dem Weg zur Straßenbahn ging Frederike Sandras Bemerkung zu Katharina Dahmen durch den Kopf. Dass die ein aktives Networking betrieb, war doch selbstverständlich und nicht illegal oder anstößig. Das gehörte zu jedem Geschäft dazu. Selbst sie hatte das mittlerweile verstanden.

Im Grunde hätte sie wissen müssen, dass es unsensibel war, Sandra auf Alexanders erste Frau anzusprechen.

Das Bürogebäude und die Werkstatt von »Dahmen Trans« befanden sich in Bochum-Werne in einem Industriegebiet. Als Frederike ankam, rollte ein Tanklaster vom Hof. Ein Arbeiter fuhr mit einer Kehrmaschine über den Parkplatz, weitere Lkw parkten an der Längsseite einer Lagerhalle. Das Firmenlogo prangte groß auf der Seite der glänzenden Röhren.

Sie ging zum Eingang, stieg die Stufen hinauf und fragte am Empfang nach der Firmenleiterin. Kurz danach stand Frau Dahmen vor ihr.

Von ihr ging heute eine frostige Aura aus. Doch mit dem Händedruck und einem »Guten Morgen, ich hoffe, es geht Ihnen gut« wurden ihre Gesichtszüge weicher, und ein Lächeln legte ihre Augen in Falten.

»Was verschafft mir die Ehre Ihres Besuchs?«

»Ich war in der Gegend, und da dachte ich, ich schaue einmal vorbei.«

Dahmen legte ihren Kopf schief und grinste. »Sie haben noch einen Versuch.«

»Ich hatte nichts anderes vor, und da hatte ich die Idee, mir mal Ihre Spedition anzuschauen.«

»Ist der Ruhestand so langweilig, oder jagen Sie doch noch Mördern hinterher?«

»Warum soll ich etwas jagen, was noch nicht einmal die Polizei für jagenswert hält? Wenn die Rechtsmedizin sagt, es war ein Unfall, dann wird es so gewesen sein.«

Frau Dahmen schien sich mit der Antwort zufriedenzugeben. »Ich würde Ihnen gerne einen Kaffee anbieten, aber ich habe gleich eine Sitzung.«

»Darf ich mich ein bisschen umsehen? Einfach, um einen Eindruck zu gewinnen.«

»Wenn Sie etwas Spezielles wissen wollen, kann ich jemanden bitten, mit Ihnen über den Hof zu gehen.«

»Danke, das wäre sehr nett.«

Frau Dahmen ging zu der Dame am Empfang. Frederike sah sich um. In Vitrinen standen verschiedene Modelllastkraftwagen, an der Wand hingen Fotos von den Fahrzeugen mit den Fahrern davor. Ein Gruppenbild mit schätzungsweise dreißig Mitarbeitern, die Chefin im Kostüm dazwischen, und alle streckten den Daumen in die Höhe.

Frederike drehte sich um. Dahmen hielt das Telefon ans Ohr. Ihre Gestik ließ vermuten, dass etwas nicht so lief wie gewünscht.

Frederike betrachtete die Zertifikate und Auszeichnungen. »Spedition des Jahres 2017«, eine Auszeichnung für umweltbewusstes Handeln, Seminarbescheinigungen. Sie fragte sich, ob diese Sachen bei der Entscheidung der Kunden für oder gegen eine Spedition relevant waren.

»Frau Stier, es tut mir leid. Ich muss weg. Es gab einen Unfall, und ich muss mich kümmern. Können wir den Rundgang verschieben? Melden Sie sich doch vorher an, dann nehme ich mir Zeit für Sie.« Dahmen war bereits zwei Schritte entfernt, als sie sich noch einmal umdrehte und sagte: »Wegen Samstag melden Sie sich? Ich warte darauf.« Sie setzte ein kurzes Lächeln auf, dann war sie weg.

Frederike verließ das Gebäude über den Hauptausgang. Insgeheim hoffte sie, noch auf den Hof zu kommen, um dort mit einem Angestellten reden zu können. Doch das Tor war zugefahren und der Hof menschenleer. Wahrscheinlich Mittagspause, vermutete sie nach einem Blick auf die Uhr.

Vergeudete Zeit.

Auf der gegenüberliegenden Straßenseite sah sie den roten Golf. Sie ging hin und spähte ins Innere. Doch dort lag nichts Auffälliges.

Sackgassen, wohin sie ihren Blick richtete.

Auf dem Weg zur nächsten Straßenbahnhaltestelle fasste sie einen Entschluss. In der kommenden Nacht würde sie zur Zeche Prosper-Haniel fahren, um sich dort selbst ein Bild zu machen. Es konnte und durfte nicht sein, dass sie nicht weiterkam. Ihr kriminalistischer Instinkt sagte ihr, brüllte ihr zu, dass in diesem Fall mehr steckte als ein Unfall.

Sie rief Hartmut an, während sie auf die Bahn wartete. Seine Mailbox informierte sie, dass er gerade nicht erreichbar war. Sie hinterließ die Nachricht, dass sie oft an ihn denke und sich über ein Zeichen von ihm freuen würde.

Der Wind frischte auf und brachte etwas Erleichterung bei der Schwüle. Aus jeder Pore floss der Schweiß, und alles klebte am Körper. Das war nicht ihr Wetter.

Kurze Zeit später saß sie im Museum Folkwang und betrachtete das Munch-Gemälde. In den letzten Wochen war sie regelmäßig hier gewesen. Dann saß sie vor dem Bild »Die Einsamen« und ließ ihren Blick und ihre Gedanken einfach darin versinken. Hier konnte sie zur Ruhe kommen und entspannen. Eine Ironie des Schicksals, dass ausgerechnet die Maler, die sie lange als Scharlatane abgetan hatte, sie so eingefangen hatten.

Dazu kam, dass das Museum herrlich klimatisiert war und damit einer der wenigen Orte, an denen sie nicht ständig schwitzte oder vom Regen durchnässt wurde.

Außerdem fand sie das Bild immer noch wunderschön. Diese elegante Frau im weißen Kleid. Wahrscheinlich spürte sie den warmen Sand des Strandes zwischen den Zehen. Einfach dazustehen und in die Ewigkeit zu schauen musste herrlich sein. Der Mann im schicken schwarzen Anzug hinter ihr. Die Vorstellung, es ist jemand da, der dir zur Seite steht, dich nicht alleinlässt, löste wieder dieses Gefühl der Einsamkeit bei ihr aus, das schon ihr Leben lang, vor allem aber seit Moritz' Tod bereitstand, um sich auf sie zu stürzen. Deshalb war das Bild für sie auch ein Sinnbild ihres Lebens geworden.

Als könnte das Gemälde, nur weil es diese Emotionen bei ihr auslöste, einen Hinweis liefern, wie der Fall zu klären war, sah sie genauer hin. Musterte die Details wie einen Tatort.

»Entschuldigen Sie, wenn ich Sie anspreche.« Ein bärtiger Mann vom Wachpersonal hatte sich angeschlichen. »Ich habe Sie gelegentlich vor diesem Bild gesehen.« Er war auf eine sympathische Art unsicher. »Wenn Sie Munch mögen, in Düsseldorf wird es ab Oktober im K20 eine Munch-Ausstellung geben. Vielleicht interessiert es Sie.«

Frederike bedankte sich für die Information, wobei sie sich ärgerte, aus ihren Gedanken gerissen worden zu sein. Der Wachmann hatte es gut gemeint. Von der Ausstellung hatte sie tatsächlich noch nichts gehört. Ein Besuch dort wäre etwas, was sie gut mit Hartmut unternehmen könnte, wenn …

Sie sah wieder zum Bild, dachte an den Tipp – und sprang auf. Sie holte an der Garderobe ihren Rucksack und suchte Katharinas Spedition im Netz. Endlich hatte sie Glück. Es gab eine Rubrik mit Referenzen. Sie überflog die Kundenliste, und als sie den Namen des Unternehmens las, stellte sie zufrieden fest, dass ihr Gehirn immer noch die richtigen Verbindungen herstellte.

Sie rief die Seite des Unternehmens auf, und eine Stunde

später saß sie auf einem bequemen Freischwinger im Besprechungszimmer des Geschäftsführers. Wie schön, dass das Leben es ihr einmal einfach machte.

Frederike hatte beschlossen, nicht leise und vorsichtig das Gespräch zu führen, sondern provokativ. Deshalb fiel sie mit der Tür ins Haus. »Ich habe gehört, dass es bei Ihrer Müllverbrennungsanlage zu Unregelmäßigkeiten bei der Giftmüllentsorgung kommt. Was sagen Sie dazu?«

Der Mann nahm, ohne etwas zu erwidern, den Telefonhörer in die Hand, sagte zu jemandem: »Frau Stier möchte zum Ausgang begleitet werden«, stand auf und verließ das Zimmer.

Die Assistentin erschien in der Tür und erwartete sie. Gemeinsam gingen sie durch den langen Flur zum Aufzug. An den Wänden hingen Fotos der Anlage, aus der Luft, aus unterschiedlichen Perspektiven, mal in der Totalen, mal Details. Alles auf Hochglanz und picobello. »Es ist beeindruckend, wenn man sieht, was aus meinen Abfällen wird.«

Die Frau marschierte wortlos vor ihr her.

»Arbeiten Sie schon lange hier?«, versuchte es Frederike erneut.

Die Frau ging stur weiter.

Frederike gab nicht auf. »Er scheint ein strenger Chef zu sein.«

Keine Reaktion.

»Ich wollte ihn nicht verärgern. Ich habe mich im Ton vergriffen. Das war unhöflich. Eigentlich bin ich nicht so forsch. Würden Sie ihm bitte sagen, dass es mir leidtut und ich mich für die Unterstellung entschuldige?«

Jetzt sah die Frau interessiert aus. »Was haben Sie ihm denn unterstellt?«

»Dass es bei der Entsorgung der giftigen Rückstände in Ihrer Anlage zu Unregelmäßigkeiten kommt«, griff sie die Nachfrage sofort auf.

Die Frau lachte. »Das erklärt es.«

»Können Sie mir auf die Sprünge helfen?«

»Vor einer Woche war schon einmal jemand hier und hat deswegen nachgefragt. Bei ihm hat Herr Engel das Gespräch ebenfalls abgebrochen.«

»Herr Röttgen? Groß und kräftig?«

»Ja, kann sein.«

Sie erreichten den Aufzug.

»Aber wie kommen Sie auf die Idee, dass etwas nicht stimmt? Bei uns wird alles akribisch dokumentiert, wir arbeiten mit einem seriösen Entsorgungsbetrieb zusammen, hier läuft alles ordnungsgemäß.«

»Wer organisiert denn die Entsorgung des Giftmülls?«

»Da ist schon Ihr Aufzug. Ich wünsche Ihnen noch einen angenehmen Tag.« Damit zeigte die Frau mit einer dezenten Handbewegung in die Aufzugskabine. Frederike betrat sie, und im nächsten Moment verschwand die Sekretärin hinter den sich schließenden Türen.

Noch bevor sie wieder auf die Straße trat, klatschte sie in die Hände. »Schweigen ist nicht immer Gold.«

31

Was für ein Tag. Frederike stand an der Fußgängerampel und wartete auf Grün. Sie dachte zurück und war zufrieden, weil sie endlich einen großen Schritt weitergekommen war.

Grün.

Sie ging los. Wenn sie heute Nacht noch die Bestätigung –

Eine Hupe. Eine Hand an ihrer Schulter. Quietschende Reifen. »Achtung!«

Bevor sie realisierte, was gerade passierte, lag sie in den Armen eines wildfremden Mannes. »Sie müssen aufpassen.«

»Es war grün!«

»Das hat den aber nicht interessiert.« Er zeigte dem Wagen hinterher. Ein roter Golf raste mit aufheulendem Motor die Straße hinunter.

»Danke. Ich war in Gedanken. Vielen Dank.«

Morgen würde sie an der Schulter einen blauen Fleck haben, so heftig hatte der Mann zugepackt. Sie drehte sich noch einmal zu ihm um. »Haben Sie den Fahrer vielleicht gesehen? Oder das Kennzeichen?«

»Ich hatte genug mit Ihnen zu tun.« Er schien noch immer schockiert zu sein.

»Nochmals vielen Dank. Meine Schuld.« Nun hatte sie es ausreichend oft gesagt und machte sich davon.

Dieser Beinaheunfall war kein Zufall. Für sie stand fest: Sie kam jemandem sehr nah. Womöglich hing gleich wieder eine Ratte an ihrer Tür.

Während sie die Treppen zu ihrer Wohnung hinaufstieg, überlegte sie, ob sie die Polizei einschalten sollte. Es war nichts passiert, ihr war nichts passiert. Wozu sollte sie eine Anzeige gegen unbekannt erstatten?

Ihr Telefon klingelte. Jemand aus dem Polizeipräsidium.

»Frederike, schön, dass ich dich gleich dranhabe.« Julian mit einer süßen Stimme, die er nur einsetzte, wenn er eine Gemeinheit loswerden wollte.

»Ich habe gerade gar keine Zeit. Können wir –«

»Es geht auch schnell. Morgen früh, zehn Uhr, hier im Präsidium. Es liegt eine Anzeige gegen dich vor, und wir brauchen deine Aussage. Sei pünktlich.«

Wer könnte sie angezeigt haben? Münsterländer wahrscheinlich nicht. Blieb die Müllverbrennung. Weshalb? Sie hatte nur eine Frage gestellt. Also war es Schikane, und jemand ließ seine Muskeln spielen. Der Befragung konnte sie sich nicht entziehen, wenn sie zusätzlichen Ärger vermeiden wollte.

Sie bohrte nach, worum es ging und ob nicht ein Kollege zu ihr kommen könnte oder sich der Termin verschieben ließ. Julian ging nicht darauf ein. »Dann bis morgen.« Sie schloss die Haustür auf und machte sich an den Aufstieg.

Angekommen, inspizierte sie zuerst die Wohnungstür auf Auffälligkeiten. Sie sah aus wie immer. Keine Ratte, kein beschädigtes Schloss, keine Botschaft. Sie öffnete und betrat die Wohnung. Im Badezimmer war alles in Ordnung. Die Küche war, wie sie sie verlassen hatte. Im Wohnzimmer war es so unerträglich heiß wie die ganzen letzten Tage. Das Bett hatte sie am Morgen nicht gemacht. Im Flur streifte sie die Schuhe ab.

Jetzt eine kalte Dusche, dachte sie und ging zurück ins Schlafzimmer.

Sie zog gerade das Poloshirt über den Kopf, als die Türklingel schrillte. Auf den Schreck raste ihr Herz. Sie zog das Shirt wieder an und ging zur Tür.

»Ah, Herr Krasimow. Geht es Ihnen gut? Und der kleinen Svetlana?« Ihr Herz beruhigte sich wieder.

Der Nachbar von unten stand vor ihr und hielt ein Paket in der Hand. »Uns gehen alle gut. Viel Spaß mit Kleine. Viel lebhaft. Aber schön.« Er streckte ihr das Paket entgegen.

Sie sah sofort, dass keine Adresse aufgeklebt war, auch kein Porto. Ein braunes Paket, mit Klebestreifen verschlossen.

»Wer hat das abgegeben?«

»Junge Mann. Noch nie sehen hier. Nur gesagt, für Sie, und weg.« Sie liebte ihren Nachbarn mit dem derben russischen Akzent.

Dieses anonyme Paket sah suspekt aus. Ohne Hinweis auf den Absender. Sie nahm es dennoch entgegen, bedankte sich und wünschte Krasimow noch einen schönen Tag. »Grüßen Sie Ihre Frau und drücken Sie Svetlana von mir.«

Er nickte und stieg die Stufen hinunter. Fast glaubte sie, dass er froh war, das Paket los zu sein.

Es war offensichtlich: Jemand fuhr die Krallen aus. Julian bestellte sie ins Präsidium. Die Ratten. Jetzt das Paket. Vielleicht war sie aber auch paranoid.

Mit dem Paket ging sie ins Wohnzimmer und setzte sich in den Sessel. Es lag auf ihrem Schoß. Wenn sie jetzt das Ohr auf die Pappe legte oder das Paket schüttelte, wäre das wie in einem billigen Krimi. Sie roch daran. Eine tote Ratte? Das Paket tickte nicht und machte auch sonst keine Geräusche. Sie nestelte am Klebeband, fand aber keinen Ansatz, um es aufzuziehen. Professionell verklebt. Dann musste sie wohl ein Messer holen. Sie nahm das Paket mit und stellte es in der Küche auf den Tisch.

Ihr Smartphone klingelte. Sie verdrehte die Augen und meldete sich.

»Hallo«, rief sie. »Wer ist da?« Sie nahm das Telefon vom Ohr und sah aufs Display. Hartmut. »Hartmut, was ist los?«

Keine Antwort.

Sie sah wieder auf das Smartphone. Die Verbindung war unterbrochen.

Sie wählte augenblicklich seine Nummer, doch es meldete sich, wie sie befürchtet hatte, die Mailbox.

Sie konzentrierte sich. Wären es normale Umstände, sie würde einen plausiblen Grund für die Unterbrechung finden. Gerade liefen jedoch die wüstesten Bilder in ihrem Kopf ab.

Ihr Herz raste. Sie füllte ein Glas mit Wasser und trank es in großen Schlucken leer. Sie wählte nochmals seine Nummer.

Nichts. Also Festnetz. Sie zählte die Klingelzeichen mit. Nach zwölf beendete sie die Verbindung.

Sie lief durch die Küche, sah an die Decke, auf die schwarzweißen Fliesen, an die Decke. Was hatte sie gehört?

Sie rief im Präsidium an. »Kowalczyk, kam gerade ein Notruf rein? Ein Unfall? Irgendwas? Mit Hartmut Lautenschläger?«

»Beruhige dich, Frederike. Ich seh nach.«

Zum Glück hatte er sofort gemerkt, dass es ihr wirklich wichtig war, und nicht lange nachgefragt. Trotzdem dauerte es gefühlte Stunden, bis er sich wieder meldete.

»Moment.« Diese Stille kratzte an ihren Nerven. »So, jetzt. Vor fünf Minuten wurde ein Unfall gemeldet. Ein Lkw hat einen Fahrradfahrer angefahren. Unfallflucht.«

»Wer wurde angefahren? Wo?«

»Namen habe ich keinen. Das war in Kettwig.«

Wo Hartmut wohnte.

»Weißt du Näheres?«

»Notarzt und Streifendienst sind vor Ort. Einzelheiten habe ich keine.«

»Kannst du –«

»Frederike.«

»Wo bringen sie ihn hin?«

»Ich vermute, nach Werden.«

»Danke.«

»Aber wie –«

Sie drückte das Gespräch weg, gab »Krankenhaus Essen Werden« in die Suchmaschine ein und wählte die Nummer.

Nach dem zweiten Rufton klingelte es an ihrer Haustür.

»Was ist denn heute nur los?«, fluchte sie leise und ging nach draußen.

»Krankenhaus Essen-Werden«, hörte sie eine Stimme.

»Moment«, erwiderte sie und riss die Tür auf. Bevor sie etwas sagen konnte, lag eine Hand auf ihrem Mund.

32

»Du hörst mir jetzt genau zu. Nicke, wenn du mich verstanden hast.«

Frederike zuckte nur leicht mit dem Kopf. Einen Diener vor diesen vermummten Typen zu machen widerstrebte ihr zutiefst. Was sollte sie aber tun, mit Klebeband über dem Mund und die Hände auf den Rücken, die Füße an die Stuhlbeine gebunden?

»Dein Freund ist in einer ähnlichen Lage wie du jetzt. Wenn du nicht aufhörst, dich in Sachen einzumischen, die dich nichts angehen, dann tun wir ihm weh. Sehr weh. Bis du aufhörst. Hast du mich verstanden?«

Hartmut hatte keinen Unfall. Sie schloss die Augen und dankte allen, die dafür empfänglich waren.

»Ob du mich verstanden hast?«

Sie riss die Augen auf und funkelte diesen Klotz von einem Mann an. »Mh, mh, mh, mh, mh!«

»Nicke, wenn du verstanden hast!«, bellte er sie an.

Der Zweite stand hinter ihr und drückte ihren Kopf nach vorne. »Geht doch«, lachte er und schlug noch einmal zu.

Der erste Kerl nahm ihr Gesicht zwischen Daumen und Zeigefinger, dass sie ihn direkt ansehen musste. »Das hier ist kein Spaß. Und bei einer alten Frau lassen wir es dann wie einen Unfall aussehen. Glaub mir, wir können so was.«

»Mh!«

»Genau, und es tut auch bei dir richtig weh.« Die beiden lachten.

»Noch einmal, damit wir ganz sicher sind, dass wir uns verstanden haben. Du hörst ab sofort auf, dich in Dinge einzumischen, die dich nichts angehen. Nicke, dass du dich daran hältst.«

Sie sah dem Kerl in die braunen Augen.

»Ruf an und sag ihm, er soll diesem Hartmut einen Finger brechen.«

Der Mensch, der hinter Frederike stand, nahm sein Telefon aus der Hosentasche und drückte drauf herum. »Hör zu. Die Alte macht Zicken. Brich ihm einen Finger, dass sie merkt, dass der Spaß vorbei ist.«

»Mh, mh, mh, mh!« Dabei nickte Frederike wild mit dem Kopf und fühlte sich gedemütigt und schwor Rache bis zum Jüngsten Tag.

»Ist gut. Lass es bleiben.« Er steckte das Handy weg.

»Warum musst du die Heldin spielen? In deiner Position ist das die ganz falsche Entscheidung.« Der Kerl lachte unter der Sturmhaube ein ganz dreckiges Lachen. »Wir müssen jetzt leider los.« Er stellte sich noch näher vor sie und schnüffelte. »Findest du nicht auch, dass es hier stinkt?« Er sah seinen Kumpel an.

»Ganz erbärmlich stinkt es hier.«

Frederike schwante Böses. Sie hatte es noch nicht zu Ende gedacht, da schnitten die Kerle die Kabelbinder an den Füßen durch, packten sie an den Armen und zerrten sie ins Badezimmer. Dort hievten sie sie in die Wanne, drehten das kalte Wasser auf und drückten den Hebel. Im nächsten Moment regnete es aus dem Duschkopf auf sie herab.

»Das hilft dir beim Nachdenken.« Dann verließen sie feixend die Wohnung.

Während das kalte Wasser über ihren Körper lief, sie kniend in der Wanne saß, den Knebel im Mund und die Hände noch immer auf dem Rücken fixiert, stieg eine unbändige Wut in ihr auf. Das musste Kais Bruder gewesen sein. Sie würde ihn kriegen.

Draußen fuhr ein Streifenwagen mit Blaulicht. Plötzlich verstummte das Martinshorn. Bestimmt hatte er vor ihrem Haus gehalten.

Mühsam schaffte sie es, ein Bein unter den Körper zu ziehen. Sie wollte sich hochdrücken, als sie Gepolter im Treppenhaus hörte. Es klingelte an der Haustür. Jemand schlug dagegen und rief: »Hallo! Polizei!« Sie hörte, wie die Tür aufschwang. Schritte. »Hallo!«

Offenbar hatten die Kerle die Wohnungstür nicht richtig zugemacht. Frederike wollte mit dem Wasser durch den Abfluss verschwinden. Wenn diese Typen wenigstens den Duschvorhang zugezogen hätten. Was für eine Schmach.

Die Schritte gingen mal hierhin, mal dorthin, bis Frederike sich durch ihren Knebel hindurch bemerkbar machte. Dann tauchten erst zwei Pistolen, danach zwei Gesichter, ein weibliches und ein männliches, in der Badezimmertür auf. Die Frau eilte zu ihr und drehte das Wasser ab, bevor sie ihr den Knebel aus dem Mund nahm.

Nachdem Frederike sich gleich zu Beginn als ehemalige Kollegin zu erkennen gegeben hatte, entspannten sich die beiden. Während Frederike sich umzog, legte sie sich eine Geschichte zurecht. Sie erzählte der Beamtin, die das Protokoll aufnahm, dass sie den Angreifern ahnungslos die Tür geöffnet habe und die sofort nach Geld verlangt hätten. Da sie jedoch geantwortet habe, dass sie niemals Bargeld in der Wohnung aufbewahre, hätten die Eindringlinge sie an Händen und Füßen gefesselt und zudem geknebelt und angefangen, die Schubladen zu durchsuchen. Über den mangelnden Erfolg seien sie irgendwann so frustriert gewesen, dass sie ihr die Kabelbinder an den Füßen durchgeschnitten und sie in die Wanne gesetzt hätten.

Frederike hatte aus ihrer Sicht eine schauspielerische Glanzleistung hingelegt, außerdem hatten die Polizisten die durchgeschnittenen Kabelbinder gefunden. Bestimmt gab es deshalb kaum Nachfragen. Die beiden waren definitiv noch unerfahren. Was für ein Glück, dachte Frederike.

»Aber wieso seid ihr eigentlich gekommen?«, fragte sie in dem Gefühl, die beiden bald los zu sein und sich wieder dem Fall widmen zu können.

»Uns hat das Sankt-Josef-Krankenhaus angerufen und über

deinen Anruf dort informiert. Sie meinten, dass dabei etwas nicht stimmte«, sagte der Streifenbeamte. »Die haben uns die Telefonnummer gegeben, und so sind wir jetzt hier.«

Die junge Frau, vielleicht noch in der Ausbildung, sah Frederike an. »Nach deiner Beschreibung waren das kräftige Männer, Mitte dreißig, Lederkluft. Das klingt nach Motorradgang. Westen hatten sie keine an?«

»Nein.« Frederike ahnte, worauf er hinauswollte.

»Meinst du, eine Motorradgang überfällt Frauen in ihrer Wohnung, um an Geld zu kommen?«, bohrte die Polizistin, Leonnie, nach, wobei sie den Augenkontakt zu ihrem Kollegen suchte.

Da blieb Frederike nur eine Möglichkeit. Sie schnellte hoch und stemmte die Hände in die Seiten. »Willst du damit andeuten, dass ich lüge? Oder dement bin und nicht mehr weiß, wer mich überfallen hat?«

Leonnie sah Frederike an. »Ich versuche nur, mir ein Bild zu machen. Dabei fällt es mir schwer, mir Rocker vorzustellen, die Bargeld wollen. Und nach dem Durchstöbern von Schubladen wieder alles aufräumen.« Sie machte eine kurze Pause. »Wer hat dich überfallen? Ich glaube, du weißt mehr, als du uns sagst.«

»Wie lange bist du dabei?«

»Frederike.« Der Mann, Hans-Peter, legte ihr die Hand auf den Arm. »Keiner will dir unterstellen, dass du bewusst eine falsche Geschichte erzählst. Aber du kennst das. Bevor wir anfangen, eine Fahndung rauszugeben, müssen wir sicher sein, dass wir nach den Richtigen suchen.«

Es tat ihr nun selbst leid, dass sie die beiden belügen musste. Doch wenn man damit angefangen hatte, musste man bei der Geschichte bleiben. Egal, wie unglaubwürdig sie war.

»Können wir deine Geldbörse mitnehmen? Vielleicht finden wir Fingerabdrücke darauf?« Leonnie sah sie mit einem zuckersüßen Lächeln an.

Verdammt! Wenn sie jetzt ihr Portemonnaie aus dem Rucksack holte, war alles klar.

Während sie noch mit verzweifeltem Gesichtsausdruck nach einem Ausweg suchte, sagte Hans-Peter: »Lass gut sein. Willst du eine Anzeige erstatten?«

Sie verständigten sich darauf, dass es falscher Alarm gewesen sei.

An der Tür sagte Hans-Peter: »Ich weiß nicht, wo du reingeraten bist, aber da scheint jemand keinen Spaß zu verstehen. Wenn die Wanne voll ist und dein Kopf am Abfluss liegt, kommen wir zu spät. Willst du nicht doch mit uns reden?«

Frederike lehnte dankend ab.

»Pass auf dich auf«, sagten die zwei im Chor und zogen ab.

Hätte sie auf all die guten Ratschläge der Kollegen gehört, sie wäre nicht die Frederike geworden, als die sie aus dem Polizeidienst ausgeschieden war.

33

»Was ist denn passiert?«

»Lass gut sein, Kowalczyk. Zwei Typen waren bei mir, die etwas von mir wollten.«

Der alte Kowalczyk bekam in der Leitstelle alles mit, was reinkam, und wenn ihr Name dabei fiel, dann sprangen auch seine Alarmglocken an. Deshalb hatte er sofort angerufen. »Du kannst es nicht lassen, was? Kevin hat mir von dem Fall erzählt. Komische Geschichte. Rührst du dadrin rum?«

»Der Tote war ein Freund, er wurde ermordet.«

»Ich dachte, es war ein Unfall.«

»Offiziell ja. Du siehst, was passiert, wenn man nicht an die offizielle Version glaubt.«

»Soll ich Kevin –«

»Kein Wort. Ich rede nie wieder mit dir, wenn du das tust. Der soll weiter an den Unfall glauben. Für seine Karriere ist das auch besser.«

»Glaubst du wirklich, dass mehr dahintersteckt?«

»Ich kann es noch nicht beweisen.« Genug geplaudert. »Ich muss jetzt los. Danke, dass du dir Sorgen machst. Aber mir geht es gut. Schönen Abend.«

Sie legte den Kopf auf die Sessellehne und sah zur Decke. So ein Mist. Hatten die tatsächlich auch Hartmut gekidnappt? Sie wählte seine Nummer.

»Was willst du?«

Ihr fiel ein Stein vom Herzen. »Es ist so schön, deine Stimme zu hören. Ich habe mir solche Sorgen –«

»Jetzt auf einmal?«

Bei Frederike dämmerte es. »Hast du mich vorhin angerufen?«

»Ich habe das Handy in meine Hose gesteckt, und da muss ich auf die Anruftaste gekommen sein.«

Frederike wollte es akzeptieren. »Dir geht es gut? Du hattest keinen Besuch?«

»Ich habe mich mit meiner Tochter getroffen. Was ist los?«

»Ich wollte nur fragen –«

»Vergiss es. Solange du deine Nase in die Polizeiarbeit steckst, bleibe ich dir fern.«

Sie unterbrach die Verbindung, bevor es böse Worte geben würde. Tränen schossen ihr in die Augen. Ein riesiger Kloß saß ihr im Hals. Es war ihm nichts passiert. Die Erleichterung ließ ihre Knie weich werden.

Sie zog die Nase hoch und wischte sich mit dem Handrücken die Tränen weg. Sie sah ihn vor sich, mit dem karierten Hemd und seinen Hosenträgern in der Reha am Frühstückstisch. Ein gemeinsamer Spaziergang an der Ruhr. Im Kino »Parasite« gesehen. Das Zechenfest?

Sie putzte sich die Nase.

Dann stand sie auf und ging ins Badezimmer, wütend, dass sie sich von diesen zwei Typen so hatte bluffen lassen.

Als sie sich das Gesicht wusch, versuchte sie bereits, das Positive zu sehen: Hartmut war nichts passiert.

Nach der »Tagesschau« inklusive Wetterbericht schaltete sie den Fernseher aus. Sie sollte ihren Ausflug planen. Denn von nun an musste sie doppelt vorsichtig sein. Jemand beschattete sie und schreckte nicht davor zurück, sie körperlich zu bedrohen. Das stellte eine neue Dimension dar. Selbst im aktiven Dienst war so etwas nicht vorgekommen. Aber gut, sie lernte ja immer und gerne etwas dazu.

Sie beschloss, dass sie nicht so offensichtlich als Frederike Stier das Haus verlassen würde. Einen verschlissenen Trenchcoat besaß sie noch, vielleicht fand sie auch eine Mütze. Ein Stock für eine gebeugte Haltung lehnte im Abstellraum an der Wand. Bevor sie dreißig Minuten später das Haus durch den Hinterausgang verließ, schaltete sie den Fernseher wieder ein.

Ihren Rucksack hatte sie durch ein Einkaufsnetz ersetzt, in

das sie leere Bierdosen und eine Wasserflasche gepackt hatte. Als sie aus dem Bus stieg, war es bereits einundzwanzig Uhr.

Auf der Landstraße Alter Postweg, kurz vor der Haltestelle, hatten sie eine Baustelle eingerichtet. Eine Fahrspur war gesperrt, und eine Ampel regelte jetzt den Verkehr. Sie fragte sich, welchen Sinn das abends und nachts auf dieser kaum befahrenen Straße machte.

Sie sah auf die Uhr und stellte fest, dass sie viel zu früh dran war. Trotzdem ging sie zum Zechengelände von Prosper-Haniel. Der Einfahrt zum Zechengelände gegenüber stieß ein asphaltierter Feldweg auf die Landstraße. Sie bog auf diese Straße ab. Nach wenigen Metern standen links Bäume. Unter einen setzte sie sich, den Trenchcoat als Sitzkissen nutzend. Mit dem Rücken gegen den Stamm gelehnt, behielt sie die Zeche immer im Blick.

Zur Sicherheit kontrollierte sie ihr Smartphone – es war aufgeladen und zum Fotografieren und Filmen bereit.

Hoffentlich war es bald dreiundzwanzig Uhr.

Auf dem Feld nebenan stand der Mais mannshoch. Die Kolben waren zu erkennen.

Kaum kam sie zur Ruhe, hörte sie bereits diesen hohen Ton der beutesuchenden Stechmücken. Dann saß auch schon die erste auf ihrem Arm. Sie spürte eine zweite im Nacken, die dritte setzte sich auf die Wange – sie war eine zu leichte Beute. Der feuchte Boden, das heiße Wetter, beste Voraussetzungen für eine ungehemmte Vermehrung dieser Biester. Also stand sie auf, schnappte ihren Mantel und stapfte die Straße Richtung Haseken entlang.

Kaum hatte sie einige Meter hinter sich gebracht, als ein tiefes Grollen die Vögel erschreckte. Sie war über dieses Stadium hinaus. Die Blitze waren vertraut. Sie war versucht, die Arme auszubreiten, um den sicherlich gleich fallenden Regen zu begrüßen. Doch er kam nicht.

Sie beschloss, die Umgebung näher zu erkunden. Nach hundert Metern fand sie die Zufahrt zu einem Parkplatz. Am rechten

Ende sah sie den Bauzaun, der den Zugang zu der Fußgängerbrücke über die Landstraße versperrte. Eine Herausforderung, der sie nicht widerstehen konnte. Schnell hatte sie zwei Gitterteile so verschoben, dass sie sich dazwischen durchquetschen konnte. Geduckt schlich sie vorwärts. Von der erhöhten Position sah sie noch viel besser, was auf dem Zechengelände passierte.

Dort wurde emsig gearbeitet. Männer liefen umher, prüften das Silo, die Sandhaufen, schauten nach den Schläuchen. Alles unaufgeregt, routiniert, es schien nach Plan zu laufen.

Sie machte einige Aufnahmen, filmte kurz die Arbeiten und schlich zurück. Sie beschloss, sich zwischen den Bäumen zu verstecken, die den Parkplatz vor der Landstraße abtrennten.

Das war perfekt, denn so musste sie nicht offen auf der Straße gehen und war der Zufahrt zur Zeche noch ein Stück näher. Die Bäume standen dicht, zusätzlich schützten sie Büsche davor, entdeckt zu werden. Also ideal für ihre Observation.

Um Punkt dreiundzwanzig Uhr rollte der erste Lkw an. An der Einfahrt flammte ein Strahler auf. Der Wachmann trat aus seinem Haus, redete mit dem Fahrer, ging zurück, und kurz darauf fuhr das Tor zur Seite hin auf.

Die runde Tonne auf dem Anhänger glänzte im Licht der Straßenlaternen. Als das Tor vollständig geöffnet war, lenkte der Fahrer das Fahrzeug auf den Hof.

Frederike schoss die ersten Aufnahmen. Zoomte den Lkw heran, versuchte den Fahrer zu erwischen – Mist – und wechselte dann in den Videomodus.

Der Fahrer erreichte seinen Bestimmungsort und sprang aus dem Lkw. Mit einem freundschaftlichen Handschlag begrüßte ihn ein Arbeiter. Ein zweiter Lkw rollte die Straße herauf und fuhr auf das Gelände.

Unter dem Förderturm – er war circa hundertfünfzig Meter von Frederike entfernt – standen die Männer zusammen und tranken nun Kaffee. Es schien keine Eile zu geben.

Frederike hielt alles fest, auch wenn die Personen klein und hinterher nicht zu identifizieren waren.

Nachdem die Männer die letzten Tropfen Kaffee aus den Bechern geschüttelt hatten, gingen sie an die Arbeit. Sie kuppelten Schläuche an den Lkw und verbanden sie mit anderen Schläuchen, die in einem Loch im Boden verschwanden.

Der erste Laster verließ nach einer halben Stunde das Gelände und fuhr davon. In regelmäßigen Abständen trafen weitere Lkw ein, während leere davonfuhren. Immer die gleichen Aufbauten, immer der gleiche Ablauf.

Von ihrem Versteck aus erkannte Frederike problemlos die Kennzeichen der Lkw, die sie akribisch in ihr Buch schrieb. Nach einer guten Stunde besaß sie ausreichend Aufnahmen und Filme der Laster und der Arbeiter. Was ihr fehlte, war das Wissen, was dort passierte. Sie ging davon aus, dass etwas Illegales stattfand, denn es passierte nachts, und dafür wurden die Überwachungsvideos manipuliert. Es war wahrscheinlich, dass es mit Umweltverschmutzung zu tun hatte.

Sie holte den Trenchcoat aus dem Rucksack, streifte die Strickmütze über, nahm feuchte Erde und rieb sie auf die Wange, bevor sie auf den Stock gebeugt über die Straße und zum Tor humpelte.

»Hier kannst du nicht schlafen«, sprach der Wärter sie an.

»Ganz schön Betrieb hier. Kein Feierabend?«, krächzte sie.

»Nachts kommt immer wieder Ware. Das ist normal.«

»Die ist heiß, was?« Sie grinste schief.

»Sonst käme sie tagsüber.«

»Krieg ich ’nen Kaffee?«

Der Mann sah sich um. »Schwarz.«

»Egal.«

Er holte einen Plastikbecher und füllte Kaffee hinein, der auf einer Maschine vor sich hin gammelte.

»Danke.« Sie nippte. »Clever, in dem Loch Dreck verschwinden zu lassen.«

Er hob die Schultern. »Was treibt dich hierher?«

»Hab Stress in der Stadt. Will mal meine Ruhe.«

Er lachte. »Da bist du hier falsch.«

»Macht ihr etwa die ganze Nacht durch?«

»Bis es hell wird.«

Sie rollte die Augen. »Dann geh ich mal besser. Auf dem Hof gibt es kein trockenes Plätzchen für mich? Steht doch genug leer.« Sie zeigte mit dem Stock auf die dunklen Gebäude.

»Wirklich nicht.«

Sie bedankte sich nochmals für den Kaffee, insgeheim auch für die Informationen, und trottete davon. Ein Lkw fuhr zischend an ihr vorbei, musste jedoch nach zweihundert Metern an der Baustellenampel stehen bleiben. Das brachte sie auf eine Idee.

Sie ging zur Ampel. Die wechselte im festen Rhythmus die Farben. Frederike kletterte über die Leitplanke und versteckte sich zwischen den Hecken. Der nächste Lkw ließ nicht lange auf sich warten. Als er fast direkt vor ihr an der roten Ampel wartete, sah sie, dass aus dem Auslass am hinteren Ende etwas heruntertropfte. Das musste sie nur einsammeln und analysieren lassen.

Der nächste Laster kam und brauste direkt durch. Grün. Bei den folgenden zwei das gleiche Spiel. Doch der vierte musste anhalten. Sie stieg über die Leitplanke und stand hinter dem Laster, Einweghandschuhe übergestreift und den Beweismittelbeutel in der Hand. Angewidert strich sie die stinkende braune Pampe vom Schlauchende in den Beutel.

Kaum war das Fahrzeug angefahren, hatte sie eine weitere Idee.

Sie zog Mantel und Mütze aus, stopfte beides in ihr Einkaufsnetz, den Stock stellte sie an den Straßenrand und wartete erneut auf einen Lkw, der an der roten Ampel stehen bleiben musste. Ermitteln war ein mühsames Geschäft, wenn man warten musste. Endlich kam wieder ein Transporter, während die Ampel Rot zeigte.

Frederike kam aus ihrem Versteck, stieg die Tritte auf der Beifahrerseite hinauf und öffnete die Tür.

»Entschuldigung, ich bin mit meinem Wagen liegen geblieben. Könnten Sie mich bitte mit in die Stadt nehmen? Nur bis zur nächsten Tankstelle.«

»Geht nicht«, brummte der Fahrer und schob ein »Verschwinde!« hinterher.

Frederike nutzte die kurze Zeit, um sich unauffällig in der Fahrerkabine umzusehen. Sie brauchte einen Hinweis, dass der Wagen aus Katharinas Fuhrpark stammte. »Ich bin auch gleich wieder weg und bezahle Sie natürlich.«

Als die Ampel auf Grün sprang, stand sie immer noch in der geöffneten Tür. Der Fahrer wurde sichtlich nervös, weil er wegwollte. Also schwang sie sich hoch und setzte sich auf den Sitz.

Er sagte nichts.

Sie zog die Tür zu, und er fuhr an. »Schön haben Sie es hier.« Sie sah sich neugierig um und öffnete, als wäre es das Normalste der Welt, das Handschuhfach. Drinnen lag offen und gut sichtbar eine Frachtunterlage von »Dahmen Trans«.

Der Fahrer schlug ihr sofort die Klappe aus der Hand, dass sie mit einem Knall ins Schloss fiel.

»Entschuldigung«, sagte sie, »das war irgendwie ein Reflex.«

»Ich geb Ihnen gleich Reflex. Raus jetzt!« Er trat hart auf die Bremse und beugte sich über sie, um die Tür zu öffnen. »Ab!«

Sie hatte gesehen, was sie brauchte, und wollte es auf keine Konfrontation ankommen lassen. »Jetzt sind Sie aber gar nicht mehr nett.« Sie kletterte die Tritte hinunter, aber nicht, ohne vorher ein Dokument zu schnappen, das im Seitenfach der Tür steckte. Vielleicht war es hilfreich. »Trotzdem danke«, rief sie dem Fahrer zu und schlug schnell die Tür zu. Das Blatt versteckte sie hinter ihrem Rücken. Im nächsten Moment verschwand der Laster in einer ordentlichen Dieselwolke.

Das »Dokument« war die Speisekarte einer Pizzeria. Schade. Sie warf sie in den Abfalleimer an der Laterne. Trotzdem strahlte sie übers ganze Gesicht. Sie hatte ein wichtiges Beweismittel gesichert. Für den Dreck brauchte sie nur noch ein Labor, das

Materialproben analysierte. Davon gab es einige. Morgen würde sie auf die Suche gehen.

Sie rief ein Taxi und freute sich auf die Dusche zu Hause.

Sie saß im Ohrensessel, Leonard Cohen besang seine Suzanne, und wenn es nicht so spät geworden wäre, würde sie ihren Lieblingsitaliener Don Camillo anrufen und eine fette Pizza und Chianti bestellen. Denn dabei hatte sie schon immer die besten Strategien entwickelt, wie sie einen Mörder dingfest machen konnte.

Sie hatte zwar keine Pizza, aber Wein.

Der Korken ploppte mit einem satten Geräusch aus dem Flaschenhals, der Wein roch saftig, funkelte rubinrot im Glas, lief ölig und in großen Kirchenfenstern daran herunter und verschwand mit einem langen Nachhall in ihrer Kehle.

Es war schon verrückt. Da hatte sie eine Frau getroffen, die mit ihr scheinbar über Gott und die Welt und Männer geredet hatte, und dann war sie möglicherweise für den Mord an Alexander und wahrscheinlich auch Thorsten verantwortlich. Zumindest als Auftraggeberin.

Die zwei Halbstarken vom Nachmittag waren Handlanger. Die waren gut, um Leute einzuschüchtern. Wer eine alte … eine pensionierte Polizistin in die Badewanne setzte, war nicht kaltblütig genug, um einen Menschen zu ermorden.

Jetzt brauchte sie die Beweise – oder ein Geständnis.

Beim Stichwort »Geständnis« erinnerte sie sich an das Zechenfest und daran, dass sie mit der Speditionschefin dorthin gehen wollte.

Wo war die Gelegenheit besser als dort, um ein Geständnis zu bekommen. Jedenfalls, wenn nichts Entscheidendes mehr dazwischenkam. Das konnte sie allerdings nicht ausschließen, denn das Zechenfest war erst übermorgen.

Frederike trank das Glas leer und drückte den Korken wieder in die Flasche. Es lag noch eine Menge Arbeit vor ihr.

34

Ihr Wecker holte sie um sieben Uhr aus einem traumlosen Schlaf. Sie fühlte sich kalt erwischt und wusste zuerst nicht, was los war. Dann richtete Frederike sich auf und streckte sich ausgiebig. Nur langsam floss Leben in ihren Körper.

Sie gähnte noch einmal und schwang die Beine aus dem Bett. So blieb sie sitzen. Ihr Kreislauf fuhr weiter hoch.

Der Tag begann zäh.

Sie kochte einen Tee, sah nach, ob der rote Golf auf der Straße stand – er tat es –, und ging ins Bad. Unter der Dusche überdachte sie ihre Tagesordnungspunkte und stellte fest, dass sie keine Zeit hatte, um Julian aufzusuchen. Die Anzeige machte sie immer noch wütend, sodass sie sich am Frühstückstisch frisch und angriffslustig fühlte.

Sie holte ihr Smartphone, in dem sie noch die wichtigen Kontakte aus ihrem Berufsalltag gespeichert hatte. Sie fand schnell den Kontakt und drückte die »Verbinden«-Taste. »Stier, Kripo Essen«, meldete sie sich mit dem Optimismus und der Selbstverständlichkeit einer unerschütterlichen Stier. »Viele Grüße von Patrick.« Sie wartete einen Moment auf die Antwort des Laborleiters.

»Ja, Frau Stier, grüßen Sie ihn auch. Was kann ich für Sie tun?«

Sie hatte gehofft, dass der ehemalige Ansprechpartner sie erkannte. Oft genug hatte sie zusammen mit Patrick in diesem Labor Analysen durchführen lassen, wenn die internen Kapazitäten erschöpft waren oder es eine spezielle Anforderung gab.

Mit kurzen Worten erklärte sie, dass sie im Rahmen einer aktuellen Ermittlung eine Probe habe, die kurzfristig analysiert werden müsse. »Ich kann auch direkt zu Ihnen kommen, damit es schneller geht«, versuchte sie, die Dringlichkeit klarzumachen.

»Ich versuche, die Analyse dazwischenzuschieben. Worum geht es?«

Frederike erklärte, dass es vermutlich um Schwermetalle oder PCB ginge, Giftstoffe, deren Herkunft und Verbleib geklärt werden müssten. »Wir brauchen für unsere Vermutung noch eine abschließende Sicherheit.« Nun hielt sie die Luft an, gespannt, ob er es ermöglichen konnte.

»Einen Augenblick.« Die Stille in der Leitung ließ sie das Blut in ihrem Ohr hören. »Wenn Sie die Probe direkt bringen könnten? Gerade sind die Geräte noch nicht belegt.«

Sie sah auf die Uhr, verabschiedete sich und packte ihre Sachen zusammen. Sie verließ das Haus wieder durch den Hinterausgang.

Frederike meldete sich am Empfang des Labors, und gleich darauf kam ihr Ansprechpartner in weißem Kittel zu ihr.

»Ich soll Sie von Patrick grüßen«, sagte er zur Begrüßung und machte ein zerknittertes Gesicht.

»Warum das denn?« war das Einzige, was ihr dazu einfiel.

»Ich dachte, ich erinnere ihn daran, dass Sie das Formular mitbringen, um die Kosten abzurechnen.«

»Und jetzt?« Frederike musste davon ausgehen, dass Patrick den Laborleiter informiert hatte und sie nun angeschmiert dastand.

»Er meinte, wenn ich die Ergebnisse auch ihm mitteile, will er Ihren Alleingang durchgehen lassen. Aber Sie sollen sich sofort bei ihm melden.«

Diese unerwartete Wendung löste bei Frederike gemischte Gefühle und diffuse Gedanken aus. Einerseits war sie wirklich dankbar, dass Patrick ihr keinen Stein in den Weg legte, andererseits musste sie ihr Wissen nun teilen. Sie beschloss, Patrick anzurufen, sobald sie das Ergebnis hatte. »Mache ich nachher direkt.«

Sie holte das Tütchen mit dem Schlamm aus ihrem Rucksack und reichte es dem Mann. »Patrick meinte, er würde mich anrufen, wenn ich anfangen kann.«

Frederike wollte protestieren, doch sie sah nur noch auf einen davongehenden weißen Rücken. Diese Hunde, dachte sie und verließ das Gebäude.

Es nutzte nichts. Vor dem Gebäude suchte sie einen schattigen Platz und wählte Patricks Nummer. Zum Einstieg fragte sie: »Vertraust du mir?«

Er antwortete: »Steht ›Depp‹ auf meiner Stirn?«

»Ich brauche die Analyse. Wenn das Ergebnis meiner Vermutung entspricht, habe ich auch Alexanders Mörder. Das willst du doch auch.«

»Natürlich will ich das. Aber zuerst will ich wissen, wo du die Probe herhast.«

Frederike kämpfte mit sich. Sie wollte ihm nicht sagen, wie und wo sie an die Probe gelangt war. »Nur noch dieses Mal. Ich lade dich auch zum Essen ein. Du bist der Erste, den ich anrufe, wenn ich weiß, was passiert ist.«

»Du hast dich nicht geändert.«

Sie ließ es so stehen.

»Sag mir wenigstens, was analysiert werden soll.«

Frederike versuchte sich ihre Erleichterung nicht anmerken zu lassen. »Das müssten Abfälle aus einer Müllverbrennung sein, die illegal entsorgt werden.«

»Wo? Von wem?« Patrick war entsetzt.

»Das sag ich dir dann.«

»Frederike, das ist kein Spaß mehr. Das –«

»Was soll an einem Mord spaßig sein?«, fuhr sie ihn an. »Glaubst du, ich reibe mich hier auf, weil ich Spaß haben will? Glaubst du allen Ernstes, ich ermittle hier und stelle Nachforschungen an, weil ich mich langweile? Unser Freund wurde ermordet. Da hört der Spaß auf!«

Sie hoffte, Patrick mit ihrem Angriff in die Defensive getrieben zu haben.

»Zur Erinnerung: Deine Probe wird erst auf mein Plazet hin analysiert«, sagte er und machte damit ihre Hoffnung sofort zunichte.

»Okay, ich hab sie von einem Laster, der den Müll von einer Verbrennungsanlage abgeholt hat.«

»Und das bringt dich zum Mörder?«

»Früher oder später, ja. Ich bin mir sicher.«

Er reagierte nicht.

»Patrick, ich will keine unbewiesenen Gerüchte in die Welt setzen. Lass mich die Analyse abwarten, dann sehe ich klarer. Im Moment ist mir das noch zu vage. Ich verspreche dir, dass ich dich informiere.«

Frederike ging die Kraft aus. Sie konnte und wollte Patrick nicht ins Vertrauen ziehen. »Wir können uns zum Mittagessen treffen«, schlug sie vor, um Zeit zu gewinnen und die Option zu haben, vorher noch abzusagen.

»Also gut.« Patrick bestimmte, dass sie sich gegen dreizehn Uhr bei Casa Nostra treffen würden. »Ich informiere das Labor. Auch dass das Ergebnis an mich und nur an mich geht. Du erfährst das Resultat dann von mir. Und: Du bezahlst.«

Sie hätte laut »Scheiße« schreien können. Ihr waren die Hände gebunden. Wenigstens arbeiteten ihre Gedanken bereits an einem Plan, auch ohne Patrick an das Ergebnis der Analyse zu gelangen.

Sie sah auf die Uhr. Kurz vor neun. Sie konnte Frau Dahmen anrufen.

»Ich komme mit zum Zechenfest am Samstag«, sagte sie nach einer kurzen Begrüßung. »Wann treffen wir uns?«

Die Antwort ließ etwas auf sich warten. »Gegen halb neun? Ich habe gerade viel auf dem Tisch. Aber lassen Sie uns das am Samstag noch einmal abstimmen.«

Auch kurz und bündig.

Noch nicht zehn Uhr, und schon waren die zwei wichtigsten Punkte der Liste erledigt. Also kam der nächste dran. Aber vorher musste sie Kai sprechen, aus aktuellem Anlass.

»Guten Morgen, Kai. Können wir uns heute kurz sehen? Ich habe noch ein paar Fragen.«

»Im Moment geht es nicht. Ich bin unterwegs.«

»Das höre ich. Fährst du wieder Lkw?«

»Ja, ich habe eine Fahrt übernommen.«

Heute war er gesprächiger als die letzten Male. Frederike wunderte sich. »Wann machst du Feierabend?«

»Kann ich nicht genau sagen. Das kann spät werden.«

»Melde dich, wenn du Zeit hast.«

Er versprach es und drückte sie weg.

Damit hatte sie nun gar nicht gerechnet. War er so freundlich, weil er sowieso nicht vorhatte, mit ihr zu sprechen, oder hatte er eingesehen, dass sie in der Situation mit der Festnahme nichts für ihn hatte tun können?

Dann war Julian dran. »Hallo, Julian, ich hatte letzte Nacht Herzprobleme und muss zum Arzt. Ich denke, das Wetter belastet mich mehr, als mir lieb ist. Können wir uns am Montag sehen? Worum geht es eigentlich bei dieser Anzeige?«

»Das tut mir leid zu hören, dass die Hitze dir zu schaffen macht. Pass auf dich auf.«

Frederike wurde schlecht bei den Worten.

»Lass uns dann am Montag darüber reden. Du bist um zehn Uhr hier.«

»Von wem kommt die Anzeige?« Sie wollte wissen, wer und was dahintersteckte.

»Ruh dich zuerst einmal aus und erhole dich, und dann reden wir darüber.«

Julian wusste immer noch, wie er sie ärgern konnte.

»Das mache ich«, sagte sie, »ich suche mir nachher einen kühlen Platz.«

»Freut mich zu hören.«

»Julian, wenn ich dich schon am Telefon habe, was hat euch überzeugt, dass Alexander Röttgen durch einen Unfall ums Leben gekommen ist?«

»Da kommt gerade ein anderes Gespräch. Tschüs.«

Dieses scheinheilige Getue gefiel ihr gar nicht, weder von ihm noch von ihr selbst. Wenigstens hatte sie den Termin abgebügelt.

Weiter kam sie nicht mit ihrer Nachbetrachtung, denn ihr Telefon klingelte.

»Was ich gerade vergessen habe, Frederike. Bringst du bitte ein Attest von dem Kardiologen am Montag mit? Nur für die Unterlagen.« Julian wartete ihre Antwort nicht ab.

Als bräuchte sie ein Attest. Dennoch ärgerte es sie, dass er immer noch versuchte, sie herumzukommandieren und zu schikanieren.

Aber nun musste sie die Unordnung in ihrem Kopf sortieren.

Sie fuhr schnurstracks zur Zeche Zollverein. Auf dem Gelände eines Welterbes sollte sie doch eine Eingebung haben können.

35

Frederike fuhr zur Zeche Zollverein. Im Schatten des Doppelbocks setzte sie sich ins Gras. Touristen strömten über das Gelände, ein Guide ging mit einer Gruppe vorbei und erzählte Geschichten von früher.

Ja, früher. Was waren das glorreiche Zeiten damals. Kein Kummer, keine Sorgen, nur Friede, Freude, Eierkuchen. Früher war auch mehr Lametta. Früher konnte sie sogar den Telefonhörer in die Hand nehmen, und man sagte ihr ohne Umschweife das Analyseergebnis von Schlammproben.

Früher.

Sie wählte trotzdem die Nummer des Labors und ließ sich mit dem Ansprechpartner verbinden. »Ich weiß, dass Sie mir nichts sagen dürfen. Also frage ich Sie jetzt etwas, und wenn Sie schweigen, ist das ein ›Ja‹.«

Es kam keine Erwiderung.

»Ist die Probe stark mit Schwermetallen und PCB belastet?«

Nichts.

»Kann die Probe aus einer Müllverbrennungsanlage stammen?«

Wieder blieb es still.

»Danke. Das hilft mir sehr weiter. Es wäre nett, wenn Sie Patrick nicht sagen würden, dass wir noch einmal miteinander gesprochen haben.«

»Ich habe doch nichts gesagt.«

»Dafür danke ich Ihnen.«

»Aber sagen Sie, woher haben Sie diese Proben?«

»Das sage ich Ihnen ein anderes Mal. Sobald ich es verantworten kann. Tut mir leid. Es ist noch eine laufende Ermittlung.« Dieses Mal meinte sie es auch so, denn ihr war bewusst, dass der junge Mann nicht korrekt gehandelt hatte.

Noch war es nur die Bestätigung, dass sie die richtigen

Schlüsse gezogen hatte. Jetzt ging es darum, die verantwortliche Person festzusetzen.

Die Sonne strahlte Frederike an, und sie war versucht, zurückzustrahlen. Doch es waren nur Teilerfolge, die sie erzielt hatte; das Schwierigste lag noch vor ihr.

Sie stand auf und ging Richtung Forum vor der Kohlenwäsche. Die Vorbereitungen für das Zechenfest befanden sich in den letzten Zügen. An vielen Ecken wurde bereits aufgeräumt und der Feinschliff aufgelegt. Nur noch vereinzelt hörte sie Bohrer und Hammerschläge, Rufe von Arbeitern und das Dröhnen von Generatoren.

Als sie vor einigen Jahren mal zum Zechenfest hier gewesen war, im Zusammenhang mit einer Ermittlung, hatte sie es fast unerträglich gefunden, sich durch die Menschenmassen zu quälen. Diese bierselige Stimmung, das Gedränge – sie war nicht für diese Veranstaltungen geschaffen. Dennoch würde sie morgen mit Katharina Dahmen hierherkommen.

Unter den Streben des Doppelbocks blieb sie stehen und sah nach oben. Verrückt, dass Kai und Thorsten einen Anschlag auf das Wahrzeichen des Ruhrgebiets geplant hatten. Morgen, im Rahmen des Zechenfestes, wenn die Aufmerksamkeit am größten war. Ob sie wirklich das Leben unschuldiger Menschen in Gefahr bringen wollten, nur um auf die Umweltproblematik im Ruhrgebiet aufmerksam zu machen? Dass Kai die Aktion alleine durchzog, konnte sie sich nicht vorstellen. Ihr Berufsleben hatte sie allerdings gelehrt, dass es nichts gab, was sich ein krankes oder komplett verzweifeltes Gehirn nicht ausdenken konnte.

Mittlerweile ging sie davon aus, dass die Speditionschefin hinter den Morden stand und nicht Kai.

Während Frederike weiterging, machten sich auch schon Zweifel breit, ob sie sich nicht zu sehr auf Dahmen fixierte und dadurch andere Spuren vernachlässigte.

Konnte es nicht doch Kai gewesen sein? Der um seinen

Arbeitsplatz gefürchtet hatte, weil Alexander mit seinen Nachforschungen das Aus der Spedition bewirken konnte? Mit Frau und einem kranken Kind zu Hause, konnte das bei ihm einen Kurzschluss ausgelöst haben.

Wenn Kai bereits zwei Morde begangen hatte, wollte er dann noch mit einem Anschlag die Aufmerksamkeit auf sich ziehen? Oder erst recht Staub aufwirbeln, um in dessen Schutz unterzutauchen? Was, wenn sein Klima- und Umweltengagement nur vorgetäuscht und er selbst in diese Giftmüllentsorgung involviert war? Dann konnte er mit einer aufmerksamkeitsstarken Aktion von sich ablenken. Womöglich war Alexander ihm auf die Spur gekommen und hatte zudem Thorsten informiert, weshalb beide hatten sterben müssen.

Nun wurden ihr die Sonne und die Hitze doch zu viel, um einen klaren Gedanken zu fassen. Sie beschloss, bei Sandra vorbeizuschauen und dann in ihre Wohnung zu fahren.

Doch bei Sandra öffnete niemand.

In der Straßenbahn grübelte sie sofort weiter. Es kristallisierte sich noch kein richtiges Motiv heraus. Was hatte Alexander getan, dass er sterben musste? Wie hatte Thorsten davon erfahren?

Als Frederike aus der Straßenbahn ausstieg, rauchte bereits ihr Kopf. Er war voller Fragen und Möglichkeiten. Sie ging einige Meter nach rechts, um die Straße hinter der Abgrenzung der Haltestelle zu überqueren. Sie hatte ihre Haustür im Blick, setzte einen Fuß auf die Fahrbahn, im selben Moment heulte ein Motor auf, das Geräusch durchdrehender Reifen, dann – Schwärze.

»Ein schwarzer Golf. Das Kennzeichen konnte ich nicht erkennen. Das ging alles so schnell.«

»Schwarz?«, murmelte Frederike. Sie wollte die Augen öffnen und nachfragen, doch sie war so müde, dass sie einfach liegen blieb.

»Hallo? Frau Stier? Sind Sie wach?«

»Mhm.«

Sie versuchte zu verstehen, was los war, wieso sie hier lag und wer mit ihr redete. Dazu sollte sie nun doch die Augen öffnen. Einen Sanitäter hatte sie nicht erwartet. Streifenpolizisten auch nicht. Sie wollte sich aufrichten.

»Sie bleiben liegen«, sagte der Sanitäter in freundlichem, aber bestimmtem Ton, als sie die Beine von der Trage heben wollte.

»Das entscheide ich«, antwortete sie entschlossen und setzte sich hin. Keine gute Idee. Der Kreisel in ihrem Kopf ließ sie schwanken, und hätte der nette Helfer nicht seinen Arm um sie gelegt, sie wäre von der Liege gefallen.

»Legen Sie sich bitte wieder hin«, sagte er eindringlich. Dieses Mal gehorchte sie.

»Was ist passiert?«

»Sie wurden angefahren. Offenbar von einem schwarzen Golf. Er hat Sie zum Glück nicht richtig erwischt. Sie haben sich beim Sturz allerdings den Kopf an der Bordsteinkante angeschlagen. Zum Glück nur leicht. Sie konnten sich offenbar im Fallen noch irgendwie abstützen. Die Wunde haben wir versorgt, die Narbe wird Sie zukünftig daran erinnern. Im Krankenhaus werden wir Sie röntgen und sehen, ob eventuell etwas gebrochen ist.«

Was sollte das jetzt wieder? »Ich gehe in kein Krankenhaus. Und wie kommen Sie darauf, dass der Golf schwarz war?« Leben kehrte zurück, auch wenn sich alles wie hinter einem Vorhang abspielte.

Der Sanitäter ging zu dem Mann, der gerade bei dem Polizisten eine Aussage machte, redete mit ihm und kam zurück. »Der Mann ist sich ganz sicher.«

Neuer Verfolger oder blöder Unfall? Ein Unfall, wie er bei Alexander unterstellt wurde?

Ihre Gedanken wurden klarer, auch wenn ihr alles wehtat. »Haben Sie etwas gegen diese Kopfschmerzen?«

Der Sanitäter sah sie an. »Wir haben Ihnen bereits ein starkes

Mittel verabreicht. Sie sollten die Nacht zur Beobachtung im Krankenhaus bleiben.«

»Ich sollte so viel. Eine Nacht im Krankenhaus gehört nicht dazu.«

»Dann beantworten Sie mir noch einige Fragen.«

Der Sanitäter fragte sie nach ihrem Namen und Geburtsdatum, nach dem aktuellen Datum, er wollte ihre Adresse wissen, was sie heute gemacht hatte, woran sie sich vor und nach dem Unfall erinnerte. Bei der Frage nach dem Namen der Bundeskanzlerin wurde es ihr zu viel. Sie hob eine Hand, um ihn zu stoppen, und erzählte stattdessen dem jungen Polizisten, der neben seinem Kollegen die Aussage des Zeugen aufnahm, was sie noch wusste, gab an, dass sie keinerlei Erinnerung daran habe, was genau und wie passiert war und wie der Wagen so plötzlich auftauchen konnte. Sie verneinte die Frage, ob sie Anzeige gegen unbekannt erstatten wolle, und bat dann den Sanitäter, sie bis zu ihrer Haustür zu begleiten. Ihr war schlecht, sie war durstig, und sie war müde.

Mit den Worten »Auf Ihre Verantwortung« ließ er sie ein Dokument unterschreiben und danach an der Tür stehen.

Frederike brauchte eine halbe Ewigkeit, bis sie die Treppen erklommen hatte. Zum Glück begegnete ihr kein Nachbar, der sie womöglich ausgefragt hätte, was mit ihr los sei.

Der Weg führte sie sofort ins Wohnzimmer und in den Sessel, wo sie die Augen schloss. Als hätte sie zu viel Chianti getrunken. Apropos trinken. Wasser wäre sicher gut, doch der Weg in die Küche war zu weit. Zuerst musste sie sich ausruhen.

Als sie eine Stunde später hochschreckte, fühlte sie sich wie gerädert. Wenn es keine Morde aufzuklären gäbe, würde sie ins Bett gehen und schlafen.

Sie schleppte sich in die Küche und trank das Wasser direkt aus der Flasche. Vielleicht würde eine Dusche helfen.

Als sie im Badezimmer den Kopfverband sah, ihren blutverschmierten Hals, das verfärbte Poloshirt, erschrak sie vor sich selbst. Sie ging mit dem Kopf näher an den Spiegel und begutachtete die Wunde. Die blauen Flecken, die Schwellung an der Schläfe und am Auge. So konnte sie nicht in die Öffentlichkeit.

Nach der Dusche fühlte sie sich besser. Nun traute sie sich auch, den Verband abzunehmen, und klebte ein Pflaster über die geklammerte Wunde. So war sie schon etwas präsentabler.

Ihr Hunger meldete sich. Sie aß eine Banane, kochte Tee, stellte das Radio an, setzte sich mit der Tasse in der Hand in den Sessel und überließ sich eine Weile ihrer Erschöpfung. Dann aber schnappte sie sich ihr Notizbuch. Um auf kranke Frau zu machen, war jetzt der falsche Zeitpunkt.

Zuerst erstellte sie eine aktualisierte Liste möglicher Motive und Tathergänge. Alexander konnte vor der Zeche Prosper-Haniel beobachtet worden sein, wie er die Aufnahmen machte. Er könnte auch Katharina Dahmen direkt zur Rede gestellt haben, nachdem er herausgefunden hatte, dass sie hinter den Gifttransporten steckte.

Alexander war impulsiv gewesen und hatte nie die Konfrontation gescheut. Denkbar war das also. War es auch realistisch?

Sie überlegte, wen sie dazu befragen könnte. Wenn er in die Spedition gekommen war, dann könnte ihn dort jemand gesehen haben. Die Empfangsdame sehr wahrscheinlich. Wenn er Frau Dahmen an einem anderen Ort getroffen hatte, bei ihr zu Hause zum Beispiel, dann vielleicht ein Nachbar. Oder schriftlich? Alexander würde das nicht per Brief und schon gar nicht per E-Mail diskutieren. Er könnte aber auch eine Anzeige gegen sie erstattet haben.

Sie rief Patrick an. »Ich habe auf dich gewartet« war seine Begrüßung.

Verflucht. Sie atmete einmal tief durch, bevor sie zum Angriff überging. »Ich wurde gerade von einem Auto angefahren. Jetzt habe ich eine Gehirnerschütterung und eine tiefe Platzwunde am Kopf. Das Mittagessen musste deshalb leider ausfallen.«

»Und da hast du nichts Besseres zu tun, als deinen ehemaligen Kollegen anzurufen?« Patrick nahm sie auf den Arm.

»Eigentlich wollte ich mich entschuldigen, dass ich nicht gekommen bin. Aber wenn ich dich jetzt schon mal an der Strippe habe, sag mir doch, was die Analyse ergeben hat.« Sie wartete gespannt.

»Übertreib es nicht, Frederike.«

»Dann lass es bleiben.« Sie drückte das Gespräch weg. Wenn sie ihn richtig einschätzte, würde in wenigen Augenblicken ihr Smartphone klingeln.

»Geht doch«, begrüßte sie nun ihn und lehnte sich im Sessel zurück.

»Das war eine hochtoxische Brühe, die du dem Labor gegeben hast. Wo hast du die her?«

»Lass uns dieses Spiel nicht wieder anfangen. Ich erzähl es dir rechtzeitig. Jetzt brauch ich Ruhe.« Also beendete sie mit Verweis auf das Dröhnen in ihrem Kopf und einen Schwindel das Gespräch.

Eigentlich hatte sie noch nach den Ermittlungen im Mordfall Thorsten fragen wollen, doch ihr fehlte gerade die Kraft.

Wie kam sie weiter?

Sie wandte ihre Aufmerksamkeit Kai zu. Könnte er Alexander ebenfalls vor der Zeche gesehen haben? Und Alexander ihn? Konnte sie davon ausgehen, dass Kai für »Dahmen Trans« Lkw fuhr?

Wenn er dort arbeitete, könnte er der Informant sein, der Dahmen über Alexanders Aktivitäten auf dem Laufenden hielt. Oder er war doch selbst der Täter? Machte mit seinem Bruder an Dahmen vorbei krumme Geschäfte.

Und die Ratten? Auf einem Speditionsgelände gab es davon wahrscheinlich reichlich. Auf dem Zechengelände von Prosper-Haniel sicherlich auch.

Als sie auf die Straße gelaufen war, um den Fahrer des roten Golf zur Rede zu stellen, hing bei ihrer Rückkehr die Ratte an der Tür. Das bedeutete, dass es Helfer gab, es war mehr als eine Person beteiligt. Kai, sein Bruder Jan und dessen Kumpel. Familienbande.

Sie wurde ungeduldig. Ihre Spielwiese war draußen, sie musste raus, dort konnte sie aktiv werden und mit Leuten sprechen.

Bevor sie die Wohnung verließ, schickte sie Patrick eine Textnachricht, ob es eine Untersuchung des Steins gegeben habe und, wenn ja, mit welchem Ergebnis. Als sie in der Bahn saß, erreichte sie die Antwort: »Ich erzähl es dir rechtzeitig.«

Hoffentlich würde niemand die Gedanken drucken, die ihr beim Lesen durch den Kopf schossen.

Sie klingelte an Kais Wohnung. Nach dem dritten Versuch gab sie auf. Sie hatte gehofft, Kais Frau anzutreffen, um ungestört mit ihr reden zu können. Sie wollte gerade wieder gehen, als die mit einem Kinderwagen vor ihr stand.

Frau Schumacher suchte in ihrer Tasche nach dem Haustürschlüssel. Das Kind sah zu ihr hoch und wedelte mit den Ärmchen. »Gleich.«

»Guten Tag, Sie sind doch Frau Schumacher, richtig?«

»Ja« war die kurz angebundene Antwort.

Frederike stellte sich vor und sagte, dass sie die sei, die Frau Schumacher gestern schon oben an der Haustür getroffen habe, und während sie erklärte, dass sie gehofft habe, Kai zu treffen, um mit ihm über Alexander und die Umweltgruppe zu sprechen, beugte sie sich zu dem Mädchen im Kinderwagen und brachte es zum Glucksen.

»Ja klar, ich erinnere mich«, antwortete Frau Schumacher, und nachdem sie Frederike genauer angesehen hatte, meinte sie: »Das da sieht schlimm aus. Was ist passiert?«

Frederike fasste ans Pflaster. »Ich war in Gedanken und bin über einen hochstehenden Pflasterstein gestolpert.« Dann folgte sie einem Impuls und stützte sich an der Hauswand neben ihr ab.

»Wollen Sie kurz mit hochkommen? Dort können Sie sich setzen und etwas trinken.«

Dankbar nahm Frederike dieses Angebot an. Dann fragte sie noch einmal nach Kai.

»Ich weiß nicht, wann er nach Hause kommt. Er arbeitet, und da kann es manchmal spät werden.«

»Er fährt wieder für Frau Dahmen.« Frederike formulierte es als Feststellung, als hätte sie mit Kai bereits darüber gesprochen, während sie in Richtung Hauseingang gingen.

»Als Springer, ja. Er muss zwar oft nachts und am Wochenende fahren, doch im Moment kann er es sich nicht aussuchen.«

»Ach, ich dachte, er arbeitet fest in der Spedition.«

»Noch nicht. Er hofft, dass er jetzt einen Vertrag bekommt.«

»Er hat noch keinen?«

»Er hat in der Müllverbrennung gearbeitet. Irgendwann ist dieser Alexander dort aufgetaucht und hat sich mit dem Geschäftsführer angelegt. Kai hat Alexander hinterher auf dem Hof zufällig getroffen, und das hat der Geschäftsführer gesehen. Eine Stunde später war Kai zu Hause.«

»Da war er wahrscheinlich ziemlich sauer auf Alexander.« Frederike ging noch einmal in die Knie, um mit der Kleinen zu albern und um zu zeigen, dass sie das Gespräch als lockeres Geplauder betrachtete. Der Schmerz, der dabei durch ihren gesamten Körper schoss, trieb ihr beinahe Tränen in die Augen. Sie biss die Zähne zusammen und schaffte ein Lächeln.

»Ich kann Ihnen sagen. Was der ihn alles genannt hat!« Frau Schumacher verdrehte die Augen.

»Bei der Umweltgruppe war er aber trotzdem noch.«

Frau Schumacher sah über die Schulter, als wäre der nächste Satz ein Geheimnis. »Weil sein Freund, Thorsten, noch dort war, ist er mit hingegangen. Aber er wollte das aufgeben. ›Es bringt ja doch nichts‹, hat er gesagt.«

Frederike schäkerte weiter mit dem Mädchen, um den Redefluss nicht zu unterbrechen. Es funktionierte.

»Dann kam das mit dem Unfall. Und das mit Thorsten. Ich kann es immer noch nicht glauben.«

Frau Schumacher sah auf die Uhr und schloss die Haustür

mit der Bemerkung »Ich muss gleich los« auf. Frederike hielt hilfsbereit die Tür auf. Den Kinderwagen parkte Frau Schumacher im Hausflur und nahm die Kleine auf den Arm. Frederike half mit den Einkäufen, auch wenn es ihr schwerfiel.

An der Wohnungstür hing ein Schild, auf dem stand: »Hier wohnen Svenja, Jenny und Kai.« Frederike drehte sich zu der Kleinen, streckte ihr den Zeigefinger hin und fragte: »Und du bist die kleine Svenja?«

Frau Schumacher bestätigte das, mit dem Hinweis, dass ihre Schwester ihr das Schild gestern geschenkt hatte.

Die Wohnung glich noch immer einem Schlachtfeld.

»Ich komme nicht zum Aufräumen«, entschuldigte sich Frau Schumacher und ging direkt in die Küche. Frederike folgte mit den Tüten.

»Kaffee?«

»Wenn Sie ein Wasser hätten.«

»Wie kam Kai eigentlich zu Frau Dahmen?«

»Sein Bruder arbeitet dort. Der hat das gedeichselt.« Jenny Schumacher reichte Frederike das Wasser. »Zuerst wusste er nicht, ob das eine gute Idee ist, weil sie doch mit Alexander verheiratet war. Aber er hatte keine Wahl.«

»Das wusste er vorher nicht?«

»Keine Spur. So ganz vorbei scheint es bei den beiden, Frau Dahmen und Alexander, noch nicht gewesen zu sein. Kai hat erzählt, dass Alexander vor ein paar Tagen in der Spedition war. Dort hat er sich im Hof mit dieser Frau gestritten. ›Da sind die Fetzen geflogen, kann ich dir sagen‹, hat er erzählt.«

»Hat er mitgekriegt, worum es ging?«

Hatte er nicht. Frederike trank das Wasser aus. Jetzt musste sie noch etwas zu Thorsten erfahren.

»Können wir ins Wohnzimmer gehen? Ich möchte noch etwas erledigen.« Frau Schumacher stand auf und verließ die Küche, ohne auf eine Antwort zu warten.

Frederike folgte ihr. »Schön haben Sie es hier«, scherzte sie beim Anblick des Durcheinanders.

Jenny Schumacher winkte ab. »Ich komme zu nichts. Schauen Sie sich um. Die Unordnung nervt mich sehr. Aber Svenja hält mich auf Trab, und gleich muss ich zur Arbeit, da bleibt kaum Zeit, um hier aufzuräumen.«

»Dann sollte doch Kai auch einen Beitrag leisten.«

»Der ist in letzter Zeit nur noch unterwegs, fährt für die Spedition oder trifft sich mit Leuten. Zu Hause ist er nur noch selten.«

»Wie geht es ihm denn damit, dass sein Freund ermordet worden ist?«

Frau Schumacher nahm einen Strampelanzug, der auf einer Holzkiste lag, und setzte sich auf das Sofa. Sie klappte den Deckel der Kiste auf. Frederike erkannte Nähutensilien. Während Kais Frau Nadel und Faden suchte, meinte sie: »Sie meinen Thorsten, nehme ich an. Es ist unterschiedlich. Kai war unglaublich wütend auf ihn. Ich weiß nicht, worum es ging, doch Kai hat gesagt, dass Thorsten alles kaputtmachen wollte. Wenn ich ihn richtig verstanden habe, hing sogar sein neuer Job davon ab.«

»Sie sind doch auf das Geld angewiesen.«

»Wenn Kai nichts verdient, müssen wir hier raus. Die Kleine kostet ja auch Geld. Ich weiß nicht, wie das dann gehen sollte.« Ihre Stimme wurde dünn.

Jenny Schumacher hatte endlich gefunden, was sie gesucht hatte, und begann, ein Loch am Knie des Strampelanzugs zu stopfen.

Frederike sah fasziniert zu.

»Was soll ich tun, wenn kein Geld für Neues da ist?«

»Das heißt, Kai war nicht so traurig, als er von Thorstens Tod erfahren hat?«, nahm Frederike den Faden wieder auf.

»Natürlich war er am Boden zerstört! Wirklich. Aber da war noch was anderes. Er war komisch danach. Vor allem, als ihn die Polizei verhaftet hat. Die meinten doch allen Ernstes, dass er etwas damit zu tun haben könnte.«

»Aber Sie haben ihm ein Alibi gegeben?«

»Was glauben Sie? Er war nur einmal kurz weg, weil sein Bruder etwas wollte. Er sollte eine Tour übernehmen, und da musste noch etwas geklärt werden. Aber sonst war er hier.«

»Um welche Uhrzeit war das?«

»Ich hab schon fast geschlafen und nicht auf die Uhr gesehen, als er sich kurz verabschiedet hat.«

»Und wo arbeiten Sie?« Frederike wollte das Gespräch wieder auf Unverfängliches lenken.

»Ich arbeite in einem Seniorenheim. Ich mag die Arbeit dort.« Eine leichte Röte zeigte sich in ihrem Gesicht.

Ging sie deshalb so offen mit ihr um, weil sie eine Schwäche für ältere, angeschlagene Menschen hatte? So oder so diente es ihrem Ziel, weshalb sie dankbar war.

»Wer passt denn in der Zeit auf Svenja auf?«

»Eine Nachbarin nimmt sie zum Glück. Wir wechseln uns ab. Manchmal nehme ich sie auch mit. Dann ist sie der Mittelpunkt bei den älteren Herrschaften.«

Frederike erzählte, dass sie auch ab und zu auf die Tochter ihrer Nachbarn aufpasste, aber schon länger nicht mehr dazu gekommen war. »Ich freue mich jedes Mal, wenn ich dieses Energiebündel um mich habe.«

Ein Schlüssel drehte sich im Schloss.

»Kommt Kai schon heim?« Frau Schumacher stand auf.

Frederike folgte ihr. Im Flur standen sie sich gegenüber. Kai sah sie irritiert an. Er gab seiner Frau einen Kuss, sagte »Hallo« und entschuldigte sich, er habe noch etwas im Auto vergessen. Weg war er.

Frederike war das nur recht. Sie verabschiedete sich von Kais Frau. »Ich wollte sowieso gehen. Grüßen Sie ihn von mir. Und Ihnen und der kleinen Svenja alles Gute.«

Sie stapfte die Treppe hinunter und hatte viel mehr erfahren, als sie zu hoffen gewagt hatte.

36

Frederike fuhr direkt nach Hause. Die Hitze, überall Schmerzen, die vielen Informationen überschwemmten sie. Da brauchte sie die Geborgenheit ihrer vier Wände.

In der Bahn, als ihr das Gespräch noch einmal durch den Kopf ging, wunderte sie sich noch immer, wie offen und auskunftsfreudig diese Jenny Schumacher gewesen war. Ob es an ihrem Beruf im Seniorenheim lag oder an einem fehlenden Ansprechpartner tagsüber? Vielleicht war sie auch einfach nur eine redselige Frau. Frederike sollte es egal sein. Sie hatte einiges erfahren, was sie nun ordnen musste. Am wichtigsten war, dass Kai in der Nacht, in der jemand Thorsten ermordet hatte, nicht zu Hause gewesen war, zumindest nicht die gesamte Nacht.

Frederike quälte sich die Treppe hinauf. Zuerst wusch sie sich das Gesicht mit kaltem Wasser, dann fiel sie in den Sessel und übergab sich einem erholsamen Schlaf. Als sie erwachte, verspürte sie großen Hunger. Wenigstens funktionierten die fundamentalen Überlebensmechanismen noch.

Sie nahm das Telefon und wählte die unter der Eins eingespeicherte Nummer.

»Oh, Fraue Stier, wie schön, höre Ihre Stimme. Habe vermisste, eh. Aber komme immer wieder zu beste Pizza von die Stadt.« Der schleimige Spaghettischnitzer lachte ansteckend und wickelte sie jedes Mal damit um den Finger. »Wolle Pizza oder Spaghetti? Habe frische Pfifferlinge. Oder lieber Pasta mit Spargel und Lachs? Phantastisch, eh.«

Sie überlegte. »Zu Spargel passt der Chianti nicht so gut.«

»Habe nicht geändert, eh. Immer noch Gourmet. Ich Sie möge sehr, Fraue Stier. Mit Brötchen und Knoblauchbutter?«

Er versprach, sich zu beeilen, aber eine Dreiviertelstunde würde er brauchen. Sie verschwand unter der Dusche.

Das versprach ein schöner Abend zu werden. Von Don Camillo mit Pasta verwöhnt, dazu einen guten Wein, und den Rest würde sie selbst beisteuern.

Als es an der Haustür klingelte, stutzte sie. Don Camillo kam zu früh?

Ihr Instinkt warnte sie. Mit vorbereitetem Telefon öffnete sie die Tür und drückte bei dem Anblick den abgespeicherten Notruf.

Unsanft wurde sie zur Seite gestoßen. »Sie hätten aufhören sollen.«

Sie rief: »Frederike Stier, Altendorfer Straße 422, ich werde überfallen.« Dann warf sie ihr Smartphone mit laufender Verbindung neben sich auf den Boden. »Es sind zwei. Einer ist eins achtzig groß, circa Mitte dreißig …« Sie hatte die Lautsprecherfunktion aktiviert, die Stimme der Notrufzentrale und das Nachfragen waren zu hören. Frederike rief laut »Hilfe!« und »Beeilen Sie sich!«.

Die zwei Männer stürmten schneller die Treppe hinunter, als sie in ihre Wohnung eingedrungen waren.

Frederike hörte die polternden Schritte und das Zuschlagen der Eingangstür. Aber noch kein Martinshorn. Sie hoffte, die Polizisten würden die beiden vor dem Haus noch treffen.

Sie drückte die Haustür zu, da drang eine Stimme an ihr Ohr und erinnerte sie daran, dass die Leitung zur Notrufzentrale noch aktiv war. Sie holte ihr Smartphone und erklärte die Situation.

Die Beamtin nahm die Daten auf, Frederike bedankte sich und wartete darauf, dass die Streifenbeamten bei ihr klingeln würden. Keine fünf Minuten später kam ein Beamter zu ihr herauf. Sie erklärte nochmals die Situation und bedankte sich für sein schnelles Kommen.

»Wir haben niemanden mehr gesehen. Die waren schon weg.«

Frederike berichtete, dass im Grunde nichts passiert sei. »Die Männer sind gar nicht erst in die Wohnung gekommen, als sie das mit dem Notruf mitgekriegt haben.« Erkannt hatte sie die Kerle nicht, wegen der Sturmhauben.

Der Beamte nahm alle Personalien auf und verabschiedete sich. Für das Protokoll solle sie ins Präsidium kommen.

Frederike drückte die Wohnungstür zu und atmete tief durch.

Wenig später klingelte es erneut. Don Camillos fünfundvierzig Minuten waren um.

Sie setzte sich in ihren Sessel, schenkte sich ein Glas Wein ein, Leonard Cohen sang wieder von einer Bühne in die jubelnde Menge, dass sie Gänsehaut bekam.

Mit geschlossenen Augen, den Teller mit Pasta auf dem Schoß, genoss sie den Augenblick. Pasta, Chianti und Herzensmusik hüllten sie für ein, zwei Wimpernschläge in eine warme, weiche Decke. Ihre Instant-Variante von Geborgenheit.

Ihr Magen knurrte und beendete dieses Gefühl. Sie drehte die Spaghetti auf die Gabel, verputzte die Pizzabrötchen und hatte schon fast ihre Kopfschmerzen vergessen. Auch wenn es schade war, drückte sie nach dem ersten Glas den Korken wieder auf die Flasche.

Anschließend widmete sie sich gedanklich der Frage, was vorhin in Kais Kopf vorgegangen war. Dass er sich ins Auto gesetzt hatte und davongefahren war, um sich irgendwo zu verstecken, glaubte sie nicht. Zu fliehen war doch sinnlos, dachte sie. Spätestens in Dortmund wäre Schluss ohne viel Geld und ohne Plan.

Durch das Gespräch mit Kais Frau war ihr bewusst geworden, wie groß der Druck auf Kai lastete, für seine Familie sorgen zu müssen, und dass er dadurch ein plausibles Motiv besaß. Vorstellen konnte sie es sich dennoch nicht, dass Kai die Morde so akribisch geplant und durchgeführt hatte.

Auch wenn die Familie, die Existenz bedroht wurden? Wenn er tatsächlich in etwas verwickelt war, was Alexander herausgefunden und an Thorsten weitergegeben hatte?

Es war gut, zwischendurch die entwickelte Theorie in Frage

zu stellen und kritisch zu prüfen. Auf dem Zechenfest morgen würde der Lackmustest dafür stattfinden.

Ohne Täter würde sie das Fest nicht verlassen. *So wahr ich Frederike Stier heiße.*

37

Am Samstagmorgen fuhr sie wieder nach Heßler zum Markt. Es war viel los. Schlangen hatten sich vor den Ständen gebildet, es wurde erzählt, gestikuliert, entspannt fürs Wochenende eingekauft.

Frederike holte sich an einem Wagen einen Kaffee to go und setzte sich auf eine dieser Metallbänke. Die Kirchturmuhr zeigte halb neun.

Die Spatzen fanden ausreichend Nahrung und stritten ausnahmsweise einmal nicht. Bienen labten sich am frischen Obst. Menschen zeigten Haut wie sonst nur in der Sauna. Manchmal mochte sie ihren Kopf nicht, der ständig das Haar in der Suppe fand.

Bei der netten jungen Frau vom Donnerstag kaufte sie Blumenkohl und Möhren, Zucchini und Tomaten, dazu Erdbeeren und erste Kirschen. Und trug am Ende schwer an ihren Tüten. Dieses Mal belohnte sie sich anschließend mit einem Bund Freilandrosen.

Gestern hatte sie eine Seite im Internet gefunden, auf der Rezepte gepostet wurden, die auch sie sich zutraute. Wenn man alleine lebte und nicht ständig Fast Food oder Tiefkühlprodukte essen wollte, musste man sich irgendwann an den Herd trauen. Sie war noch nicht wirklich von sich überzeugt, wollte sich aber eine Chance geben.

Nachdem sie zu Hause alles weggepackt hatte, brauchte sie eine Pause. Die Schmerzen in ihrem Körper waren fast noch schlimmer als gestern. Und die besorgten Fragen der Marktfrauen ließen sie an ihrem Vorhaben, zum Zechenfest zu gehen, beinahe zweifeln.

Neben der Frage nach Alexanders und Thorstens Mörder gab es noch die Frage, ob heute etwas passieren würde. Kai und Thorsten hatten etwas für den Abend geplant. Musste sie folglich davon ausgehen, dass es auch geschah? War das Kai zuzutrauen? Vielleicht deshalb seine Flucht gestern.

Sie musste die Frage klären und gegebenenfalls verhindern, dass etwas passierte.

Sie hatte überlegt, schon sehr früh zur Zeche Zollverein zu fahren, um Kai möglicherweise schon bei der Vorbereitung zu erwischen.

Um fünfzehn Uhr saß sie abfahrbereit in der Küche und trank einen Kaffee.

Beim Anblick der Rosen, von denen ein herrlich kräftiger Duft ausging, und der zerknitterten Tischdecke darunter ging ihr durch den Kopf, dass sie eigentlich mit Hartmut zum Zechenfest hatte gehen wollen. Einen lustigen Abend mit Bratwurst und Bier verbringen und morgen hier gemeinsam frühstücken. Mit Rührei, etwas glibberig. Mit Schnittlauch. Und Kaffee mit Milch. Müßig, darüber nachzudenken.

Trotzdem wählte sie seine Nummer, und er nahm das Gespräch tatsächlich an.

»Wo bist du?«, fragte sie.

»In Essen.«

»Bei dir zu Hause?«

»Nein, ich bin woanders untergekommen.«

Er wollte offenbar nicht sagen, wo. Das akzeptierte sie.

»Ich habe gerade daran gedacht, dass wir heute zum Zechenfest gehen wollten, und da fand ich es eine gute Idee –«

»Vergiss es, Frederike. Mir stecken die Aufregung und diese Drohungen noch in den Knochen. Ich schaue mich ständig um, wenn ich rausgehe.«

»Es tut mir wirklich leid, dass du da mit hineingezogen worden bist. Ich würde es gerne rückgängig machen und mich dafür revanchieren, aber das geht nicht.«

»Stimmt.«

Eine blöde Idee, ihn anzurufen.

»Gehst du trotzdem heute zum Zechenfest?«, fragte sie abschließend.

»Ich glaube nicht.«

Ein Signal wollte sie dennoch senden. »Ich werde auf jeden Fall dort sein.«

Damit verabschiedeten sie sich.

Ihr Kaffee war kalt geworden, weshalb er im Waschbecken landete.

Sie verließ ihre Wohnung. Als die Straßenbahn kam, stieg sie hinten ein, weil es dort meist leerer war, und setzte sich ans Fenster. Ihr Blick verlor sich im Nirgendwo.

Kurz bevor sie die Zeche Zollverein erreichte, rief Katharina Dahmen an. »Können Sie sich das vorstellen, Kai Schumacher hat einen meiner Lkw geklaut.« Sie klang entsetzt.

Was sollte das jetzt? »Haben Sie die Polizei schon informiert?«

»Ich wollte zuerst mit Ihnen reden. Sie wissen doch besser, was sinnvoll ist.«

Frederike überlegte laut: »Was kann er mit einem Lkw anstellen? Hatte er etwas geladen?«

»Das ist es ja. Ich lasse den Sondermüll einer Müllverbrennungsanlage zu einem Entsorgungsbetrieb fahren, wo die Giftstoffe unschädlich gemacht werden. Der Wagen ist voll davon.«

»Sie meinen, er fährt jetzt in einem Laster voll mit Gift durch das Ruhrgebiet?«

»Das ist das Problem. Stellen Sie sich vor, er dreht den Hahn auf und kippt die Brühe irgendwo aus.«

»Dann müssen Sie umgehend die Polizei informieren. Nicht vorzustellen, wenn er etwas mit der Ladung im Schilde führt.« *Was, wenn er mit dem Lkw den Anschlag auf das Zechenfest verüben will?* »Sie rufen sofort die Polizei an, oder soll ich das tun?«

»Ich wollte nur Ihre Einschätzung. Ob Sie Herrn Schumacher zutrauen, dass er mit dem Giftmüll etwas Unüberlegtes macht.«

»Wie schätzen Sie ihn ein?« Frederike beantwortete noch immer gerne eine Frage mit einer Gegenfrage.

»Okay, ich informiere die Polizei. Die sollen ihn suchen.«

»Eine Frage noch. Welches Kennzeichen hat der gestohlene Lkw?«

»Ist das wichtig? Bochum KD 1356. Warum fragen Sie?«

»Damit ich ihn identifizieren kann, falls ich ihn sehe«, wiegelte sie ab. »Wir sollten nachher noch einmal wegen unserem Treffen telefonieren. Es wäre schade, wenn Kai uns einen Strich durch die Rechnung macht.«

»Das würde ich Kai nie verzeihen«, meinte Katharina Dahmen halb belustigt, halb drohend.

Die Bahn hielt am Zechengelände. Frederike blieb sitzen, bis fast alle ausgestiegen waren, und dachte nach. Waren ihre Überlegungen doch in die falsche Richtung gegangen?

38

Die Bahnen in dieser Zeit glichen Saunen auf Rädern, die auch genau so rochen. Ihr war jedes Mal schlecht, wenn sie ausstieg. Gerade heute, wo Massen unterwegs zum Fest waren, empfand sie es als besonders schlimm.

Kurz bevor sich die Bahntüren wieder schlossen, verließ Frederike den Wagen. Sie blieb stehen und sog zuerst die warme Luft ein. Allemal besser als die abgestandene in der Bahn. Von allen Seiten strömten Menschen an ihr vorbei zum Zechengelände, lachten, erzählten, freuten sich auf einen erlebnisreichen Nachmittag und Abend.

Sie sah auf die Uhr. Kurz vor vier. Wo konnte Kai stecken? Sie musste ihn finden, bevor der etwas Unüberlegtes tat.

Nur wo sollte sie ihn suchen?

Frederike wählte seine Mobilnummer, war aber nicht überrascht, dass sich lediglich die Mailbox meldete. Sie forderte auch ihn persönlich auf, sie anzurufen, damit sie die »Sache klären« und »reinen Tisch« machen konnten, wenn ihm seine Familie wichtig sei.

Danach rief sie bei ihm zu Hause an.

Seine Frau sagte, dass er sich seit gestern nicht mehr gemeldet habe und sie sich große Sorgen mache. »Warum ist er abgehauen, nachdem er Sie gesehen hat? Warum hat er Angst vor Ihnen, Frau Stier?«

»Ich weiß es nicht. Ich kann ihm helfen, wenn er sich bei mir meldet. Er ist irgendwo hineingeraten. Es ist wichtig, dass er sich jetzt meldet und zur Polizei geht. Sagen Sie ihm, dass er das tun muss, wenn Sie und seine Tochter ihm wichtig sind. Je früher er das tut, umso besser. Reden Sie ihm ins Gewissen. Er riskiert zu viel. Und bringen Sie ihn dazu, mich anzurufen. Umgehend.«

Mittlerweile war es fast sechzehn Uhr. Welchen Sinn machte es, wenn sie zu Fuß rund um die Zeche Zollverein spazierte und einen Lkw suchte?

Wo würde ich einen gestohlenen Lkw abstellen, der zumindest eine Weile nicht gefunden werden soll? In einer Lagerhalle, wo er verborgen vor neugierigen Blicken wäre, oder dort, wo ganz viele andere Lkw standen und ein gestohlener nicht auffiel.

Da sie in ihrem Berufsleben sehr häufig die Erfahrung gemacht hatte, dass der erste Gedanke der beste war, suchte sie eine Bahnverbindung zur Zeche Prosper-Haniel. Dort schienen die Fäden zusammenzulaufen. Konnte es sein, dass Kai zunächst dorthin gefahren war?

Hätte sie ein Auto, wäre die Strecke kein Problem.

Sie rief Patrick an. Der beschwerte sich, dass sie ihn noch nicht einmal an seinem freien Wochenende in Ruhe ließ, verriet ihr aber immerhin, dass er auf dem Zechenfest war und den sonnigen Tag mit einem Kumpel genoss.

»Kannst du mir helfen?« Sie brauchte Unterstützung.

»Was glaubst du?« Er drückte das Gespräch weg.

Hatte jemand Patrick und sie gesehen, als sie sich getroffen hatten, oder ein Telefonat mitgehört? Weshalb sonst war er plötzlich so abweisend? Oder gab es ein Verbot von oben, mit ihr zu sprechen?

Sie rief beim alten Kowalczyk an, um nachzufragen, ob der Diebstahl eines Lkw gemeldet worden war. Doch ihm war davon nichts bekannt.

Nächster Anlauf. Frederike suchte die Nummer des Sicherheitsunternehmens, das Prosper-Haniel bewachte. Sie gab sich als Mitarbeiterin der Spedition Dahmen aus, die dringend den Fahrer von einem Lkw sprechen müsse, der gerade dort Ware anliefere. Er habe im Büro eine wichtige Unterlage vergessen. Die Frau am anderen Ende gab ihr eine Telefonnummer, und sie erzählte die gleiche Geschichte dem Mann am Eingangstor. Als er mehrmals versicherte, dass auf dem Gelände kein Lkw mit dem Kennzeichen BO-KD 1356 stehe, bat sie ihn, auf der Straße nachzusehen, ob dort ein Lkw parkte. Nichts.

»Auch kein Lkw mit der Nummer BO-KD 1357?«

»Kein Laster hier«, antwortete der Mann kurz angebunden.

Sie rief erneut Kai an, wieder nur Mailbox. Dann noch einmal bei seiner Frau. Nichts.

»Können Sie mir die Telefonnummer von Kais Bruder geben?« Frederike kramte einen Zettel aus ihrem Rucksack und notierte sie. Dann tippte sie die Nummer in ihr Smartphone.

»Guten Tag, Herr Schumacher, Frederike Stier hier.«

Eine Pause entstand. »Moment.«

Sie hörte Stimmen im Hintergrund, dann eine Tür zuschlagen.

»Ich suche Ihren Bruder Kai. Wissen Sie, wo er ist?«

Jan lachte.

Frederike lief es eiskalt den Rücken hinunter. Dieses Lachen kannte sie. Die Badewanne, das kalte Wasser über ihren Kopf, die Schmach vor den Polizisten. Sie schluckte. *Ruhig bleiben.*

»Wo ist er?«

»Er muss arbeiten. Hat eine dringende Fahrt zu machen.«

»Wohin?«

»Irgendwo in Bottrop, glaube ich.«

»Herr Schumacher, Sie sind der Bruder, arbeiten im selben Unternehmen, welche Fahrt hat er übernommen?«

»Die pensionierte Polizistin will es wieder genau wissen. Hören Sie immer noch nicht auf?« Wieder lachte er. »Hören Sie, genießen Sie das Zechenfest und verpassen Sie nicht das Feuerwerk. Ich habe gehört, dass es heute besonders laut knallen soll.« Ende.

Sie klammerte sich an Jans Hinweis wie eine Ertrinkende an den Schilfhalm. Wenn Kai in Bottrop unterwegs war, dann gab es dort nur eine Adresse, die passen würde.

Ein Taxi lud eine Ladung neuer Gäste ab, was sie nutzte, um den Fahrer zu fragen, ob er frei war.

»Klar doch«, antwortete er, und sie rutschte auf den Rücksitz.

»Stier, Kripo Essen, ich muss nach Bottrop, Prosper-Haniel. Alter Postweg.«

»Alles klar«, antwortete der Fahrer, wendete und fuhr los.

Es war viel los auf den Straßen. Überall staute es sich, ständig wechselten die Ampeln auf Rot, Straßen waren gesperrt, weil sie noch nicht vollständig von den Gewitterschäden geräumt waren. Der Fahrer fing auch gleich an, sich über die unzumutbaren Verhältnisse zu beschweren. Die Unwetter, das Zechenfest, die Bauarbeiten, alles mache das Taxifahren zu einer unzumutbaren Tätigkeit.

Doch Frederike blockte ab: »Das ist Ihr Beruf. Für einen intelligenten Menschen gibt es heutzutage doch sicherlich eine Alternative.«

Danach herrschte eisiges Schweigen, und sie konnte sich mit der Frage befassen, was sie tun würde, falls Kai nicht auf der Zeche Prosper-Haniel sein sollte.

39

Frederike bezahlte und stieg aus. Sie ging zu dem Mann am Tor und fragte, ob gerade ein Lkw gekommen sei.

Dem war nicht so.

Sie ging die Straße hinunter und wieder hinauf, hielt Ausschau nach einem Lkw, der sich näherte, vergeblich. Wo war Kai?

Ihr lief die Zeit davon. Nicht weil sie sich mit Frau Dahmen treffen wollte, sondern weil sie befürchtete, Kai könne tatsächlich etwas geplant haben und nun kurz davor stehen, es auch auszuführen.

Sie rief Katharina Dahmen an. »Haben Sie die Polizei informiert?«

»Die wollen den Streifenbeamten sagen, dass sie den Lkw suchen sollen.«

Wenigstens lief das.

Sie konnte hier nicht die Zeit vergeuden und sinnlos warten. Vielleicht war Jans Hinweis nur dazu gedacht gewesen, sie auf eine falsche Fährte zu locken. Vielleicht steckte er mit seinem Bruder unter einer Decke, und sie beide zogen das Ding zusammen durch, wo es mit Thorsten nicht mehr ging. Inklusive Beschatten und Ratten-an-Türen-Hängen.

Plötzlich kam ihr eine andere Idee, die sie auch sofort überprüfte.

Sie rief beim Müllverbrennungswerk an und landete beim Pförtner. Sie überfiel ihn mit ihrer Geschichte von der Spedition und dem Fahrer, der angeblich etwas vergessen hatte.

»Vor zehn Minuten ist ein Lkw von Ihnen hier abgefahren. Sie werden wissen, wohin er unterwegs ist. Aber hat Ihr Fahrer denn kein Handy?«

»Das hat er bei mir vergessen«, sagte sie, bedankte sich und hoffte, dass Kai tatsächlich hierherfahren würde.

Auf ihrem Smartphone erschien die Aufforderung, auf Energiesparmodus zu schalten. Das hieß, der Akku würde bald den Geist aufgeben. Es war siebzehn Uhr dreißig.

In ihr breitete sich eine große Unruhe aus. Sie ging ein Stück die Straße entlang bis zur Ampel, an der sie vorgestern die Probe genommen hatte. Sie glaubte, das Motorgeräusch eines Lkw zu hören. Lauschte. Nichts.

Ihre Kehle war trocken, außerdem forderte ihr Kreislauf Nahrung, und ihre Augenlider wollten dem Gesetz der Schwerkraft folgen.

Sie ging zu dem Wachmann und bat ihn um ein Glas Wasser. Gierig trank sie drei Gläser, die er ihr bereitwillig nacheinander einschenkte, und bedankte sich.

»Nehmen Sie eine Flasche mit. Ich habe eine ganze Kiste hier.«

Dankbar nahm sie das Geschenk an und verstaute die Flasche im Rucksack. Es ging ihr sofort besser, sie fühlte sich gestärkt.

Als sie zwanzig Minuten später einen silberglänzenden Lkw näher kommen sah, stellte sie sich neben die Baustellenampel. Sie hielt sich das Telefon ans Ohr, als würde sie mit jemandem sprechen, drehte sich weg. Der Laster kam näher, die Ampel stand auf Grün. Frederike sah hoch. Sie blieb grün. Noch fünfzig Meter. Es nutzte nichts. Sie machte einen Schritt vorwärts und stellte sich mitten auf die Straße.

Das Führerhaus des Lkw neigte sich gefährlich nach vorne, gleichzeitig dröhnte die Hupe. Doch sie blieb stehen. Keine zehn Meter von ihr entfernt kam das schwere Fahrzeug zum Stehen.

Das hatte sie gut eingeschätzt, fand sie.

Sie eilte zur Beifahrertür und kletterte hinauf.

»Frederike, was soll das! Willst du mich unglücklich machen? Weißt du, wie knapp das war?« Kai sah sie fassungslos an, während sie auf den Beifahrersitz kletterte.

»Fahr rechts ran.«

Kai musste die Rotphase abwarten und manövrierte den Laster dann an den Straßenrand.

»Es ist aus, Kai. Wir wissen alles. Gleich kommt die Polizei, und dann hast du es hinter dir.«

»Was soll ich hinter mir haben?«

Zuerst musste sie die erste, unwahrscheinliche Variante abklären. »Frau Dahmen hat gemerkt, dass du den Laster gestohlen hast. Die gesamte Polizei von Nordrhein-Westfalen sucht dich.«

Kai klappte die Kinnlade herunter. »Was hat sie?«, fragte er dann. »Das ist eine offizielle Fahrt, ein angemeldeter Transport. Heute schließen wir den Auftrag ab. Warum sollte ich einen Laster klauen?«

Sie hatte richtig vermutet. »Das hat mir Frau Dahmen vorhin erzählt. Kai, sie benutzt dich und will dir den Schwarzen Peter zuschieben. Sie will dir etwas anhängen, um selbst sauber dazustehen.«

»Frau Dahmen macht gar nichts mit mir. Sie gibt mir einen Job, und ich verdiene gutes Geld. Ab nächstem Monat bin ich fest bei ihr angestellt, dann sind wir endlich unsere Sorgen los. Wie kommst du immer auf diese seltsamen Ideen?«

»Weißt du, was du hier gerade machst?«

»Was soll ich machen? Ich fahre Abfälle von der Müllverbrennung hierher, und die werden dann bei der Verfüllung sinnvoll verwertet.«

»Das hat sie dir erzählt?«

»Ja.«

»Weißt du, warum sich deine Svenja die Haut von den Knochen kratzt? Weil sich beim Be- und Entladen das Gift in deine Kleider setzt. Das schleppst du mit nach Hause und belastest damit eure Wohnung. Das sind hochgiftige Abfälle, die Frau Dahmen billig in die Erde kippt. Was sie tut, ist kriminell.«

»Du spinnst. Dafür hast du keine Beweise.«

»Die habe ich. Ich habe den Dreck analysieren lassen.«

»Das würde Frau Dahmen niemals tun.«

»Deine Frau hat mir erzählt, du hättest Alexander und Frau Dahmen gesehen, wie sie sich auf dem Speditionsgelände gestritten haben. Worum ging es da?«

Kai kratzte sich am Kopf. »Er hat ihr das, was du gerade gesagt hast, vorgeworfen. Mit seinen Entdeckungen wollte er zur Polizei und sie hochgehen lassen. Er war richtig gemein. ›Ich lasse dich und deine saubere Spedition auffliegen. Dann bist du am Ende‹, hat er gesagt. Zum Glück hat das niemand mitgekriegt.«

»Außer dir.«

Er nickte.

»Dann musste Alexander daran gehindert werden, zur Polizei zu gehen. Für ihre Spedition tut Frau Dahmen nämlich alles. Frag deinen Bruder Jan.«

»Was hat der denn damit zu tun?«

War das gespielt, oder wusste Kai wirklich nicht Bescheid? Machten nur die Dahmen und Jan gemeinsame Sache und hatten Kai als ahnungslosen Fahrer engagiert, der nun seinen Kopf hinhalten sollte?

»Jan und sein Kumpel stecken mit drin. Die zwei haben mich überfallen und bedroht. Die gehen zu den Leuten und hängen tote Ratten mit Drohbriefen an ihre Türen, von wegen, wenn sie weiter rumschnüffeln, müssten sie sterben. Sie haben mich mit dem Auto fast über den Haufen gefahren, zweimal.«

»Siehst du deshalb so schlimm aus?«

»Kai, du kannst jetzt mitkommen und der Polizei erzählen, wie die Sache gelaufen ist. Das legen sie positiv für dich aus, wenn du kooperativ bist.«

Frederike überlegte, wie sie Kai überzeugen konnte.

Schließlich sagte sie: »Katharina Dahmen hat sich in letzter Zeit bestimmt ausgiebig für Alexander und seine Umweltgruppe interessiert. Wollte alles wissen, hat viele Fragen gestellt. Du hast es toll gefunden, dass deine Chefin sich für dich interessiert und sich mit dir unterhalten hat. Du wolltest ja auch einen Vertrag bei ihr.«

Kai sah stur aus dem Fenster. Er rief sich wahrscheinlich die Begegnungen mit seiner Chefin ins Gedächtnis und merkte, dass er Frederike nicht widersprechen konnte.

»Hast du ihr erzählt, dass sich Alexander für Prosper-Haniel interessiert? Egal. Du hast sie wahrscheinlich unbewusst auf dem Laufenden gehalten. Das ist nicht schlimm. Mich hat sie auch fast hinters Licht geführt. Sie ist sehr gut darin, einen so auszufragen, dass man mehr sagt, als man sollte.«

Kai schwieg noch immer. Sie hoffte, er erinnerte sich an alle Situationen, in denen er mit Katharina Dahmen geredet hatte, was sie besprochen und was sie gefragt hatte.

»Wie ist der Abend gelaufen, als Thorsten ermordet wurde? Du und Thorsten habt euch getroffen, habt ein paar Bier getrunken und über Alexander geredet, hab ich recht? Thorsten hat dir dann im Vertrauen erzählt, dass Alexander ihm gesagt hat, seine Ex-Frau wäre in einen Giftmüllskandal verwickelt, und dass er damit zur Polizei geht. Und warum wollte er darüber mit dir reden?«

»Er wollte meine Meinung dazu hören, hat er gemeint. Weil ich doch dort arbeite, wollte er wissen, ob etwas an der Geschichte dran wär. Nicht dass er sich bei der Polizei lächerlich macht.«

Kai sah sie stumm an. Sein Gesicht war ein einziges Fragezeichen. Sie hatte ihn.

»Hast du deine Chefin nach dem Treffen mit Thorsten angerufen oder sie dich?«

»Ich sie«, antwortete er kleinlaut. »Sie hat mich gebeten, sie nach dem Treffen anzurufen.«

»Und woher wusste sie davon? Lass dir doch nicht alles aus der Nase ziehen.«

»Am Nachmittag hat sie mich gefragt, ob ich abends und am folgenden Tag eventuell eine Fahrt übernehmen kann. Da das aber noch nicht klar war, ob sie mich für den kommenden Morgen braucht, sollte ich mich melden. Wegen der Fahrt am Abend meinte ich, dass ich mich mit einem Freund treffe und nur ungerne absagen würde. Das war blöd für mich. Aber weil es Thorsten wirklich dringend und wichtig gemacht hat, wollte ich ihn nicht hängen lassen.«

»Da hat sie natürlich nachgefragt.«

»Ja. Ich habe ihr erklärt, dass mir der Freund ein Geheimnis verraten will, von dem er durch Alexander weiß. Ich dachte, da sie diesen Krach mit Alexander hatte, dass das vielleicht interessant für sie wäre.«

»War es?«

»Überhaupt nicht. Sie hat mir nur viel Spaß gewünscht und mich gebeten, mich danach zu melden, damit sie mir mitteilen kann, ob der Fahrer ausfällt und ich die Fahrt am Morgen übernehmen soll.«

Frederike musste nun ihre Gedanken sortieren. »Du hast Dahmen also angerufen. Und dann?«

»Sie hat gesagt, dass ich die Fahrt übernehmen soll und Jan mich dazu gleich noch einmal anrufen würde, um die Details abzustimmen. Ich musste sie dann fragen, ob etwas dran wär an der Geschichte, die mir Thorsten erzählt hat. Ich konnte das nicht glauben. Sie hat das abgetan und gemeint, ihr Ex hätte nur die Spedition schlechtmachen wollen. Er würde gerne herumpoltern und Staub aufwirbeln.«

»Hast du Thorsten zum Castell gelockt?«

»Sie hat mich gebeten, das direkt klarzustellen, bevor er zur Polizei geht.«

Dass Thorsten sie, Frederike, in der Nacht noch informiert hatte, damit hatte Frau Dahmen nicht gerechnet.

»Aber du hast Thorsten nicht –«

»Er war schon tot, als ich hinkam. Ich hatte mich verspätet, weil das Gespräch mit Jan länger gedauert hat. Wegen der Tour.«

»Und du hast dir nichts dabei gedacht?«

»Ich hab mich auch gewundert. Aber er ist mein Bruder.«

»Und als du dann zum Castell gekommen bist, war es zu spät.«

Er nickte noch einmal.

»Danach hast du Jan nicht gefragt, ob er etwas damit zu tun hat? Das muss doch selbst dir klar gewesen sein, dass es kein Zufall war, dass du dich mit Thorsten verabredest und er erstochen wird, während du mit deinem Bruder telefonierst.«

»Ich hab doch mit ihm telefoniert. Da kann er nichts mit dem Mord zu tun gehabt haben.«

Offenbar hatte Katharina Dahmen im Vorfeld schon einmal alles vorbereitet und nur auf die Bestätigung von Kai gewartet, dass Thorsten alles wusste. Für sie galt es, die nächste Katastrophe zu verhindern. Die naheliegende Frage, warum er in der Nacht nicht sofort die Polizei gerufen hatte, sollte er auch mit der Polizei direkt klären.

»Aber was soll die Fahrt heute Abend?« Frederike hatte ihre Frage noch auf der Lippe, als sie begriff. Katharina Dahmen hatte sie auf Kai angesetzt, damit sie nicht auf dem Zechengelände war und keine Zeit für das Treffen mit ihr hatte. Warum? Ihr Gehirn raste. Weil sie selbst etwas vorhatte beim Zechenfest?

Kais Stimme drang zu ihr durch. »Das ist heute die letzte Fahrt für diesen Auftrag. Der Lkw wird am Montag gereinigt und desinfiziert gebraucht, deshalb sollte das heute Abend noch schnell erledigt werden. Frau Dahmen hat mir, weil ich die Fahrten übernommen habe, ein Smartphone geschenkt.« Kai hielt es ihr stolz vor die Nase. »Sie hat aber gesagt, es wär kein Geschenk, sondern ein ›Incentive‹. Ihre Nummer hat sie schon einmal einprogrammiert. Ich soll sie damit anrufen, wenn ich fertig bin.«

Frederike fiel die Bemerkung von Jan wieder ein. *Verpassen Sie nicht das Feuerwerk. Ich habe gehört, dass es heute besonders laut knallen soll.*

Anruf, Feuerwerk, lauter Knall – da musste sie nicht Mathematik studiert haben, um das Ergebnis dieser Addition zu errechnen. Wollte Katharina Dahmen diesen armen Kerl eine Bombe fernzünden und Hunderte von Menschen töten lassen? Nur um ihn auch als Mörder von Alexander und Thorsten hinzustellen? Hatte sie vielleicht am Ende noch ein Beweismittel bei Kai zu Hause versteckt, das ihn mit dem Mord an Alexander in Verbindung brachte?

»Gib mir das Handy.«

»Aber –«

»Gib es mir.«

Kai zögerte. In diesem Moment klingelte es. Im Display wurde Dahmens Name angezeigt. »Hallo, Frau Dahmen«, begrüßte er sie.

Dahmens Stimme war sofort zu erkennen. Frederike signalisierte Kai, dass er tun sollte, als wäre sie nicht hier. Er nickte und antwortete verblüffend professionell: »Hier läuft es wie am Schnürchen. Ich fahre gleich aufs Zechengelände, dann wird abgeladen, und gegen zehn, wenn ich bei Jan im Auto sitze, rufe ich Sie an. Wie besprochen. Dann machen wir einen Haken hinter den Auftrag.«

Die Chefin lobte ihn anscheinend, denn Kai schmunzelte, verabschiedete sich und reichte Frederike das Telefon.

»Großartig reagiert. Respekt.« Sie nahm das Handy und öffnete im Menü die Kontakte. Nur Dahmens Nummer war programmiert. »Ich bin sicher, Frau Dahmen hat auf dem Zechengelände eine Bombe deponiert, die du mit deinem Anruf nachher auslösen sollst. Dann kann sie alles auf dich abschieben. Deshalb dieses Handy.«

Sie öffnete die App mit den Textnachrichten. Sie hätte es sich denken können. Dort war die Nachricht an Alexander abgespeichert, die ihn auf die Aktion von Kai und Thorsten aufmerksam machte. Das war der fehlende Stein, der Kai überführen sollte.

Sie gab ihm das Telefon zurück. Kai sah sie sprachlos an. Er schüttelte den Kopf, wollte etwas erwidern, fand jedoch keine Worte.

»Ich helfe dir mit der Polizei. Die werden dich in die Mangel nehmen. Dieses Mal bin ich aber vorbereitet. Ich kenne noch einige Anwälte.«

Sie sah ihm an, was er von dem Versprechen hielt. Aber er war immer noch zu perplex, um zu reagieren.

Ein Blick auf ihre Armbanduhr sagte, dass ihr noch eine gute Stunde blieb, um zurück zur Zeche Zollverein zu kommen. Es war spät. Sie war am Ende der Welt und hatte nicht die leiseste Ahnung, wie sie das schaffen sollte. »Ich muss schnellstens nach Zollverein. Hast du eine Idee?«

»Mit dem Laster bestimmt nicht.«

»Fahr vor zur Einfahrt«, forderte sie Kai auf.

Nachdem Kai dort anhielt, sprang Frederike heraus.

»Folgendes«, begann sie ihre Ansprache beim Wachposten, »mit dem Lkw stimmt was nicht. Die Fuhre ist hier angemeldet, muss aber noch einmal überprüft werden. Können wir ihn auf dem Gelände abstellen, damit nichts passiert?«

Der Mann kratzte sich am Kinn.

»Der Wagen ist avisiert, das wissen Sie, wir können ihn nur nicht entladen. Das machen wir gleich morgen früh. Bis dahin würden wir ihn gerne sicher hier abstellen.«

»Was stimmt nicht? Nicht dass uns die Ladung um die Ohren fliegt.«

»Nein«, beruhigte ihn Frederike, »die Werkstatt hat uns angerufen und gesagt, dass bei der Inspektion etwas vergessen wurde. Fragen Sie mich nicht, was. Wir sollen ihn jedenfalls nicht bewegen, bis das überprüft ist.«

»Also gut«, sagte er schließlich und zeigte Kai einen Platz, wo er parken konnte.

Kai stand mit hängenden Schultern am Lkw. Frederike ging zu ihm und erklärte ihm, wo er den Wagen abstellen sollte. »Kommst du jetzt hier wieder weg?«, fragte sie.

»Du hast es ja gehört. Jan wollte mich an Frau Dahmens Spedition abholen. Ich rufe ihn an, dass er hierherkommen soll. Wir fahren zur ›ExtraSchicht‹ und treffen sie dort. Sie lädt uns auf ein Bier ein. Weil es mit dem Auftrag so gut geklappt hat.« Er überlegte. »Aber dann sollte ich Jan direkt anrufen, nicht dass er schon unterwegs ist.«

»Aber sag ihm nicht, dass wir gesprochen haben. Lass dir etwas einfallen, warum er dich hier abholen soll, ein Reifen schaden oder so. Sag ihm einfach, dass du hier nicht wegkommst.«

»Das krieg ich hin«, versprach er.

Sie hoffte es. Von Kai ging im Moment keine Gefahr aus. Im Gegenteil. Er schien überzeugt zu sein, dass Dahmen ihn hintergangen hatte und er von ihr ausgenutzt worden war.

Sie legte Kai den Arm um die Schulter. »Vielen Dank, dass du mir hilfst und zur Aufklärung von einem Verbrechen beiträgst. Das ist wirklich groß von dir.« Sie ließ ihn darüber nachdenken. »Du musst der Polizei alles sagen. Wirklich alles. Zeig dich kooperativ und betone, dass es dir leidtut.«

Jetzt musste sie aber los.

Den Wachmann fragte sie: »Können Sie mir jetzt noch bitte ein Taxi rufen? Mein Akku im Handy ist leider leer.«

Der Mann verschwand in seinem Häuschen und rief ihr über die Schulter zu: »Überleg dir schon mal, wie du dich revanchierst.«

40

Frederike ließ sich auf den Rücksitz des Taxis fallen. Sie nannte dem Fahrer das Ziel. »Es ist nicht schlimm, wenn Sie sich beeilen. Ich übernehme das.« Kurz warf sie Kai noch einen Blick zu, der an der Straße stand und die Hand hob.

Sie ging die nächsten Schritte durch.

Erstens: »Haben Sie ein Ladekabel dafür?« Sie hielt dem Taxifahrer ihr Smartphone hin.

»Moment.« Während er an der roten Ampel wartete, kramte er im Handschuhfach und holte ein Kabel heraus. »Sie sind nicht die Erste, die danach fragt. Mittlerweile habe ich für fast alle Marken ein Kabel.« Er stöpselte es ein, und Frederike verband ihr Smartphone.

Zweitens: Sie rief Kowalczyk an. »Kowalczyk, hör zu. Du musst sofort …« Nun berichtete sie ihm von ihrem Verdacht, erzählte von Kai und davon, dass sein Bruder Jan ihn abholen kommen würde und dass er sie unter allen Umständen aufhalten musste. Sie erklärte ihm, wie wichtig es war, Jans Auto zu stoppen. Nachdem sie auch die Details geklärt hatte, betonte sie: »Hol die Jungs aus Düsseldorf. Lass sie mit dem Hubschrauber kommen, ganz egal. Jede Sekunde zählt. Hast du mich verstanden?« Sie wartete nicht auf seine Bestätigung. »Danach kommst du zur Rolltreppe an der Kohlenwäsche. Und bring das Handy mit. Hörst du? Ich versuche, Frau Dahmen dorthin zu lotsen. Informiere die Streifenkollegen, dass sie nach mir Ausschau halten sollen. Die können dich auf dem Laufenden halten.«

Kowalczyk wollte seine Bedenken vortragen, doch Frederike unterbrach ihn sofort. »Mach, was ich dir gesagt habe. Sonst lasse ich dich von der Presse grillen. Ich bin mir sicher, dass mein Verdacht stimmt. Tausend Prozent. Kowalczyk, ich meine es ernst. Komm zur Zeche.«

»Und wenn nichts dran ist, wirst *du* gegrillt, Frederike.«

Damit konnte sie leben. Mit einem »Schick mir eine SMS, wenn ihr alles geklärt habt und du auf dem Weg nach Zollverein bist, ich verlass mich auf dich« beendete sie das Gespräch.

Drittens: Nun musste sie noch Katharina Dahmen anrufen. Sie wurde auf die Mailbox geleitet. Sie hinterließ die Nachricht, dass sie auf dem Weg sei und sie sich in spätestens dreißig Minuten treffen könnten. »Rufen Sie mich bitte an, dann können wir einen Treffpunkt besprechen.«

Kaum hatte sie das Gespräch beendet, klingelte es. Dahmen.

»Konnten Sie das mit Kai Schumacher klären? Haben Sie ihn gefunden?«, platzte Frederike sofort heraus.

»Nein. Ich erreiche ihn nicht. Hoffentlich macht er nichts Unüberlegtes.«

Frederike wusste nicht, wie sie reagieren sollte. »Ich konnte mich leider auch nicht darum kümmern. Hartmut ging es nicht gut, und ich habe ihn ins Krankenhaus begleiten müssen. Wenn Sie die Polizei alarmiert und ihnen die Dringlichkeit klargemacht haben, dann haben die ihn inzwischen gefunden. Ich gehe davon aus, dass er in Gewahrsam ist und keine Gefahr mehr besteht. Ich bin jetzt auf dem Weg zu Ihnen.«

»Hoffentlich«, meinte Dahmen etwas erleichtert. »Ich hatte noch gar keine Ruhe, um mir das Fest richtig anzusehen. Aber wenn Sie sagen, dass die Polizei das im Griff hat, beruhigt es mich.« Es entstand eine Pause. Im Hintergrund hörte Frederike den Lärm eines großen Volksfestes. »Es ist unglaublich viel los hier. Dann machen wir uns noch einen schönen Abend. Kommen Sie doch zum Doppelbock. Ich warte dort an der Strebe.«

Frederike versprach, sich zu beeilen, und beendete mit einem »Bis gleich« das Gespräch. Dass Katharina Dahmen vorschlug, sich am Doppelbock zu treffen, brachte ihre Überlegungen durcheinander. Sollte sie dort doch eine Bombe deponiert haben, die Kai gleich hätte auslösen sollen? Das war eigentlich ihre Theorie, da Jan von einem »großen Knall« im Zusammenhang mit dem Feuerwerk gesprochen hatte. Dazu passte auch, dass Kai sie gegen zehn Uhr anrufen sollte. Aber dann müsste sie doch einen Treffpunkt wählen, der sich möglichst weit weg befand. Außer sie hatte ein anderes Ziel.

»Geben Sie Gas.«

Katharina Dahmen würde nicht kapitulieren und viele unschuldige Menschen mit sich in den Tod reißen. So etwas tat sie nicht.

Frederike fand sich selbst schon überzeugender.

So viel Leid, Schmerz, Tod würde Dahmen nicht über das Zechenfest, das Ruhrgebiet bringen. Sie hatte ein Herz. Auch wenn sie verzweifelt war. Auch wenn ihr das alles aus den Händen geglitten war.

Katharina Dahmen würde froh sein, dass Frederike alles wusste und es gleich vorbei war. Dass sie nicht mehr lügen, nicht mehr schauspielern musste.

Und wenn nicht? Wenn es Katharina Dahmen jetzt egal war? Oder ihr das Überleben ihrer Spedition über alles ging? Sie dafür bereit war, noch mehr Menschen zu opfern? Wenn sie, Frederike, zu spät kam, um es zu verhindern? Weil sie sich hatte aufhalten lassen, den Taxifahrer nicht mehr angetrieben hatte?

41

Das Zechenfest war in vollem Gang. Der Lärm schlug ihr entgegen und ließ sie kurz innehalten. Der Doppelbock leuchtete über der Szene.

Sie hastete los. Ein Nebel legte sich vor ihre Augen. Sie blieb stehen. Stützte sich auf die Knie. Schweiß lief ihr über den Rücken. »Hoffentlich hält mein Herz jetzt durch«, dachte sie, als sie sich den Weg durch die Menschenmasse bahnte.

Katharina stand an die Stahlstrebe des Doppelbocks gelehnt, einen Becher Bier in der Hand. »Da sind Sie ja endlich«, rief sie Frederike entgegen, als die nur noch wenige Meter entfernt war.

Frederike suchte die Fläche um die Streben nach auffälligen Gegenständen ab. Nach einem Behälter, in dem sich eine Bombe befinden konnte. Daher antwortete sie nicht direkt auf die Bemerkung.

»Suchen Sie die Bombe?« Dahmens Frage ließ sie innehalten.

»Wo?« war das Einzige, was Frederike herausbrachte.

Katharina Dahmen lachte. »Lassen Sie uns ein Bier trinken gehen. Ihr Mund ist bestimmt genauso trocken wie meiner.«

»Wo haben Sie sie versteckt?«

»Sie liegen ganz falsch. Jan hat mir erzählt, dass er Ihnen Angst einjagen wollte. Das kann er gut. Kommen Sie mit, ich erklär es Ihnen.« Dahmens Stimme klang sanft und amüsiert.

Menschen strömten an ihnen vorbei. Dennoch sah sich Frederike um, ging sogar zu den Streben. Nichts.

Katharina Dahmen grinste. »Sag ich doch.«

Frederike grinste auch. »So kann's gehen.«

Allmählich beruhigte sie sich. Wie immer in ihrem Leben blieb jedoch ein Funken Skepsis. Auch wenn sie nach außen die Sichere und Überzeugte darstellte, brodelte in ihrem Kopf ständig die Frage: Was ist, wenn ich mich irre? Wenn hier und heute die Speditionschefin doch etwas beim Zechenfest geplant hat? Sie drehte weiterhin den Kopf in jede Richtung.

Der fröhliche Lärm des Festes, eine Mischung aus Musik und den plärrenden, lachenden Stimmen der Besucher, umfing Frederike wieder. Der Geruch von gebratenen Würsten und Frittierfett stieg ihr in die Nase.

Katharina Dahmen hakte sie unter. Wieder diese vertrauliche Tour. »Auf zum nächsten Bierstand.«

Frederike nickte, übernahm aber nun das Kommando und dirigierte sie beide in Richtung der Rolltreppe, die hinauf zur ehemaligen Kohlenwäsche führte.

»Wollen Sie wirklich durch dieses Gedränge?«, fragte Katharina Dahmen.

»Das sind doch nur die paar Meter, und von hier haben wir gleich einen schönen Blick auf den Doppelbock und das Feuerwerk.« Frederike ging los, wobei sie ihre Begleiterin halb zog, weil die ihr nur widerstrebend folgte.

Sie drängten sich durch die dicht an dicht stehende Masse, verschwitzte Körper, überschwappendes Bier, Ellbogenstöße. Auf der Bühne stand eine Band, die mit routiniert nachgespielten Achtziger-Jahre-Hits die Köpfe zum Wippen und die Hände zum Klatschen brachte. Das war nicht Frederikes Welt.

Endlich erreichten sie einen Bierwagen neben dem Aufgang zur Kohlenwäsche. Mit den Bechern in der Hand stellten sie sich etwas abseits.

Frederike spürte ein kurzes Vibrieren in ihrer Hosentasche.

»Von hier haben wir wirklich alles gut im Blick.« Katharina Dahmen lachte ihr ansteckendes Lachen. Als Frederike nichts entgegnete, sagte sie: »Glauben Sie wirklich, ich würde hier eine Bombe zünden, wo so viele unschuldige Menschen unbeschwert feiern?«

Jetzt wusste Frederike, was sie so perplex gemacht hatte. »Woher wussten Sie von meiner Befürchtung, Sie könnten hier eine Bombe hochgehen lassen?«

»Sie sollten davon ausgehen, dass nur sehr wenig in meinem

Umfeld passiert, von dem ich nichts weiß.« Katharina Dahmen ließ Frederike nicht aus den Augen. »Selbstverständlich bin ich darüber informiert, dass Sie Kai getroffen und was Sie mit ihm besprochen haben. Er ist ein loyaler Mitarbeiter.«

»Aber –«

»Prost.« Katharina Dahmen stieß mit ihrem Becher an Frederikes. Sie führte ihn an die Lippen, trank aber nicht.

»Und Sie glauben, Sie kommen mit dieser Scharade durch?«

»Ich verstehe Sie nicht, Frau Stier. Kai hat meinen Lkw gestohlen und damit illegale Geschäfte abgewickelt. Mit seinem Freund Thorsten wollte er den Doppelbock sprengen. Vielleicht um Alexanders Schreckensszenario weiterleben zu lassen oder aus einem anderen Grund. Ich wusste davon doch nichts.«

»Sie meinen allen Ernstes, dass Ihnen das jemand abkauft?«

»Da gibt es nichts abzukaufen. Ich bin unschuldig.«

»Es ist vorbei, Frau Dahmen. Sie sollten sich damit abfinden. Ich weiß Bescheid, die Polizei habe ich auf dem Weg hierher informiert, die weiß auch Bescheid. Jetzt können Sie einen Schlussstrich ziehen. Womöglich sind Sie sogar irgendwann erleichtert. Ich weiß, wie es ist, wenn Dinge aus dem Ruder laufen. Wenn man nur noch reagieren kann, weil man mit der zweiten Tat die erste vertuschen muss. Dann kommt die dritte, und irgendwann verliert man die Kontrolle.«

»Ich weiß wirklich nicht, wovon Sie reden.«

»Wenn meine ehemaligen Kollegen Kai und seinen Bruder in die Mangel nehmen, werden sie alles erzählen. Wozu Sie sie angestiftet haben. Sie kommen da nicht mehr raus.«

»Ich verstehe, worauf Sie hinauswollen. Aber Jan und sein Kumpel holen in diesem Augenblick Kai bei Prosper-Haniel ab. Dann ruft mich Kai an, um mir zu sagen, dass alles geklappt hat. Anschließend kommen sie hierher, und wir trinken ein Bier zusammen. Weil sie mich bei diesem Auftrag so aufopferungsvoll unterstützt haben.«

»Wie kommen Sie darauf, dass –« Mit Dahmens Plan B lag sie also auch richtig. Es gab tatsächlich eine Bombe, nur eben nicht auf dem Zechengelände. Sie trank einen großen Schluck von ihrem Bier.

Diese Frau war wirklich eiskalt. Frederike musste sich eingestehen, dass sie Alexanders Ex–Frau falsch eingeschätzt hatte. Dass sie ihre Fassade zwar durchschaut, sich aber gleichzeitig eine Erklärung dafür zurechtgelegt hatte, um Katharina Dahmen mögen zu können. Das Märchen von der fürsorglichen Chefin, die nur das Wohl ihrer Mitarbeiter im Sinn hatte. Die mit dem Ex Frieden gemacht und die Beziehung hinter sich gelassen hatte. In Wahrheit war Katharina Dahmen berechnend. Nun gut, dann fiel es ihr umso leichter, sie für lange Zeit in den Knast zu schicken.

»Sie meinen, die Polizei ist so naiv, darauf hereinzufallen.«

»Worauf soll sie hereinfallen?«

Dahmens Handy klingelte. Augenblicklich hielt sie es in der Hand und zeigte Frederike das Display. »Kai«, las sie.

Katharina Dahmens Gesicht überzog ein breites Lächeln. »Hallo, Kai.« – »Super, ich wusste, dass ich mich auf Sie verlassen kann.« – »Ja, bis gleich. Eins noch. Könnten Sie bitte den Auftraggeber anrufen und sagen, dass die letzte Fuhre ausgeliefert wurde? Ich hab es versprochen. Frau Stier ist bei mir, und da will ich ungern geschäftlich telefonieren. Tippen Sie die Nummer einfach direkt ein.« Sie diktierte sie ihm. »Haben Sie sie?« – »Perfekt. Bis gleich.«

Frederike stand daneben und zeigte sich beeindruckt.

»Sie sehen aus, als hätten Sie einen Geist gesehen.«

»So ähnlich.« Frederike trank von ihrem Bier.

Sie schloss die Augen und hoffte. Jetzt würde sich zeigen, was Kowalczyk draufhatte.

Sie zählte bis drei.

Dann hörte sie ein Handyklingeln.

Kowalczyk trat hinter dem Bierwagen hervor. Das klingelnde Handy hielt er in der Hand. Er nahm das Gespräch an. »Einen Moment, ich reiche Sie weiter.« Er hielt Frau Dahmen das Handy hin: »Für Sie, Frau Dahmen, ein Herr Schumacher.«

Ein Streifenpolizist tauchte neben Kowalczyk auf, in der rechten Hand einsatzbereite Handschellen.

Die erste Rakete des großen Zechenfeuerwerks stieg pfeifend in den Himmel. Es knallte, und ein riesiger, von Tausenden kleinen Sternen gebildeter Ball erleuchtete den Himmel.

42

Als Kalli das dritte Pils vor Frederike auf den Tresen stellte, entspannten sich ihre Mundwinkel allmählich. Sie blickte ihn einigermaßen grimmig an und sagte: »Danke.«

Kalli beugte sich zu ihr hin. »Jetzt noch mal. Wie bist du der auf die Schliche gekommen?«

Frederike sah Kalli in die Augen und meinte: »Instinkt, Kalli, das kannst du nicht lernen.«

»Un ich sach noch«, antwortete der und zapfte Bier für eine Bestellung. Er sah hoch in die Ecke, wo der Fernseher hing. Eine Nachrichtensprecherin verlas die Neuigkeiten vom Tage. Als das Foto von Alexander erschien, drehte er lauter.

»Heute Abend wurde die wegen des Mordes an Alexander Röttgen dringend tatverdächtige Katharina D. festgenommen. Die Festnahme erfolgte am Rande des Zechfestes auf Zeche Zollverein in Essen. Einzelheiten dazu will die Polizei morgen mitteilen.«

»Frederike war's!«, rief Kalli und zeigte auf sie.

»Hör auf«, meinte Frederike, konnte aber nicht verhindern, dass ihr Gesicht ganz warm wurde vor Stolz. Konnte sie also auch im Ruhestand noch erfolgreich Bösewichte fangen. Oder *Bösewichtinnen*, dachte sie und schnaubte amüsiert.

Kalli fragte wieder: »Ich will das jetzt wissen. Wie hast du das herausgefunden?«

»Ich hatte sie sowieso auf dem Schirm. Ich kenn mich ja, und ich bin kein Typ, mit dem man sofort Freundschaft schließt. Da musst du schon hart im Nehmen sein. Und ausdauernd. Frag Hartmut. Und bei ihr ging das zu schnell. Dann die Sache mit dem Auto und den Ratten. Hellhörig wurde ich, als ich den Drohbrief an meiner Tür gelesen habe. Wer siezt denn jemanden in einem Drohbrief? Das machst du, wenn du keine Erfahrung hast und du dich in anderen Kreisen bewegst.«

Frederike merkte, dass sie die Biere zu schnell getrunken hatte. Ihre Zunge und ihr Gehirn liefen nicht synchron. Sie sollte hier nichts sagen, was sie morgen erst noch zu Protokoll geben musste. Doch dieses süße Gefühl der Genugtuung, dass sie es doch wieder Kowalczyk und diesem blöden Julian gezeigt hatte, dass sie es noch draufhatte, ließ sie leichtsinnig werden.

»Als ich Kai in Bottrop erwischt habe, hat er zu viel und zu freimütig erzählt. Das hat mich stutzig gemacht. Irgendwas hat nicht gepasst. Dort wurde mir klar, dass Dahmen ein perfideres Spiel spielt, als ich ihr zugetraut habe – oder ihr zutrauen wollte. Da begriff ich, dass sie mir mit der Geschichte von dem gestohlenen Laster schon weismachen wollte, dass Kai hinter allem steckt. Und mit der Bombe in Jans Wagen, die Kai mit seinem Anruf hätte auslösen sollen, wollte sie alle Mitwisser beseitigen. Zum Glück haben Kowalczyk und die Kollegen vom Kampfmittelräumdienst aus Düsseldorf blitzschnell und unbürokratisch reagiert.«

Frederike schwieg einen Moment und trank einen Schluck von ihrem redlich verdienten Feierabendbier. »Wirklich sicher, dass ich richtiglag, war ich aber erst, als Kowalczyk mit dem klingelnden Telefon hinter dem Bierwagen herausgekommen ist. Bis dahin hab ich es zumindest für möglich gehalten, dass sie doch noch einen anderen Plan hat. Aber Katharina Dahmen ist keine, die sich in die Luft sprengen lässt. Was wäre aus ihrer Spedition geworden? Die war so sicher, dass ihr Plan aufgeht und jeder Verdacht auf Kai und Jan fällt. Ich bin gespannt, was die Kollegen noch in ihren Unterlagen finden werden.«

»Und du meinst, das ist alles –«

»Die Summe polizeilicher Erfahrung. Sonst nichts.«

Die Tür schwang auf, und Frederike hob den Kopf. Damit hatte sie nicht gerechnet. »Was machst du denn hier?«, fragte sie und erhob sich vom Barhocker.

Sie stolperte, denn sie war mit dem Fuß am Hocker hängen geblieben. Hartmut fing sie mit einem »Hoppla« auf.

»Entschuldigung«, sagte sie. Für Hartmut ließ sie es klingen wie: »Ich hätte ein Bier weniger trinken sollen«, meinte aber: »Schön, wieder deine Umarmung zu spüren.«

Danke!

Erneut bekam ich fachliche Unterstützung beim Schreiben des Kriminalromans.

Ein herzlicher Dank gebührt Herrn Kriminalhauptkommissar Jörg Metz von der Kripo Essen, der mir wieder bereitwillig und geduldig Informationen zur Arbeitsweise der Kripo gegeben hat. Für deren kreative Umsetzung übernehme ich selbst die Verantwortung.

In Fragen zu den Umweltbelastungen des Ruhrgebiets durch den Steinkohlebergbau und die Gifteinlagerungen in den 1980er Jahren stand mir Herr Dirk Jansen, Geschäftsleiter BUND NRW, für Fragen zur Verfügung. Auch ihm ein herzliches Dankeschön.

Den Schreibprozess haben wieder meine Lektorin Frau Dr. Mechthilde Vahsen und Herr Lothar Strüh vom Emons Verlag begleitet. Wie sagte Mark Twain: »Der Unterschied zwischen dem fast richtigen Wort und dem richtigen Wort ist wie der Unterschied zwischen einem Glühwürmchen und einem Blitz.« Und sie halfen mir, das richtige Wort zu finden. Was genauso wichtig ist, sie halfen mir entscheidend, die Geschichte rund und stimmig zu machen. Vielen, vielen Dank dafür!

Aber auch dem gesamten Team des Emons Verlags sei ein herzlicher Dank gewidmet. Sie investieren in meine Idee, geben dem Buch ein Gesicht, verleihen ihm Form und begleiten es bis in die Regale des Handels. Allen Beteiligten sage ich: Vielen Dank dafür!

Im Kriminalroman sind viele Punkte erwähnt, die im Ruhrgebiet real sind. Die Belastung der Böden durch die zurückgelassenen Maschinen, Leitungen und alles, was unter Tage verschüttet und vergraben ist. Die Bedrohung der Region durch Hochwasser und das »Absaufen« großer Teile durch die Absenkung infolge des Bergbaus. Sollte tatsächlich einmal ein

Deich brechen, weil die Wassermassen des Rheins nicht mehr aufgehalten werden können, wie es im Sommer 2013 fast der Fall gewesen wäre, stünden der Niederrhein und das Ruhrgebiet unter Wasser, und es könnte nicht abfließen.

Viele Dinge sind das Ergebnis meiner Phantasie beziehungsweise wurden angepasst, damit sie besser passen. So weiß ich, dass man vom Eingang der Zeche Prosper-Haniel nur die Spitze des Förderturms sehen kann und nicht den Fuß und die Arbeiten dort.

Alles im Zusammenhang mit der BLAG entspringt meiner Vorstellung – bis auf das eigentliche Tätigkeitsgebiet.

Die Informationen zum Skulpturenpark und zur Skulptur »Primavera« entstammen der Broschüre »Kunstführer Zollverein« vom Klartext Verlag, Essen, 1. Auflage 2011.

An dieser Stelle möchte ich nochmals Frau Jolanta Nölle danken, die mich motiviert hat, die Zeche Zollverein als Schauplatz meiner Kriminalromane zu wählen. Das Welterbe ist ein wirklich spannender Ort mit unglaublich viel kulturellem Hintergrund und noch einigen Orten für weitere Verbrechen, in die Frederike Stier möglicherweise verwickelt sein wird.

Am Ende noch ein herzliches Dankeschön an alle, denen meine »Frederike« gefällt und die dies auch geschrieben haben. Das positive Feedback ist Motivation, weiterzuschreiben, die kritischen Anmerkungen, es noch besser zu machen.

Ich hoffe, Frederikes zweiter Fall findet den gleichen Zuspruch und die gleiche positive Aufnahme. Schließlich sieht sie sich bereits mit ihrem dritten Fall konfrontiert.

Auch meiner Frau Charlotte danke ich an dieser Stelle von Herzen, weil sie mir konstruktiv zur Seite steht und an mich und meine Frederike glaubt.